UNE VIE POUR LA MIENNE

Laurent Grima

Une vie pour la mienne

ISBN numérique : 979-10-405-1724-5

EAN papier : 9791040517252

Librinova

Courriel : contact@librinova.com
Internet : www.librinova.com

Il y a des choses qui restent secrètes, privées.
Des émotions qui ne se divulguent pas, et qui s'enfoncent dans la mémoire. Un jour, je les invoquerai et elles sortiront, intactes – elles me redonneront mes quinze ans.

Blog – Philippe Blondel

1

Je suis né dans une petite ville
Et je vis dans une petite ville
Je mourrai probablement dans une petite ville...

Small town – John Cougar Mellencamp

Je n'ai jamais vraiment su derrière quoi je courais. Cela faisait plus d'un an pourtant que je m'adonnais quotidiennement à la pratique du jogging. Le petit parc Belliot, près de la rivière, le seul vrai havre de paix de la ville, m'avait pris par la main un soir d'avril où par hasard le soleil brillait. Il m'a appelé comme ça et j'ai dit oui. Depuis, nous nous donnions rendez-vous tous les matins à l'aube, qu'il fasse beau... ou qu'il pleuve, le plus souvent !

Quand on court, le plus dur, c'est toujours le premier kilomètre. C'est un mal nécessaire. Un temps où se dénouent douloureusement les muscles, où une respiration abrasive jouit pleinement de son emprise avant l'émergence d'un souffle nouveau, où les endorphines sont encore en sommeil. Et puis sans lui, par définition, pas de deuxième kilomètre, ni de troisième, ni tous les autres !

Ce n'est pas comme si je courais un marathon à chacune de mes sorties ! Je suis très loin d'être un athlète. Je me contente d'une dizaine de bornes quotidiennes, juste avant de partir travailler. Le soir, je ne suis bon qu'à m'écrouler sur mon canapé qui grince, à fumer des cigarettes ! Le matin est fait pour moi, d'autant plus que je dors peu. Et puis cela permet aussi d'éliminer mes excès en nicotine de la veille. Je crois d'ailleurs que je fume trop !

J'apprécie le soleil naissant, quand les faibles rayons se glissent entre les branches des arbres comme des marque-pages et n'éclairent presque que l'essentiel : la portion de sentier devant moi. Je cours sans but. Sans objectif précis, pas même chronométrique. Je cours, c'est tout ! Quelques mètres, quelques mètres de plus, puis quelques mètres encore ! Bien sûr, si j'arrive à tenir régulièrement une bonne cadence, je me laisserai peut-être tenter un jour par le semi-marathon local qui fait la gloire des bons athlètes de la région. Mais ce serait davantage par devoir que par envie. Je ne suis pas un compétiteur. Je ne cours pas pour la gagne.

À l'instant précis où tout a débuté, le parc était encore vide. C'était mon jardin, le seul espace au monde où j'éprouvais une forme de liberté. J'étais contenu par cette immensité. Me sentir grain de sable insignifiant dans ce « tout » verdoyant m'apaisait ! Dans quelques heures, il allait être comme les autres jours de beau temps le théâtre de balades en famille, de rendez-vous amoureux, de sorties scolaires ou d'écoles buissonnières, puis un peu plus tard, de boules qui tombent trop proche ou trop loin dans une bordée d'injures fleuries.... Mais tout cela n'existait pas à cette heure où la petite musique douce et répétitive de la vie des hommes se tapissait encore. Un film que l'on connaît par cœur mais qu'on se plaît sans cesse à redécouvrir.

Mon souffle commençait à peine à être fluide, mes muscles se déliaient. Mes foulées progressivement s'allongeaient. J'avais enfin passé le cap. Plus la distance entre chacun de mes appuis augmentait et se stabilisait et plus je lâchais prise dans une forme de renoncement à tout ce qui faisait frein en moi. Une caravane bien chargée. La course était venue lorsque sur un accès de colère, courir était devenu la seule réponse possible. En tous cas, la plus efficace ! Plus productive encore que les séances de thérapie que je m'infligeais depuis près de deux ans et dont rien ne ressortait vraiment. Au fond de moi depuis longtemps, je sentais qu'une boule de violence s'était logée. Une petite tumeur qui me gouvernait et dont il était impossible de me débarrasser. Un mal qui venait entraver une humeur rendue instable et probablement un peu de ma façon de vivre avec les autres.

C'était quoi le meilleur traitement contre ça à part courir ?

J'avais fait des efforts pourtant. Mais tout me ramenait à ce feu qui me consumait de l'intérieur et m'empêchait de m'envoler. De toute façon, je n'avais pas de grands rêves. Pas même de rêve tout court. Je m'étais résigné à habiter le monde de façon modeste, en sachant que je ne pouvais pas vraiment me permettre d'être ambitieux. J'étais né sans aile. Un Français moyen de taille moyenne et d'intelligence normale, sans talent particulier, pas même pour le bonheur ! Mon horizon se limitait aux murs ternes de ma ville où même les platanes portaient des cicatrices et où le ciel était rarement bleu.

Je n'étais presque jamais allé au-delà de ses frontières et comme on s'habitue à tout, il arrivait parfois que je trouve cet enchaînement de béton esthétique. Je n'avais rien connu d'autre. À vrai dire, je n'avais surtout jamais su m'évader ne serait-ce que de quelques kilomètres de cette prison trop pauvre pour être dorée. Une angoisse primale, viscérale m'en empêchait. J'avais peur du risque, du dehors, de cet inconnu chez qui tout arrive et où pour quelques grammes de plaisir, un monstre pouvait m'avaler comme dans une fable. Ma petite ville triste et froide me lestait les pieds et muselait mon audace et mes choix. Elle me gardait sous son emprise confortable, presque bienveillante.

Ces murs et le ciel gris avaient donc été les témoins de mes premiers cris et de mes premiers pas, de mes chutes de vélo, de mes rires et de mes larmes comme de mes joies et de mes drames, de mes jeux, de mes bêtises aussi, petites ou grosses - les deux catégories étant bien représentées - de mes rares amourettes et des ruptures qui suivaient... Ils étaient enfin derrière moi quand je butais sur mes devoirs, tous mes devoirs, à commencer par ceux de monsieur Lessage, mon professeur de mathématiques et ses cours lénifiants. Ils étaient là toujours à l'obtention de mon seul diplôme, un CAP de mécanique.

Ma ville, cela faisait presque trente ans qu'elle me voyait là, à essayer de tenir ma petite place dans un monde bien trop grand. Mais moi je ne tenais rien. J'essayais juste de ne pas tomber !

Pour autant, je n'avais jamais ressenti de véritable sentiment d'appartenance. J'aurais pu sans aucun doute naître et vivre ailleurs sans que je n'en sois réellement affecté. On ne choisit pas. On ne choisit jamais. Que l'on soit couvert d'or ou que l'on vive sous un toit de carton, il convient seulement de prendre acte et de faire au mieux. De faire « avec », même si dans le second cas, c'était bien plus difficile et beaucoup moins exaltant. J'ai toujours fait avec, sans me plaindre, ni me rebeller vraiment. Un bon mouton comme les aiment ceux qui détiennent les pouvoirs. Il n'y avait que la course pour me donner l'impression de maîtriser un peu les choses qui me concernaient. Ce parcours végétal, toujours le même, était l'unique élément du destin sur lequel j'avais une prise. Jusque-là...

Voilà pourquoi peut-être je courais. Courir était devenu pour moi le seul moyen d'avancer. D'avancer quand même !

Une chaleur pâle venait à peine de s'installer. J'étais bien sur ma planète. Peut-être trop bien rétrospectivement.

Suffisamment en tout cas pour ne pas tenir compte du craquement sinistre au-dessus de moi alors que je plongeai dans une longue ligne droite bordée de chênes…

Le ciel n'allait pas tarder à me tomber sur la tête. Et dans cette collision, c'est toute ma vie qui s'apprêtait à changer !

Il y a quelque chose qui cloche !

Maman me promène par la main pour aller faire quelques courses. Ce matin, elle a prévu d'acheter comme tous les mercredis un poulet rôti à la boucherie à côté de l'église. Un beau poulet bien doré à la peau croustillante. J'adore quand elle me prépare ça avec des pommes de terre fondantes. C'est ma petite gourmandise du milieu de semaine. Notre secret lorsque papa ne rentre pas manger avec nous.

Si le menu est bien comme d'habitude, c'est un autre truc qui ne va pas, mais je ne sais pas vraiment dire quoi. Maman est toujours la plus belle. En plus aujourd'hui, elle a mis sa robe à fleurs rouge et blanche. J'adore quand elle porte cette robe. Je suis encore plus fier de marcher à ses côtés. Et puis c'est comme si elle avait mis aussi du maquillage invisible sur son visage. Une crème qui n'existe pas vraiment mais qui rend encore plus rayonnante. C'est simple : maman brille comme un soleil. Un soleil qui répond à la jolie lumière du printemps qui nous enveloppe.

Un léger souffle de vent fait voler sa robe et plaque le tissu fleuri sur son ventre. Et c'est là que je comprends ce qui ne va pas. Maman a grossi. Attention, elle n'est pas en train de se transformer en hippopotame comme dans le livre que j'ai emprunté à la bibliothèque la semaine dernière, mais ce petit ventre arrondi, c'est bien la première fois que je l'observe sur elle. Pourtant elle ne mange pas plus que d'habitude. Au contraire, j'ai même l'impression qu'elle mange beaucoup moins ces derniers temps, comme lorsque l'on s'est trop goinfré de sucreries. Une crise de foie, ça ne fait pas grossir pourtant ?

Maman se retourne vers moi et me regarde la fixer. Elle me sourit de son plus grand sourire. Et là, je me dis que c'est sûr, ce qui se passe est vraiment bizarre.

Les gens malades ne sourient pas comme ça !

2

Et si seulement je pouvais
Je ferais un marché avec Dieu

Running up that hill – Kate Bush

Quelque chose de grave venait de se passer. J'en étais certain. Le sentiment me prit au moment où je rouvris subitement les yeux, aveuglé par la lumière.

Je ne comprenais rien. Seulement la gravité de cet instant que j'étais incapable d'expliquer. Comme drogué à mon insu, je me retrouvais partagé entre une profonde torpeur et un état de panique dont la rumeur grouillait tout au fond de moi et renforçait les battements de mon cœur. Enfin, ça, c'était l'idée que je me faisais de la panique. Les sensations que je conservais encore en mémoire. Car à vrai dire, je ne sentais plus mon cœur battre. Plus du tout !

La peur gagna brusquement du terrain. J'avais envie de fuir mais tout mon corps restait immobile, gravé dans ce décor encore flou dans lequel je me trouvais.

C'est alors que je le vis juste au-dessus de moi, à m'observer.

L'homme mutique était sans âge. Je m'attardai d'abord sur son teint diaphane et sa peau glabre privée de ride. Puis je levai encore les yeux et pris la mesure de son regard et du sourire qu'il m'adressait. Discret mais bienveillant. Son charisme irradiant acheva de me fixer un peu plus à mon siège.

Vêtu d'un costume blanc impeccablement coupé, l'homme silencieux accueillait la lumière albe dans un halo d'une pureté saisissante. L'image probablement d'un ange vêtu des apparats d'une victime de la mode et dépourvu de ses ailes. Voir cet inconnu me remplissait d'une chaleur réconfortante mais renforçait paradoxalement mon appréhension. Un peu comme quand, gamin, j'avais vu débarquer juste avant l'anesthésie l'adorable chirurgien qui allait ôter mes dents de sagesse. Manger de la purée et de la compote durant quelques jours était pourtant un problème ridicule en rapport avec ce qui m'attendait !

— Comment allez-vous ?

La voix étrangement douce pour un homme attendait sans doute de moi une réponse. Une réponse que j'étais incapable de donner.

— Ne vous inquiétez pas, vous ne risquez plus rien ici.

Je me redressai légèrement et l'homme recula de quelque pas en souriant, presque amusé. En s'effaçant, il me laissa enfin apercevoir un peu plus de la pièce dans laquelle nous nous trouvions. Enfin, la pièce… De pièce, il n'y avait pas, pas plus que de battements de cœur ! Nous étions comme suspendus dans un blanc immatériel, caractérisé par aucun mur, aucun sol, aucun plafond. Aucun meuble, aucun objet ne venait non plus polluer ce blanc absolu. Le siège confortable dans lequel je croyais être assis n'existait pas : j'étais installé dans un fauteuil de vide, lui-même accroché à du rien, et nous n'étions que trois : lui, moi et mon malaise grandissant !

L'amusement de l'inconnu se renforça. Il répéta sa question.

— Comment allez-vous ?

Je trouvais enfin la force de répondre.

— Ben... bien, enfin je crois !

Je me ressaisis, reprenant un peu de confiance.

— Vous pouvez-me dire ce que cela signifie ? Où est-ce que je suis ?

L'homme ne répondit pas. Son silence parlait pourtant bien plus que de longues phrases. Une pression lourde s'abattit sur ma poitrine. Et je me remémorai la scène : mon jogging, la branche qui craque au-dessus de moi et sa chute malencontreuse.

— Vous voulez dire que je suis...

L'homme acquiesça avec compassion. La pression, lentement, s'estompa. Suffisamment pour faire de la place à la révolte.

— Mais ce n'est pas possible. Il y a erreur. Je ne peux pas mourir. J'étais juste en train de faire mon jogging !

L'inconnu ne se démonta pas. Bien au contraire ! Tel un professionnel rompu à l'accueil de tout frais trépassés, il s'assit à son tour dans le vide et me répondit avec une sérénité déroutante.

— Rassurez-vous. Tout le monde dit cela à son arrivée. Je dirai même que c'est normal. Se faire à l'idée demande toujours un peu de temps...

Être dans la normale ne me suffisait pas. Et ses retours « rassurants » étaient loin de m'avoir convaincu.

— Mais là, c'est vraiment une erreur. La branche n'était même pas vraiment grosse. Impossible qu'un si petit bout de bois ait pu me tuer ! Vous avez bien le moyen de vérifier ?

L'inconnu se contorsionna et extirpa de sa poche arrière une petite fiche, qu'il brandit sans perdre de sa bienveillance.

– Procédons à quelques vérifications si cela peut vous apaiser. Vous vous appelez donc bien Mathias Morlante, M-O-R-L-A-N-T-E, trente-huit ans, divorcé, un enfant, banquier, victime de la chute d'une branche alors que vous effectuiez votre footing ?

Je bondis tel un ressort de mon fauteuil invisible.

– Elle est là l'erreur, vous voyez bien ? Je m'appelle bien Mathias, mais Mathias Morlande, avec un « d ». Et si j'ai vingt-huit ans et pas trente-huit, je suis toujours célibataire. Je n'ai pas d'enfant à ce que je sache et je suis garagiste !

Pour la première fois quelque chose changea dans le regard plein d'assurance de l'inconnu. Une fracture imperceptible. Sauf pour moi, qui n'attendait qu'elle !

– Vous en êtes sûr ?
– Mais bien sûr que j'en suis sûr. Je suis quand même le mieux placé pour connaitre ma vie !

L'homme ne répondit pas tout de suite. Et dans ce silence, j'entrevis l'esquisse d'un espoir. Il bégaya presque.

– C'est... C'est-à-dire que vous êtes sur le point d'être officiellement admis ici.
– Vous n'êtes pas en train de me dire que je suis définitivement... mort ?
– Si hélas, je le crains... Si cela peut vous rassurer, une telle erreur est une première. Mais que voulez-vous, essayez de comprendre : nous sommes passés d'Adam et Ève à plus de sept milliards d'individus le temps d'un clignement de paupière. Et puis entre les épidémies, les catastrophes naturelles, les guerres, les attentats, la malbouffe, les ravages de la cigarette et j'en passe, on ne sait plus où donner de la tête ici ! À trop tirer sur la corde, on en arrive à des situations comme celle-ci !...

Il me fallait bien quelques secondes pour assimiler la terrible nouvelle. Et c'est dans ce laps de temps qu'une évidence me prit.

— Mais, ça veut dire que vous êtes… Dieu ?

L'homme retrouva sa contenance et son air presque amusé.

— Non, quand même pas…
— Vous êtes Saint Pierre alors ?
— Pas plus ! Je ne suis qu'un de ses anges. Un des anges chargés d'accueillir tous les nouveaux. Une sorte d'agent administratif si vous voulez, chargé de procéder à quelques vérifications !

La situation se faisait plus précise dans ma tête : à cause d'une stupide erreur de personne, ma vie terrestre venait de prendre fin brutalement, sans me laisser la chance de vivre le moindre moment exaltant. Si mon existence n'avait pas été des plus drôles, j'avais jusque-là eu le sentiment de disposer de temps. Ma procrastination se payait cash. Violemment cash. Trop violemment : mourir n'était pas en soi une bonne nouvelle. Mourir par erreur mêlait le drame au sordide !
— Mais attendez, on ne peut pas en rester là. Il doit bien y avoir une solution ? Ce ne serait pas juste sinon ?

L'inconnu se releva et déambula autour de moi dans une forme de lévitation. Un spectacle médusant dont la magie lui semblait étrangère.

— Justice et injustice… Si la vie et la mort étaient justes, cela se saurait, non ? Le monde serait rempli de gens bien qui vivraient les uns avec les autres dans une parfaite harmonie avec la nature… Ce serait comme vous le dites en bas « le paradis sur terre » mais je ne suis pas sûr que cela soit le cas, pas vrai ?

— Di… Votre patron en est peut-être responsable, non ?
— Dieu offre son amour pour proposer un cadre aux hommes…

Il joignit le geste à la parole en écartant ses bras.

— Mais l'homme s'y inscrit librement et garde toujours le choix. Les seules choses qui lui échappent sont le jour où tout commence et le jour où tout finit. Pour le reste, l'homme est libre d'être celui qu'il souhaite. Sur cette grande page blanche, chacun est autorisé à écrire sa propre histoire puisque nous nous nous occupons seulement de son début et de sa conclusion. C'est un droit que peu de personnes s'accordent, je le concède, et beaucoup de vos congénères préfèrent encore se faire porter par les événements. Vous-même peut-être ?

Un point pour l'ange ! Je n'avais jamais fait aucun effort pour m'extirper de ma condition. Mais déjà, il reprenait.

— Pour autant, qu'est-ce qui vient donner de la valeur à la vie humaine ? En quoi une vie serait-elle plus précieuse qu'une autre ou une histoire plus belle ?
— Je ne vous dis pas que mon histoire est belle, bien au contraire. Je vous dis juste qu'elle ne mérite pas de se terminer de façon aussi pathétique ! Sans cette méprise, je serai encore en bas, à courir comme tous les matins !
— Vous ne serez pas mal ici vous savez ! Les vivants s'embarrassent de tant de futilités et se déchirent pour si peu. Dieu avait pourtant réservé à ce monde tout ce dont il pouvait rêver pour connaître sa dose de bonheur terrestre avant de nous rejoindre. Que fallait-il de plus ? Les vagues de l'océan, les sommets enneigés des montagnes, l'énergie verdoyante des arbres, les merveilles du monde animal, de quoi manger, de quoi boire et puis d'autres hommes pour se tenir compagnie. En bas, vous parlez souvent de

progrès. Quel peut-être ce mieux capable de supplanter la complétude de ce que vous aviez déjà ?

— Je veux bien, mais vous oubliez encore une fois que je suis là par erreur !

La situation était ridicule. L'ange soupira.

— J'aurai peut-être une solution à vous proposer. Mais je dois vous avouer que celle-ci n'est pas vraiment « éthique » !

Je bondis une nouvelle fois.

— Mais on s'en fout de l'éthique ! Je suis mort par votre faute, vous me devez bien ça ! Un baptême, cinq ans de catéchisme et une communion pour finir dans cette situation, avouez que c'est de l'arnaque !

L'homme retrouva tout son calme et écarta lentement les mains dans un geste d'apaisement.

— Ne vous énervez pas. Je comprends votre colère. Elle est légitime. Et vous avez raison, nous vous devons une réparation. Je vous propose donc une alternative disons « exceptionnelle »...

Il insista lourdement sur l'adjectif.

— ... désigner un autre homme pour vous remplacer !

En dépit de la porte qu'il entrouvrait, je restai totalement coi devant cette proposition : trouver un autre homme pour mourir à ma place !

— Vous n'avez qu'à rappeler à vous le bon mort, le banquier de trente-huit ans !

L'ange ouvrit de grands yeux devant ma proposition.

— Surtout pas ! Il nous faut désormais un individu du même âge que le vôtre. C'est important, histoire de ne pas briser l'équilibre déjà fragile entre les vivants entre eux, mais aussi entre les vivants et les morts !

— Mais alors qui ?

— Un homme de votre âge donc, qui vous ressemble un tant soit peu et qui mérite autant que vous de gambader dans notre jardin. Vous n'avez pas conscience de l'alchimie nécessaire à la bonne marche de l'humanité en bas, ni à celle, ici, du paradis. C'est une mécanique de précision. Lorsque vous aurez trouvé l'individu idoine, il vous suffira juste de le désigner du doigt en disant « ce sera lui » et nous nous chargerons du reste. Cela vous convient ?

Je restai sous le choc. Il compléta.

— Vous aurez un mois pour accomplir cette mission, sans quoi vous nous rejoindrez, et cette fois-ci de manière définitive. C'est à prendre ou à laisser...

— Un mois, c'est peu pour une telle responsabilité, balbutiai-je...

— Peut-être deux alors ?

— C'est encore trop peu. Même si cela m'arrange, ce que vous me demandez, ce n'est pas rien !

— Alors disons cent jours, cela fera un compte rond.

Encore abasourdi, je répétai la phrase fatidique pour moi-même.

— Ce sera lui ?

— Exactement. Lorsque vous prononcerez ces mots, notre malentendu sera définitivement dissipé !

Il se rapprocha de moi.

— Jamais personne au monde n'a connu cette chance. Mesurez bien ce privilège qui est le vôtre !

Je me levai, signe d'acquiescement comme un autre. À vrai dire, le seul que je puisse avoir à cet instant où je me trouvai encore groggy. D'un geste grave, il posa ses mains sur ma tête.

— Je vous souhaite donc bonne chance monsieur Morlande. Et à très vite !

Une décharge électrique surpuissante me tétanisa juste avant que je ne perde connaissance.

L'odeur me surprend.

Autant les couloirs de la clinique sentaient le propre comme les toilettes de la maternelle nettoyées à la javel, autant la chambre dégage une senteur presque agréable. Celle du parfum de maman mêlé à quelque chose qui fait penser à de la brioche mal cuite et parfumée à la vanille.

Papa m'a amené tôt ce matin pour la visite. Il a l'air heureux. Maman aussi, même si on dirait qu'elle n'a pas dormi depuis trois jours. Je crois que le bonheur, parfois, c'est fatiguant !

Et puis il y a cette petite boîte transparente que tout le monde m'invite à regarder de plus près. Et c'est là que je découvre la brioche, enfin, mon petit-frère. Car c'est bien lui qui sent la pâte à gâteau !

Je l'observe d'abord. Et puis je décide de toucher sa tête du bout des doigts. J'ai un peu peur, ça fait bizarre la première fois ! Sa joue est ronde et chaude. Il dort paisiblement, emmitouflé dans son pyjama jaune, en faisant des petits bruits bizarres. Des sons que j'aurais plutôt imaginés sortir de la bouche d'un hamster.

Soudain, en une fraction de seconde, son visage se crispe et se déforme dans une grimace de dégoût alors qu'il est toujours plongé dans son sommeil. Je sursaute. Fred, mon meilleur ami, m'a dit que les bébés parfois deviennent tout rouges et se transforment. Mais je ne sais pas comment il sait ça, il n'a jamais vraiment vu de bébé de près comme moi. Tout ce que je peux dire, c'est que c'est vraiment étrange un petit-frère.

Maman et Papa sourient encore en me voyant découvrir cet inconnu que tout le monde appelle déjà Théo. À les entendre, on va bien s'amuser tous les deux…

… Mais qui aimerait vraiment jouer avec une brioche ?

3

Ce qu'il faut cacher pour un mot d'amour
Ce qu'il faut tuer pour revoir le jour
Et vivre encore...

Vivre encore – Bernard Lavillier

— Monsieur, vous allez bien ?

Une jeune femme, suant dans une tenue de sport aussi rose qu'un dragibus, était penchée sur moi. La joggeuse semblait profiter de l'occasion pour reprendre son souffle. Je l'observais en reprenant quant à moi mes esprits, ne sachant plus vraiment faire le tri entre la réalité et le reste. Elle répéta.

— Monsieur, vous allez bien ? Vous voulez que j'appelle les secours ?

Je me raccrochai à son odeur de transpiration, presque agréable. Jamais fragrance de ce type ne m'était apparue si sympathique, rassurante.

— ... Ça va... Ça a l'air d'aller !

Instinctivement, je touchai l'arrière de mon crâne où subsistait encore une brûlure lancinante. Ma main était souillée de sang.

— Mais vous saignez !... Montrez voir, je suis infirmière !

Elle se pencha davantage vers moi, m'offrant à voir l'une de ses oreilles en gros plan.

— Bon en effet, tout cela m'a l'air plus spectaculaire que méchant Mais vous feriez mieux de faire un tour aux urgences histoire de vous faire poser quelques points. Je vais vous y amener !

— Non, non, merci. C'est gentil, je vais me débrouiller tout seul !

— Vous êtes sûr ? Mais vous avez perdu connaissance. Levez-vous pour voir...

— Je vous assure, j'étais juste étourdi.

Je m'exécutai lentement. Une fois debout, je levai la tête vers le ciel où aucun détail n'avait été modifié. La grisaille n'avait pas encore remporté sa lutte avec le soleil naissant et la lumière jouait encore avec les arbres dont seulement une branche manquait. Celle posée à mes pieds. J'en profitai pour me masser la nuque aussi raide pour le coup qu'un bout de bois !

— Vous voyez, je tiens debout ! Tout va bien, vous pouvez reprendre votre course.

Sa réticence à me laisser s'estompa.

— Bon, ben bon courage alors. Et bonne fin de journée !

Je la remerciai une dernière fois. La jeune femme me sourit avant de reprendre sa course, retrouvant après quelques foulées une respiration de locomotive. Alors que je la regardai s'éloigner, je repris progressivement la conscience de mon corps. Outre un méchant mal de crane, j'avais l'impression tenace d'être pris par le froid. Chacun de mes membres semblait être sorti d'un congélateur. Mes muscles étaient totalement noués et durs comme au tout début du parcours. Le choc avait dû être rude. Suffisamment pour m'envoyer dans les pommes et m'offrir en pâture aux hallucinations.

Je me souvenais rarement de mes rêves. Et lorsque cela arrivait, ces productions inconscientes étaient là davantage pour me torturer que pour m'envelopper dans du coton. Cette rencontre improbable avec l'au-delà était d'autant plus anachronique que j'avais depuis longtemps cessé de croire que quelque chose d'autre qu'un embouteillage de satellites commerciaux se jouait là-haut. Et si j'étais bien passé par la case « catéchisme » durant mon enfance, les épreuves de ma vie et mes propres convictions m'avaient progressivement détaché de toute forme de croyance. On naissait du néant pour repartir dans le néant. Le reste n'était que du remplissage !

Oui, le choc avait dû être sacrément rude ! Je m'en tirais vraiment à bon compte.

En regagnant mon véhicule, je pris le temps de laisser sur le répondeur de mon patron un bref message pour le prévenir de mon absence pour la journée. Je ne disposais pas de jours de récup'. À vrai dire, je devais même quémander régulièrement mes semaines de congés auprès de monsieur Santorez, responsable du garage éponyme, mon employeur. Fils de réfugiés espagnols, Georges Santorez avait paradoxalement ramassé quelques gènes du franquisme au passage. Il laissait le plus souvent parler cette seconde nature dans une gestion de ses ressources humaines digne d'un camp de travail, le SMIC en plus ! Je devinais déjà la salve tonitruante, voire la menace d'une retenue sur salaire, incontournables. Mais j'avais la faculté de me mettre en mode étanche et de faire le dos rond comme personne. La crise d'autorité aurait moins d'effets sur moi que la bosse imposante apparue sur ma tête !

Je gagnai donc l'hôpital où, profitant de l'aspect pas forcément très glamour de mon hématome, je pus passer une batterie de tests. Ceux-ci me confortèrent dans l'idée que j'étais presque frais comme un gardon et sans autres séquelles que les agrafes posées sur mon cuir chevelu. J'étais même plutôt bien fringant pour un cadavre, fût-il celui, même en rêve, d'un mort-vivant !

Gagné par la torpeur au sortir des urgences, je m'offris alors le seul bien réclamé par mon corps. Je me réfugiai dans la minuscule salle de bain de mon petit studio, où les odeurs de déodorant cohabitaient avec celles de remontées d'égouts et de terre. La madeleine de Proust me ramenait aux vestiaires du club de foot de mon enfance. Ne manquaient plus que les relents de camphre et les bleus sur les genoux ! Sous l'eau presque bouillante, je m'abandonnai complètement, sentant tous les nœuds se détacher les uns après les autres. Une bulle de chaleur m'enveloppa, invitant le sommeil à prendre le contrôle à pas feutrés. Je bâillai en m'emparant de la serviette séchant sur le grille-pain qui me servait de chauffage. Et c'est ceint de la parure aux boucles épaisses que je sortis de la petite pièce. La détente s'effaça pourtant subitement. Je manquai même de faire une crise cardiaque !

— Ah, c'était toi ?

Ma mère se tenait là, devant moi, promenant sa silhouette placide sous la robe de chambre fleurie qu'elle ne quittait jamais, au même titre que sa cigarette et ses chaussons. Un tableau anachronique, un personnage décalé de films belges ou de Kusturica [1]. Mon quotidien depuis des années.

— Mais qu'est-ce que tu fais là maman ? Je sors de la douche, tu aurais pu taper au moins !

— Bien sûr ! Bientôt, je devrai t'adresser une demande officielle via un huissier pour passer te voir alors que j'habite sur le même palier ! ronchonna-t-elle de sa voix rocailleuse et sans quitter sa blonde.

1. Célèbre réalisateur serbe célèbre aussi pour son univers onirique.

— Mais ici c'est chez moi maman. J'aimerai seulement pouvoir être libre de faire ce que je veux sans te voir débarquer comme ça, à l'improviste !

— Tu sais un jour je ne serai même plus là pour passer à l'improviste. Et à ce moment-là, il ne te restera plus que tes yeux pour pleurer...

— Ne te vexe pas, c'est pas ce que je t'ai dit. Je dis juste que je sors de la douche. J'aurai pu être nu comme un ver !

— Tu sais que je t'ai déjà vu dans cet état ? Et entre cette époque et aujourd'hui, la différence se joue à quoi : une dizaine de centimètres ? Mets-toi à ma place : j'entends du bruit et t'étais pas censé être là... Qu'est-ce que tu fais ici d'ailleurs, t'es pas au travail ?

— Non, j'ai appelé. Je me suis blessé ce matin au parc. J'ai dû aller me faire poser des points aux urgences.

Son instinct maternel supplanta momentanément son côté soupe-au-lait. Elle s'avança vers moi en frottant ses charentaises sur le sol et je me penchai vers elle, adaptant mon « un mètre quatre-vingts » à son « un mètre soixante ».

— Oh, boh... elle bougonnait encore en observant ma blessure... On a vu pire. De ça on ne meurt pas ! Et puis, c'est un mal pour un bien : tu pourras passer à la maison à midi, je vais faire des pâtes !

— Ben alors, ok, on fait comme ça. Laisse-moi juste une heure avant de venir, j'ai vraiment besoin de me reposer un peu.

— Oui, je sais, dit-elle alors en se retirant de son pas traînant, je sais que je te fatigue. Et le plus triste dans cette histoire, c'est que je n'arrive pas même pas à m'en empêcher !

Maman ! Alors que je la regardai refermer la porte, je fus envahi comme toujours par un souffle d'émotions contradictoires. J'étais totalement responsable de cette relation toute en contrastes, n'ayant trouvé que le courage de prendre l'indépendance relative des quelques mètres qui séparaient nos deux appartements au cinquième étage. Au fond de moi, je me sentais investi de la mission presque sacrée de protéger le fil ténu qui la reliait vraiment à la vie.

Celle de ma mère s'était arrêtée le triste soir du 9 juillet 2006, le jour de la finale de la Coupe du Monde, lorsqu'elle apprit la mort accidentelle de Théo, mon cadet, alors que nous jouions ensemble au lac de Myre à six kilomètres de la ville. Le drame fondateur. À l'heure où le pays tout entier pleurait le coup de boule de Zidane, maman avait touché du doigt la vraie souffrance. Et un ressort s'était cassé en elle. Quelque chose de bien profond, de caché. Une petite pièce du cœur, qu'on ne peut ni réparer ni remplacer. Dans mes souvenirs, j'arrive parfois à ressortir des images où je la revois souriante, promenant sa blondeur et ses robes légères sous le soleil insouciant de ses trente ans. Et je l'entends encore chanter de sa voix cristalline à l'heure de s'affairer en cuisine pour nous régaler. Ces souvenirs émus appartenaient aujourd'hui à une préhistoire familiale et je ne jugerai jamais les gens qui doutent que cette femme ait réellement existé. Comment leur donner tort ? Il n'y avait que moi qui savais cela à présent. C'était mon secret.

Aujourd'hui, ma mère était devenue une ombre, un fantôme. Une comédienne qui jouait très mal un simulacre de vie quotidienne. Oubliée sa beauté, oubliée sa grâce légère, oubliée aussi sa curiosité et sa culture. Maman avait vieilli beaucoup trop vite, et pris beaucoup trop de poids pour ses jolies robes. Maman fumait presque trois paquets de cigarettes par jour. Maman s'abrutissait du matin jusqu'au soir devant les niaiseries incommensurables que proposent les chaînes de la télévision. Quant à ses talents de cuisinière, ils se limitaient désormais à des plâtrées de macaronis gluants et compacts, où la seule variété provenait de la garniture : du coulis de tomates et des steaks hachés mal cuits en version bolognaise, ou de la crème épaisse et des lardons graisseux pour la carbonara. Le plus souvent et dans le meilleur des cas !

En même temps, je n'avais pas à pavoiser. Le contenu de mes placards n'avait lui non plus rien de glorieux ! En début de mois, lorsque mon salaire tombait, j'en profitais pour leur donner des allures de fête sans regarder à la dépense. Dès le 10 de la période, parfois même avant, ma cuisine ne contenait plus que la ration de secours : des raviolis « frais » (la plupart du temps, parce qu'ils se desséchaient à même leur boîte dans les dix degrés de mon réfrigérateur), ou bien du riz, de la semoule, en tout cas des féculents capables de m'apporter ma dose quotidienne de sucres lents et donc d'énergie. Et puis elle contenait enfin de la bière, qu'elle soit en bouteille ou en canette mais plus encore en promotion ! Dans cet atavisme, ma mère, au moins, avait le mérite d'agrémenter le « rien ».

Mon père, lui, s'était depuis longtemps retiré de cette scène sinistre. Quelques mois seulement après la mort de Théo, il avait vidé l'appartement de toutes ses affaires pour partir refaire sa vie à l'autre bout du monde. Il abandonnait alors sa femme juste avant la glissade, mais aussi son fils restant pour ne plus jamais donner de nouvelles. Je lui en ai voulu au départ. Très fort. Et puis j'ai accepté et au final, j'ai compris. Parfois les gens face à de grands malheurs croient à tort qu'il est possible de tout effacer, qu'il suffit seulement de changer quelques bricoles. Mais rien ne s'efface jamais. On amène juste sa douleur plus loin, comme en vacances ! Face à de tels drames, on reste toujours tout seul. Son effacement ne rendait que les choses plus concrètes au fond ! Je m'étais donc construit sur des larmes, apprenant à être moi dans l'absence imposante de mon frère et l'évaporation de mon père. Ces ombres caressaient chaque objet de la maison, chaque parole et chaque silence. À notre manière, nous restions une famille unie, chacun dans les espaces où nous nous trouvions.

Il m'arrivait parfois d'envier les orphelins précoces, libérés du passé et livrés à l'avenir sans le fardeau souvent pesant d'une histoire familiale. Aurais-je grandi plus vite ou bien poussé plus haut sans cet excédent de poids ? À ce jour, je ne le savais pas encore. J'écrasais très souvent mes états d'âme et ces fantasmes immoraux sous l'évidence qu'on attribue à l'amour. Ma mère m'avait donné la vie. Je l'aimais, c'était tout. Quelles que soient les incidences de cet amour et la force de mes mauvais souvenirs !

*

Le déjeuner qui suivit dépassa mes prévisions et donna à l'imprévisibilité de ma mère des allures de légende. Un amas jaunâtre dominait l'assiette déjà bombée de pâtes gorgées d'eau, un ensemble bien plus proche du bol digestif d'un estomac malade que d'un simple repas, que je goûtai du bout de la fourchette.

Ma mère daigna détourner sa tête du jeu télévisé inepte dans lequel elle semblait vissée jusque-là.

— Alors, tu aimes ? C'est exotique !

— C'est... de la compote ?

— De la compote de pommes, avec de l'ail, du sucre et du *Tabasco.* J'ai vu ça sur une chaîne de cuisine !

Personne n'était dupe, pas même elle sans doute, et ce n'était là qu'un des nombreux dégâts collatéraux liés à sa dépression. Sous de vagues prétextes gastronomiques, ma mère avait simplement saisi les ingrédients à sa portée dans un rayon d'un mètre autour de la gazinière. Encore heureux que le liquide vaisselle fut hors d'atteinte ! Le pire demeurant encore que j'étais contraint de trouver cela bon, sous peine de la contrarier.

— Hum, c'est « original » !

— Original ou bon ?

— C'est... c'est meilleur que la recette suisse au chocolat de la dernière fois !...

Rassurée, ma mère retourna à son écran. À l'image, un présentateur survolté posait des questions au couple de finalistes dans un décor flashy à faire perdre plusieurs dixièmes d'acuité visuelle à qui s'y confrontait.

— Pour 500 €, répondez à cette question : la mère de Toto a trois enfants : Pim, Pam et ... ?

— Et Poum répondit la candidate, sans réfléchir !

Ma mère marmonna, sans quitter l'écran des yeux.

— À quoi ça sert de faire les sélections et monter sur Paris si c'est pour passer pour une tarte devant tout le pays ! Tu devrais y aller toi, au moins t'aurais tes chances !

— Je ne sais pas si je dois prendre cela pour un compliment mais ça ne m'intéresse pas vraiment maman...

— Qu'est-ce qui t'intéresse toi ? Les filles au moins ? Depuis l'autre, je vois plus personne en jupe passer chez toi. Tu comptes bien me donner un petit-fils, hein ?

— Le moment venu maman, le moment venu...

— Tu me diras, la plupart des filles de ton âge sont plus occupées à montrer leurs fesses sur Internet qu'à aller chercher le prince charmant en ce moment !

Elle but le verre de vin posé devant son assiette d'une traite, comme un mauvais médicament.

– Pauvres filles, la beauté ne dure qu'un temps. L'important, c'est l'intérieur. Ça prend pas de ride, ça vieillit pas ce qu'il y a à l'intérieur ! Si c'est pas malheureux !...

Malheur. Le mot était dit. Le malheur remplissait tout l'espace de l'appartement. Du plat pathétique dans l'assiette à la robe de chambre de ma mère, jusqu'à la vacuité de l'émission à l'écran. Et puis il y avait Théo. Théo était partout. Dans chaque cadre, exposé comme on le ferait pour une relique sacrée, les seuls objets nettoyés avec soin et amour par ma mère dans un univers rongé par la poussière et le laisser-aller. Ces photos, je les connaissais par cœur et n'ignorais rien de leur histoire. Normal, c'est moi qui les avais réalisées ! À l'âge de onze ans, je m'étais pris de passion pour cet art, à tel point qu'un premier Reflex me fût offert l'anniversaire suivant. Fatalement, Théo devint mon modèle, se prêtant au jeu du shooting à chacune de mes demandes. Il en était ressorti une œuvre interrompue, et mon amour de la photo fut progressivement écrasé par le poids que prirent ces clichés dans nos vies par la suite.

Sur chaque portrait, Théo me surprenait encore par sa grande beauté, quelque chose d'un déterminisme qui l'avait fait angélique parce qu'il était voué à devenir trop tôt un ange. En même temps, ce n'était pas pour me jeter des fleurs, mais lui et moi nous ressemblions beaucoup. Même ovale, même regard intense, même bouche dessinée un peu trop pour des garçons, même crinière brune... Mon frère aurait sans doute eu mon visage à l'âge adulte. Ma mère le devinait peut-être. Avec qui passait-elle vraiment la plupart de ses repas ?

Je ne pris pas le temps de prendre un dessert – un vulgaire yaourt nature sans sucre, car tout le sucre avait fini dans les pâtes – pour prendre congé de ma mère, prête à s'abandonner devant les feuilletons du début d'après-midi. Au fond de moi, insidieusement, naissait déjà un besoin de courir !

À la télé hier soir, pendant le journal, on a vu un reportage qui parlait d'une horreur qui s'appelle « la mort précoce du nourrisson ». Si j'ai bien compris, ça veut dire que les bébés pouvaient mourir comme ça, « hop », en plein sommeil. C'est complètement dingue, ça fout sacrément la trouille ce truc !

Par chance, on dort dans la même chambre Théo et moi. Alors je me dis que je vais le surveiller de près. Papa et maman pourront dormir tranquilles comme ça.

La nuit, Théo dort en respirant fort et en faisant plein de petits bruits comme quand il venait de naître. En fait, c'est comme s'il redevenait un hamster dès que le soleil se couche ! L'idée, c'est carrément de ne pas dormir comme ça, au premier silence suspect, je peux intervenir !

Bon, pour être honnête, j'ai quand même dormi un peu. On a beau dire, on a beau faire, il y a toujours un moment où la fatigue vous rattrape. C'est que c'est épuisant une journée à l'école ! Je ne sais pas à quelle heure je me réveille, mais tout ce que je peux dire, c'est que toute la maison est silencieuse. « Toute », ça veut dire Théo aussi.

Ça veut dire Théo surtout !

Alors d'un seul coup je panique. Je ne sais plus où se trouve la lumière, mais je dois me lever pour vérifier si tout va bien. Je suis complètement perdu dans cette chambre qui n'est pourtant pas bien grande. Je me lève et je bute sur les murs et les meubles. L'angoisse monte. Le danger est là, tout près de moi et je ne veux pas faillir à ma mission. Je n'arrive toujours pas à atteindre l'interrupteur et Théo ne réagit toujours pas. Alors je crie et je pleure. Tout ce que j'arrive à faire, c'est de réveiller papa et maman qui débarquent tous les deux dans la chambre et allument.

Oublié mon costume de grand, bien trop large pour moi. Je ne peux que répéter en boucle « Théo est mort » à mes parents qui peinent à me calmer. Ma mère se penche sur le berceau et se retourne vers moi avec le plus doux des sourires : Théo dort à poings fermés. Il dort juste sans bruit, c'est tout. Même mon vacarme n'a pas réussi à le réveiller !

Mes parents me consolent et me remercient d'avoir été si courageux. Mais je n'ai rien fait. J'ai presque honte de les avoir dérangés pour rien.

Je crois que c'est à partir de cette nuit que nous n'avons plus regardé la télé le soir au souper !

4

Dieu dérive au Ciel
Le Diable est dans la boîte aux lettres

Missing- Bruce Springsteen

7H58, je n'avais pas vu le coup venir ! Emporté par une digestion improbable, je m'étais avachi sur le canapé, fidèle à mes habitudes, sans même prendre le temps de fumer une cigarette, ni d'actionner une quelconque alarme sur mon téléphone. Mon horloge interne m'avait heureusement rattrapé au vol, mais en ne me laissant que peu de temps pour me préparer avant mon embauche à 8h30, quart d'heure de trajet à vélo inclus ! Mon footing passerait son tour. De toute façon, mon corps portait encore les stigmates de la veille. Passage sous le robinet pour éclaircir mes pensées et rafraîchir mon visage, remise en ordre de ma chevelure avec la main, chewing-gum mentholé pour compenser une coupable absence de brossage des dents succédèrent à un petit-déjeuner sommaire fait d'un pain au lait « bien trop mou pour être honnête » et d'un café froid, celui oublié la veille, qui avait l'avantage d'être déjà prêt ! Je ne pris guère plus de temps pour sauter dans mes vêtements. Je n'avais pas vocation d'être élégant et finirai quoiqu'il arrive en bleu de travail.

C'est au pas de course que je descendis alors les escaliers après avoir claqué la porte, manquant de bousculer au passage monsieur Vitry, le vieux monsieur du troisième, remontant péniblement les marches avec son journal sous le bras.

Les quelques kilomètres me menant au garage furent pédalés au rythme d'un Tour de France dont je connaissais le moindre détail par cœur. Comme chaque jour, l'épicerie de monsieur Mimouni ouvrait avant tout le monde, à se demander s'il fermait parfois ! Plus loin, au *Bar des amis*, Roger, le patron, servait ses premiers cafés, juste à côté du fleuriste qui paraît-il venait de changer de propriétaire. Puis venait l'agence postale, ouverte un jour sur deux et dont le guichet de retrait tombait en panne plus souvent encore, et enfin, avant le square hanté le jour par les pigeons sales et la nuit par quelques dealers, le tabac-presse-Loto des époux Grimandi où d'aucuns, dont je faisais partie, allaient chercher leurs cigarettes ou venaient se confronter à la providence des dieux du hasard qui bien souvent choisissaient d'autres camps !

Sur le pavé, cela fourmillait déjà. Au gris du ciel et au gris des façades, s'ajoutait maintenant toutes les nuances des couleurs des peaux. Et un maelström de langage où le français approximatif embrassait d'autres dialectes offrait chaque matin une partition étrange. Étrange, mais au fond, mélodieuse. C'était Dakar, Abidjan, Istanbul, Marrakech ou Tokyo… Pourquoi avoir commis une planète si grande puisque le monde entier pouvait tenir dans les quelques mètres d'une rue ?

J'aimais cette atmosphère et ce mouvement perpétuel qui portaient la promesse que les choses pouvaient changer. Cet espoir demeurait invariablement déçu mais qu'importe, j'y croyais toujours le lendemain ! Certains appelleraient cela de la résilience ou plus encore de la naïveté. Moi, j'appelais ça simplement la vie : recommencer le film en espérant à chaque fois une autre fin. C'était peut-être cette espérance au fond qui me faisait tenir !

Après avoir croisé les premiers bouchons des arrivées au bureau, je débouchai enfin au sprint sur la rue des martyrs, où j'aperçus au loin monsieur Santorez guetter les alentours à la façon d'un videur de discothèque. Le cerbère ne me laissa même pas le temps de quitter ma monture, déjà prêt à mordre.

— Absent hier, en retard de cinq minutes encore aujourd'hui, il va falloir que cela cesse monsieur Morlande, vous avez du bol que monsieur Garnier ne soit pas encore là pour sa courroie ! Vous pouvez me dire ce qu'il vous arrive en ce moment ?

— J'ai juste failli mourir hier !

Les mots avaient quitté ma bouche dans un demi-lapsus. Mon instinct de provocation ne m'avait jamais quitté, comme quand j'étais môme dans mon quartier et devais apprendre « à faire ma place ». Provoquer les imbéciles peut parfois être une saine distraction. Plus efficace encore que l'aspirine sur la migraine !

— Qu'est-ce que vous dites ?

— Rien, je ne disais rien...

— Alors continuez à ne rien dire, et puis surtout bougez-vous ! Si vous saviez le nombre de personnes qui m'appellent, parfois même des mécanos à la retraite pour compléter leur fin de mois et certainement plus compétents que vous ! J'ai qu'à me baisser pour trouver de quoi vous remplacer, alors c'est pas pour m'embarrasser avec des glandeurs de votre espèce...

Je ne l'écoutais déjà plus, ne sentant que son souffle alors qu'il m'accompagnait en aboyant jusqu'au vestiaire. Probablement était-il en train d'évoquer la déliquescence des nouvelles générations, la décadence internationale ou la chienlit gaucho-anarchiste ? Puis Santorez disparut enfin, sans doute satisfait de la leçon qu'il venait de m'infliger. J'en profitai pour refermer ma combinaison et rentrai alors dans l'arène bruyante et sombre, aux odeurs de carburant et d'huile usagée.

Ma première voiture de la journée m'y attendait. Et son propriétaire, le fameux monsieur Garnier, l'un de nos meilleurs clients, tout juste arrivé, était déjà en train de se plaindre, en parfait complément de mon patron. Je le voyais gesticuler derrière la fenêtre vitrée du bureau comme un politique impuissant appuyant avec ses bras des mots inefficaces. Monsieur Garnier était un assureur à la retraite. Avoir passé sa vie à évaluer celle des autres avait renforcé chez lui une supériorité nauséabonde, un rapport colonialiste au monde des sans-grades. Lorsqu'il m'aperçut, il se précipita vers moi en m'abreuvant de recommandation sur sa Suédoise (je parle ici de sa voiture, sa femme étant une parvenue tout ce qu'il y avait de plus francilienne) avec la condescendance de celui qui paye, comme si j'étais une chose de moindre valeur...

– N'oubliez pas de bien refermer le bouchon de vidange ! Surtout, pensez bien à protéger les sièges, la dernière fois, j'ai trouvé des traces de cambouis sur mon assise en cuir ! Et puis essayez d'être plus rapide, j'ai beau être à la retraite, je n'ai pas que ça à faire !

Je m'isolais encore une fois de ses *blablas* sans rien dire, déjà à l'œuvre, n'offrant pas de spectateur au pantin. Je m'appuyai seulement sur le regard complice de Fred, mon copain d'enfance et mon collègue de travail.

Fred était mon seul véritable soutien sur place. Un mètre quatre-vingt-cinq de loyauté et d'enthousiasme un peu fou pour même pas soixante kilos tout mouillé. Une grande tige montée sur ressort et réhaussée d'une crinière hirsute. Celui-ci était occupé à dévisser une roue sur le poste mitoyen et fit mine de se tirer une balle dans la bouche à l'aide de son pistolet pneumatique. Je lui souris, puis mis enfin mon corps en mode « pilotage automatique », répétant à l'infini des gestes devenus réflexes. Monsieur Garnier partit à son tour, laissant Fred rompre la monotonie.

— Qu'est-ce que t'as foutu hier ?

Je détournai la tête pour lui montrer ma blessure...

— Oh la vache, ben quand même, tu t'es pas loupé...

Fred trépignait. De ma place, je pouvais presque imaginer qu'il était pris d'une envie pressante.

— Tu me demandes pas comment c'était hier pour moi ?
— Il t'es arrivé un truc ?
— T'es dispo ce soir après le boulot ?
— J'ai rien prévu...
— Je passe alors. J'ai quelque chose de dingue à t'apprendre !

Santorez intercepta notre échange et se rapprocha d'un air soupçonneux, mettant fin à notre discussion. Nous retournâmes alors à notre labeur. Et changements de courroies de distribution, de filtres à gasoil et de disques de freins se succédèrent sans envie tout au long d'une journée à peine entrecoupée d'une pause pour manger un sandwich ramolli par le temps et fumer une cigarette.

*

— Wouah, c'est violent...

Les premières volutes du joint se répandirent dans le studio, noyant presque avantageusement les odeurs de vétusté. Si la cigarette restait mon seul vrai vice, je ne négligeais pas de temps en temps d'accompagner Fred dans sa consommation répétée de cannabis, partageant une parenthèse dans nos vies sans vrai délice. Nous nous connaissions depuis l'enfance, mais c'est à l'adolescence et plus encore dans nos premiers pas d'adultes que nous nous étions définitivement rapprochés jusqu'à devenir un binôme indissociable. La bande que nous constituions à l'époque n'était faite que de garçons modestes comme nous, sans perspectives directes, ni avenir certain. Comme beaucoup, c'était dans les bêtises et les consommations illicites que nous trouvâmes alors longtemps un semblant de réconfort. L'impression fugace qu'un autre monde, bien plus vaste et bien plus libre, nous attendait. Nous essayâmes à cette époque tous les artifices que notre quartier répandait. Peu d'entre nous en ressortirent indemnes. Beaucoup continuèrent à s'attaquer à ces moulins à vent, à traquer cette inaccessible étoile qui ne brillait dans les yeux que le temps éphémère d'un shoot. Fred tomba trois mois pour trafic. Cette courte incarcération sonna le déclic pour lui qui stoppât net les drogues dures. Je m'en étais saisi pour me ranger définitivement et reprendre les études. De cette période, nous étions les moins abîmés.

— Tu as trouvé ça où ? demandai-je à Fred en montrant le joint.

— Un type en bas de chez moi, un bon à priori. Il a gagné un nouveau client. De quoi se réconcilier avec le commerce, y'a encore des types qui savent y faire dans ce bas monde !

— Pourquoi tu dis ça ?

— Parce qu'en matière de business, faut quand même se dire qu'il y a de sacrées buses, tu ne trouves pas ? Tiens prends *Nutella* par exemple, tout le monde s'accorde à dire que le goût est unique, une drogue vraiment douce pour le coup, mais que le problème c'est l'huile de palme et les orangs-outans !

— Et alors ?

— Alors en Espagne on fait des chips goût mojito et tu vas

me dire qu'il n'y a pas des types en Italie pour inventer le *Nutell*a bio, sans huile de palme ? C'est simple : ils trouvent la formule, ils deviennent les maîtres du monde, tous les autres fabricants de pâtes à tartiner mettent la clef sous la porte !

Il regardait ses doigts entre lesquels fumait le cône.

— Lui au moins, il m'a promis du bon, il m'a vendu du bon. C'est incontestable !

Voilà, les soirées avec Fred se résumaient souvent à ça : des clopes, des joints parfois, de la bière, tiède la plupart du temps, et des heures à refaire le monde. Fred disait souvent qu'une idée brillante, qui ferait de nous des hommes riches et respectés, naîtrait un jour de ces discussions. Nous l'attendions toujours. Probablement n'avions-nous jamais abordé de sujets vraiment importants. Mais l'essentiel était ailleurs : dans ces heures que nous passions ensemble, qui nous distrayaient et nous évitaient de trop réfléchir à ce que nous étions.

Je changeai définitivement de sujet.

— Tu n'avais pas un truc à me dire ?

— Un truc, le scoop du siècle tu veux dire !

— Alors ?

— Je crois que j'ai rencontré la bonne !

— Une fille ?

— Bien sûr une fille ! En même temps, je te dis ça mais c'est pas encore dans la poche, hein ? Disons que les planètes ont décidé je crois de se mettre dans le bon sens...

Il me passa le joint que je saisis avant d'en tirer une profonde bouffée.

— Raconte...

— Hier, on a eu une nana qui est venue au garage. Une bombasse extra-planétaire belle comme un cœur, un truc que même les Martiens n'auraient pas le talent d'inventer. Tu l'aurais vue : belle...

— Tu l'as déjà dit, me moquai-je.

— Ouais, ben je le dis encore, « belle », et puis je continue : brune, les cheveux longs jusqu'aux reins, des yeux de biche, une bouche je te raconte pas, et un petit cul et des petits seins que tu verras jamais ailleurs, pas même au cinéma ou sur un podium de défilé !

— Et alors ? souris-je.

— Alors elle est venue vers moi pour pas-grand-chose, genre les niveaux de sa *Clio* et la pression des pneus, comme si j'étais auréolé de lumière et qu'elle m'avait choisi moi parmi tous les autres. Je lui fais tout ça dans la minute, et vu que Santorez était dehors pour une course, je me la suis joué « grand seigneur » en la laissant partir sans rien payer. Et tu vas voir la suite...

Il tendit sa main pour récupérer la tige. Pris par le délire et un élan de bien-être, je me mis à rire, impatient d'apprendre le reste.

— Sauf que la meuf en partant, elle laisse tomber de son sac sa carte bleue. Tu imagines le truc ? Le destin frappait enfin à ma porte. À la pause, je prends mon téléphone et je fais quelques recherches. Elle s'appelle Louise Martin. Des Martin, y'en a pas mal, mais des « Louise Martin », dans le quartier...

— Elle aurait pu venir de plus loin ?

— Tu t'emmerderais toi à faire cent bornes juste pour faire regonfler tes roues ? Bref, en cinq minutes, j'ai trouvé une Louise Martin qui habitait au 10 chemin du porche, tu sais, la petite rue à côté du *Franprix ?* Alors, n'écoutant que mon esprit chevaleresque, je l'appelle à la fin de mon service pour lui proposer de la lui ramener. Elle voulait passer au garage, mais j'ai préféré lui donner rendez-vous au *Café des artistes*, à mi-chemin. Je trouvais ça vachement mieux pour un rancard !

— Ouais et alors ?

— Alors elle a pris un Coca...

— Ouais... ?

— Moi j'ai pris une bière basique tu vois, je voulais pas me faire passer pour un gros alcoolo, juste pour un gars qui voulait gentiment s'ambiancer...

— Et après ?

— Après, je lui ai massé les pieds !

— Tu as fait quoi ?

— Je lui ai massé les pieds. Enfin, je lui ai massé « un » pied. Sans faire exprès, en m'avançant vers la table, je lui ai fait un croche-patte et sa cheville a légèrement tourné... Tu aurais vu sa cheville fine et ses orteils délicats, j'imagine même pas le reste !

— Et vous vous êtes embrassés ?

— Pas encore. Mais tu laisserais n'importe qui te masser la cheville toi ? Ce n'est pas rien une cheville. C'est une articulation terriblement érotique, sublime, essentielle, la dernière chose qui t'accroche à la terre avant tes pieds. Si ça, c'est pas un message ! Bon, je lui avais dit que j'avais fait des études de kiné, mais quand bien même, elle n'était pas obligée de s'abandonner comme ça... Je crois qu'elle m'a déjà dans la peau. D'ailleurs, je lui ai laissé mon numéro de téléphone. Elle doit me rappeler sous peu ! Trop mortel le truc !

« Mortel ». Le mot avait été lancé. L'occasion pour moi de rebondir, quitte à refroidir l'ambiance.

— Fred, tu t'es déjà demandé qui tu ferais mourir si jamais t'avais le choix de décider ?

— C'est quoi cette question ?

— Imagine que t'aies le don de choisir une personne à faire mourir, une seule. Tu prendrais qui ?

— Les mouches ou les moustiques, ça marche ? demanda Fred en souriant.

— Un humain banane...

— Et Santorez ?

— Trop facile, et puis trop vieux. Imagine un gars de notre âge !

— Les filles sont interdites ?

— Oui, plutôt un mec !

— Ben je sais pas moi, t'en as de ces questions ? Je suis dans un bon délire là, et tu me demande de buter quelqu'un, même pour de faux !

Je le regardai perdu en plein dilemme, bien heureux que tout cela ne soit finalement qu'une colle à animer une soirée.

— Là, tout de suite, tu sais à qui je pense ? Je sais que tu vas me dire que c'est une nana et qu'elle est trop vieille, mais là, j'ai sa tronche dans la tête... Madame Pinson !

— La prof de français ?

— Ouais, cette espèce de croisement entre Flaubert et un instructeur de l'armée ! Je m'en rappelle encore comme si c'était hier. À la première réunion parents-professeurs en troisième elle a tenu à recevoir ma daronne. Et là, devant ma mère qui n'était jamais venue au collège, elle a annoncé comme ça *votre fils est un incapable madame Garcia, un âne, un bon à rien de tel niveau que vous ne pourrez qu'en faire un boulet, pour vous d'abord, et pour l'État ensuite !*... J'ai encore dans la tête son regard digne à ce moment, et toute la tristesse qu'il contenait. Alors c'est sûr qu'on peut pas dire que j'ai assuré derrière. C'est sûr qu'avec les conneries, la prison et tout ça, j'ai pas vraiment donné l'image du fils idéal. Mais maintenant que je me suis rangé, que j'ai mon p'tit boulot avec mon p'tit salaire qui tombe tous les mois, que ma mère qui allait mourir cinq ans plus tard ait emporté cette honte, cette humiliation dans la tombe, ça me fout encore le bide en l'air ! Et cette vieille folle, ouais, j'aurais pu avoir du plaisir à la voir mourir...

Ses yeux étaient devenus rouges et brillants. Et pas sûr que le pétard y soit pour quelque chose ! Un court malaise s'installa, que Fred fut le premier à briser en souriant juste ce qu'il fallait pour se donner de la contenance.

— Voilà... On était bien et tu m'as filé le bourdon avec ta question stupide !

Il écrasa le mégot dans le cendrier, attrapa son blouson et s'en recouvrit en se levant.

— Je vais me rentrer. Il faut que je sois en forme au cas où ma douce Louise m'appelle demain ! Tu as récupéré le CD de Nick Cave que je t'avais laissé dans ta boîte avant-hier ?
— Ah, non ! Tu sais, moi mon courrier, je le relève que deux fois par an, quand il déborde ! Mais je vais t'accompagner en bas, j'en profiterai pour le prendre !

Nous échangions souvent avec Fred nos découvertes musicales. Je disposai d'une platine vinyle héritée de ma grand-mère ainsi que d'une chaîne Hi-fi plus moderne, ce qui multipliait avec bonheur le champ de nos possibles. Dans une époque où l'univers sonore se résumait souvent à quelques rimes pauvres et sans imagination, portées par des voix trafiquées comme des scooters de cités, notre éclectisme revêtait une forme de résistance dont nous étions fiers sans le dire. Je crois bien que lui comme moi aimions bien l'idée de ne pas aimer la même chose que la masse. Nous portions cette différence comme une médaille.
Nous descendîmes la cage d'escaliers silencieuse jusqu'au hall où je quittai mon ami et récupérai le contenu de ma boîte aux lettres que je triai sommairement sur place. Du tas de paperasse, outre le CD en question, j'extirpai rapidement une grosse liasse de publicités

en tout genre dont allait se régaler la poubelle. J'isolai aussi apparemment deux ou trois factures ainsi qu'une relance des Impôts. Je n'avais jamais été doué pour la comptabilité et brillais souvent par ma négligence. C'était comme ça, les choses trop terrestres ne m'intéressaient pas vraiment. Je devais être du genre rêveur, peu compatible avec les sombres aspects matériels comme des chiffres qui s'accumulent en bas des pages ! Au fond de la boîte, je découvris enfin une petite enveloppe cachetée, toute simple et sans inscription, objet intrigant – peut-être une erreur – que je ramassai avec le reste et remontai chez moi.

De retour dans mon studio, je m'abandonnai alors à un combo magique qui m'avait rarement déçu : musique planante, télé sans son et nicotine ! Je n'avais pas trouvé mieux pour oublier mon insignifiance et m'abandonner au sommeil. Très vite les sonorités désenchantées de *O children*, le dernier morceau du double album du chanteur australien envahirent la pièce. J'allumai ma cigarette, et zappai lentement, laissant se dérouler un témoignage presque burlesque de l'état du monde, un patchwork composé de bouts de rien. Une cacophonie dans laquelle je jouais sans doute ma propre partition. La voix sombre du *Prince des Ténèbres* mêlait désillusion et espoir. À la fin du morceau et de ma cigarette, proche de me brûler les doigts, je revins soudainement à moi et considérai enfin le tas de lettres posé à mes côtés.

J'expédiai très vite les factures et la relance du Trésor, sans surprise hélas. Resta très vite la dernière lettre, celle que rien n'identifiait. La mystérieuse enveloppe, posée à même le canapé, m'appelait. Une puissance magnétique hors-normes vint naître tout à coup de ces quelques grammes de papier. Au fond de moi, mon sang s'agita, comme les premiers frémissements qui précédaient une ébullition. Ma main s'approcha lentement et la saisit.

Je déchirai la tranche et extirpai le pli que j'ouvris avec précaution avant d'en découvrir le message.

Le temps se suspendit tout à coup. Ce qui m'entourait perdit soudain toute consistance, comme si le souffle brûlant qui m'emportait venait consumer tout ce que j'étais il y a quelques secondes encore seulement.

Ce n'était pas une erreur. Les mots que je lisais s'adressaient bien à moi !

Théo a grandi. Il gigote et parle maintenant autrement que comme un hamster. Bon, par contre, il pleure tout le temps : quand il a faim, quand il est fatigué, quand il a mal au ventre, quand sa couche est sale. Presque tous les prétextes sont bons !

Ce coup-ci, à priori, je crois que c'est à cause de la couche vue l'odeur ! C'est marrant, parce que les bébés, ça sent pas pareil que les grands à ce niveau. Ça reste une crotte, mais l'odeur fait presque penser à de la purée de pois cassés. L'apparence aussi d'ailleurs ! Je ne préfère pas trop penser à cette association d'idées tout compte fait !

Vu que moi aussi j'ai grandi, maman me propose pour la première fois de le changer (enfin, je parle de sa couche, le petit-frère, on le garde !). Elle reste à mes côtés et m'explique tout bien comme il faut. J'adore le bruit du scratch de chaque côté de la couche quand elle se déchire. Ce bruit m'amuse, à moins que ce ne soit cette responsabilité nouvelle qui me rend fier ! Nettoyer ses fesses souillées, ça se gère aussi pas mal (à condition de ne pas trop penser à la purée de pois cassés) et puis j'aime beaucoup toucher les petites lingettes qui sentent le frais et le propre.

J'ai presque terminé mon affaire, soulevé légèrement mon frère pour y glisser un nouveau change, mais voilà que son petit « truc » se redresse sans crier gare et se met à m'arroser d'un jet continu, pile en direction de ma tête ! Maman se met à se marrer. Théo aussi a l'air de bien aimer.

Je suis le seul à trouver ce truc dégueulasse ? J'essaie de pincer son « petit tuyau » du bout des doigts mais rien à faire, la pression est trop puissante et le jet s'écoule, incontrôlable. Je suis totalement aspergé et je n'ose même pas me plaindre de peur d'en avaler ne serait-ce qu'un petit peu. Maman ne peut plus s'arrêter de rire et Théo l'imite. C'est comme s'ils avaient tous les deux organisé un coup monté !

Si c'est comme ça, il se la changera tout seul sa couche la prochaine fois !

5

Et je m'accroche à cette chère vie
Je ne regarderai pas en bas, n'ouvrirai pas les yeux

Chandelier – Sia

Faites bien attention monsieur Morlande, deux jours déjà se sont écoulés et vous ne donnez pas vraiment l'impression de prendre notre marché au sérieux. Cent jours, ça passe vite, alors quatre-vingt-dix-huit !... Votre choix est difficile. Il reste pourtant obligatoire, vous en connaissez désormais tous les tenants et les aboutissants. Alors, prenez le temps, mais pas trop !

Les mots écrits à la main, avec délicatesse, me renvoyaient en plein cauchemar. Je n'avais parlé de mon rêve à personne. Et si je l'avais évoqué avec Fred dans la soirée, cela l'avait été du bout de lèvres, de façon détournée. Comment quelqu'un avait-il pu savoir ? Mon souffle s'accéléra subitement à la vitesse de la panique. Et la chaleur qui m'avait envahi au moment de la découverte de ce message faisait désormais place à un froid polaire. Dans ma tête, mes pensées se bousculaient de façon totalement anarchique. De minuscules boules de flipper rebondissaient dans mon crâne : mes neurones en étaient réduits à l'état de pop-corn !

Putain, mais si personne ne sait, si personne n'a entendu, cela veut dire que... Impossible ! *À moins que je ne me sois exprimé à voix haute durant ma perte de connaissance et qu'à ce moment-là, ce soit la joggeuse...*Totalement improbable !

Sinon je parle en dormant et maman m'a surpris? Mais quel intérêt pour elle de... *Dernière hypothèse, quelqu'un qui pratique une forme de télépathie essaye de me ronger le cerveau?* Mais alors, pourquoi moi ?

J'avais beau retourner toutes les pistes, croiser les possibilités et tenter de dégager une explication rationnelle de ce qui portait encore les contours d'une mauvaise blague ou d'une caméra cachée, tout me ramenait à une vérité incroyable :

J'étais un mort en sursis et j'avais un peu plus de trois mois pour sauver ma peau !

Aussi effrayante que ne l'était cette réalité improbable, rien ne faisait sens en moi, ni même en mes croyances. On mourait, on mourait. C'était tout. Qui était revenu de la mort à la vie à part dans d'autres circonstances les personnes ayant éprouvé une expérience de mort imminente et le plus illustre des morts-vivants, Jésus lui-même ? Et en quoi Dieu proposerait-il une seconde chance ? Le concept même de « mourir par erreur » était-il recevable ? Le ciel n'avait que faire de ce qui était juste ou injuste ici-bas et les cimetières étaient remplis d'êtres partis trop tôt, parfois même beaucoup trop. J'étais bien placé pour le savoir ! Des gens bien, voire d'exception, pourrissaient entre quatre planches quand tant d'ordures respiraient et les erreurs, elles étaient faites le plus souvent « avant » la mort, de ces maladresses qui mènent à l'irréparable. Ma tante, que je n'avais jamais connue, aimait beaucoup se balancer sur sa chaise quand elle était petite. Un jour, à trop en faire, elle avait basculé et en était morte. Elle avait je crois cinq ou six ans. L'erreur était le fait des hommes. Jamais celui de Dieu !

Que signifiait alors cette terrifiante mission ?

Plus rien n'existait autour de moi à part ces pensées chaotiques. La télé tournait dans le vide et même Nick

Cave avait perdu la parole. La brûlure derrière ma tête se réveilla soudain, lancinante, donnant davantage de crédit à ce qui se jouait. Je l'avais oubliée jusque-là. La voilà qui se rappelait à moi, comme si de là-haut, on éprouvait le besoin d'enfoncer le clou. Me résigner à quelque chose d'inéluctable.

Il me fallait une cigarette ! Si fumer me détendait le plus souvent, si j'aimais bien l'idée de me perdre dans la fumée, d'en perdre pied parfois, cela devenait à cet instant précis le seul moyen de ne pas sombrer vraiment. Me raccrocher en désespoir de cause à une tige famélique remplie de poisons, plutôt qu'à une branche solide comme celle responsable de mon malheur. J'allumai fébrilement ma clope, mon doigt tremblant ripant plusieurs fois à côté de la roulette de mon briquet avant d'en faire jaillir la flamme. J'aspirai alors à pleins poumons la fumée épaisse. Et ce qui me tuait lentement venait me raccrocher à la vie. Je fumai derrière la première une autre cigarette, puis une troisième. Et je pleurais. Et la colère m'envahissait. Et j'avais peur !

Dans ma tête se mit alors à tourner en boucle un mantra à la portée dérisoire. Une suite ordonnée de sujets, de verbes et de compléments répétée à l'envie et encore vide de sens. Quelques mots dans lesquels se cachait, je l'espérais, une vérité beaucoup plus douce. Deux phrases qui ne me rassuraient même pas mais dont je m'abrutissais comme si à elles seules, elles résumaient l'espoir : *ce n'est pas possible, il doit bien y avoir une autre explication, ce n'est pas possible, il doit bien y avoir une autre explication, ce n'est pas possible, il doit bien y avoir une autre explication...*

Les heures passèrent ainsi sans que je ne trouve le repos et seuls mes poumons enfumés et douloureux et ma tête lourde mirent fin à l'imposture de ce dérivatif. Je sombrai dans un sommeil où un autre calvaire m'attendait. L'espace d'une nuit de quelques heures, je ne pus plus très vite lutter contre les fantômes venus m'assaillir. Je m'offris alors à des tourments effroyables dans lesquels je déambulais, armé jusqu'aux dents, à la manière des gamins de Columbine [1], abattant de sang-froid des centaines de victimes innocentes.

1. Le 2 avril 1999, deux étudiants avaient exécuté 13 personnes à l'école secondaire de Columbine avant de se donner la mort.

Théo a un an aujourd'hui !

Pour l'occasion, maman lui a acheté un petit gâteau au chocolat chez le meilleur pâtissier de la ville. Le marché est simple : vu qu'à un an on n'est pas bien grand et qu'on s'écœure vite, maman me dit que j'aurai le droit de finir son gâteau une fois qu'il l'aura goûté. Il faut dire que le gâteau en question fait envie : une pâte sablée fondante, surmontée d'une mousse légère au chocolat au lait, avec une fine couche de caramel et un glaçage à tomber par terre ! J'en salive d'avance !

Même si papa est au travail et une nouvelle fois ne sera pas avec nous, j'ai obtenu de maman que Théo puisse manger son dessert à midi (et moi avec !). Après sa purée de carottes et de pommes de terre (faut pas rêver quand même, il n'allait pas manger une dinde farcie !), je place solennellement sa première bougie sur l'appétissant dessert et le lui amène comme une offrande. Je n'ai même pas le temps de prendre deux pas de recul pour sortir de la photo que maman s'apprête à prendre que tout se met à déraper très vite !

Les yeux de Théo s'illuminent comme s'il devenait fou. Et sans que personne n'ait eu le temps de dire « ouf », il prend le gâteau à pleine main pour se l'écraser en plein visage et le dévorer goulûment. Je suis sous le choc. Il m'a totalement foutu en l'air « mon » gâteau. Enfin, c'était d'abord le sien, mais quand même !

La frustration est telle que j'ai presque envie de pleurer. Mais maman se met à rire, alors je me retiens et puis finalement, je ris aussi.

De toute façon, mon anniversaire est dans un mois. J'aurai ma revanche et je finirai bien par y goûter à ce gâteau. Et ma part, il faudra se lever de bonne heure pour y toucher !

6

Jusqu'à mon dernier souffle
J'imaginerai le pire !

Jusqu'à mon dernier souffle – Terrenoire

Le réveil de cette nuit « d'après » sonna comme une délivrance. Il n'y avait pas eu de véritable repos, ni d'authentique répit. Et c'est chargé du poids de mes exactions nocturnes, les poumons encore embrumés et la poitrine prise, que je m'éveillai le regard vitreux. Je n'avais plus sommeil. Je ne pouvais plus dormir. Je n'avais plus de force. Mon footing attendrait une fois encore ! L'un dans l'autre, une autre réalité voyait le jour. À moins que tout cela n'ait été qu'une farce grandiose, je devais m'employer à trouver quelqu'un pour mourir à ma place.

Trouver quelqu'un pour mourir à ma place : qui de nous deux était le plus dingue ? La situation ou moi-même ?

Je me confrontai à une incongruité. La plupart des humains restaient bien accrochés à la vie. Ou du moins, ils résistaient autant que faire se peut à la mort, j'en étais moi-même la preuve. Même en fumant, en ingérant des nourritures peu recommandables ou en laissant son oxygène quotidien se teinter de pollutions, la faucheuse faisait peur au plus grand nombre. Comment faire le choix ? « Choisir » d'ailleurs était-il une option ?

Il me fallait pourtant débusquer quelqu'un, quelque part dans ce monde, en pleine force de l'âge, le pointer du doigt, interpeller là-haut et *bang*, de cet ensemble de codes le rayer du monde des vivants. Que me fallait-il préférer ? Opter pour un inconnu, loin, très loin d'ici et me mettre à l'abri après mon forfait en essayant de ne pas me laisser rattraper par les remords ? Impossible. Pour cela, il me faudrait sortir de la ville ! Opter alors pour une ordure locale, ce qui me permettrait peut-être d'endosser avec un peu plus de confort le costume de tueur à distance ? Il devait bien y avoir un beau contingent de salopards dans le coin, comme partout ailleurs. Faire le tri prendrait sans doute plus de temps mais le poids de ce crime serait certainement plus léger. Le seul fait d'imaginer tout cela me donnait la nausée. Le salopard, c'était moi peut-être ! Tuer pour survivre n'avait rien de noble. Le dessein était animal, archaïque. Comment faire pour vivre avec ça ? L'ensemble de ces images étaient d'une violence incroyable, qui ne me ressemblait pas.

Perdu dans mes pensées devant mon café qui refroidissait, je poursuivis alors mon introspection. Même si depuis longtemps un volcan bouillait en moi, je n'avais jamais été littéralement violent ou agressif. Bien sûr, comme tant d'autres, j'y étais allé de mes bagarres le temps de ma jeunesse. Des combats de coqs ! Je n'avais pas donné ma part aux chiens plus tard encore, lorsque j'évoluais en bande avec Fred et les autres, et cette fois-ci pour d'autres raisons. Mais jamais tout cela n'avait été vraiment moi, dans mon sang et mon ADN. Il y avait quelque chose d'un jeu de rôles dans ces échanges de coups. Vivre cet âge, ici, avec mes camarades, exigeait sans doute le respect de ces codes. Des clichés éculés mais qui se vérifiaient souvent dans les quartiers populaires. Au fond de moi et malgré la violence qui sommeillait, je me sentais être pourtant un gentil. Un vrai. Faire mal, directement, m'était impossible. Alors, tuer...

Tout gamin avec mon frère, j'allais parfois en vacances chez mon grand-père à la campagne où je passais mon temps à jouer auprès des chiens, des lapins et des volailles jusqu'à l'heure de la soupe. Ma camarade de jeu préférée était une poule noire. Peut-être était-ce parce qu'elle demeurait la seule de cette couleur parmi une vingtaine de poules rousses ? Je ne le sus jamais. Un dimanche matin, bien avant de préparer le repas, mon grand-père m'amena dans la basse-cour et choisit un volatile. Il opta pour la poule noire justement, à qui il tordit soudainement le cou d'un geste sûr et rapide. Je ne pus détacher mes yeux durant de longues minutes de la tête chancelante de l'animal. C'était la première fois que je me confrontais à la mort aussi directement. Bien plus tard, comme tout le monde, j'avais été sous le choc des attentats incroyables du 11 septembre, puis, plus tard encore, par ceux de Paris le 13 novembre 2015, comme de tous ceux qui suivirent. Plus encore que par le nombre des malheureuses victimes, j'avais été ébranlé par ce que ces odieux « chefs d'œuvre » du terrorisme venaient montrer du destin et de la fatalité. Des hommes et des femmes comme tous les autres, de tous âges et de toutes origines, fauchés de façon arbitraire au mauvais endroit et au mauvais moment sur le grand autel de la folie de Dieu.

Pour une cause à peine plus glorieuse, j'en étais réduit au même point : frapper au hasard, devenir le bras armé du destin ! Je perdais pied. Mon café froid expédié, la douche ne me fut d'aucun secours. Pire, le doute en profita pour s'inviter et se joindre au marasme. Tout cela n'était absolument pas croyable.

Il devait évidemment y avoir une autre explication. Forcément ! Quelque chose de rationnel, un complot, un canular, un nouveau concept télé comme ces émissions prisées où des candidats isolés doivent s'éliminer les uns après les autres pour que le dernier survivant puisse l'emporter en faisant triompher l'audimat. Cela ne pouvait être que cela. J'étais piégé par une boîte de production ! Spontanément, je jetai un coup d'œil circulaire sur la salle de bain à la recherche de caméras ou de micros espion. Mais je n'y repérai qu'une sale trace de moisissure, aucune preuve d'un subterfuge ! *The Truman Show* m'avait beaucoup marqué lorsque je l'avais visionné pour la première fois. La fiction venait-elle de rattraper la réalité ? La mise à jour de cette hypothèse ne me rassura pas vraiment. Je marchais sur un fil ténu, et mon activité cérébrale était en surrégime.

Ça n'était pas possible. Ça n'était « absolument » pas possible ! Je répétai encore ces mots. Après avoir manqué de plonger dans les grandes largeurs, je me récupérai du bout des doigts, avec la vilaine impression d'être devenu le roi des naïfs ! Le monde était rempli de personnages bizarres ou de situations absurdes. Mais même l'absurdité la plus absolue portait ses limites. Comment avais-je pu me laisser berner de cette manière ? Pourquoi avais-je été si crédule ? J'étais fatigué. J'avais besoin de congés, c'était tout. Je devais me reprendre pour trouver la bonne explication. Et pour cela, je devais à nouveau dominer mes émotions.

Retrouve ton sang-froid Mathias !

Un large sourire s'invita alors sur mes lèvres et redonna un peu d'éclat à mon visage fatigué. La nuit, même chaotique, avait porté conseil sur le tard. Je ne savais pas encore ni pourquoi ni comment, mais je ne pouvais être que le cobaye d'une nouvelle émission. J'avais été recruté malgré moi pour distraire à mon détriment, il n'y avait que ça ! *Quel imbécile !* La pression contenue dans mon corps se vida soudainement comme une baignoire d'eau sale et je me détendis, laissant les idées agréables m'envahir. Si cette hypothèse était la bonne, une belle somme me serait même certainement versée à la fin de l'épreuve (c'est comme cela que ça se passe, non ?). Peut-être même deviendrai-je célèbre, comme ces candidats venus de rien et devenus pas grand-chose en quelques mois, qui capitalisaient sur leur image et trustaient les plateaux télé ? Une juste récompense pour m'avoir fait tourner en bourrique !

Et si ma vie, enfin, changeait ?

Les choses s'articulaient enfin positivement et je déroulais le film dans le bon sens : maman, toujours vissée devant ses émissions ineptes, s'était décidée à m'inscrire pour un nouveau jeu et avait posté la lettre, se faisant la complice d'une production qui avait les moyens de construire un pseudo-paradis dans un studio de la Plaine Saint-Denis où j'avais été amené (certainement drogué) avant de subir ma rencontre avec un comédien plutôt convaincant dans son rôle d'employé de l'au-delà. Quelques questions restaient en suspens, mais l'ensemble tenait désormais la route.

J'étais sauvé !

Tout à mon enthousiasme et pas à une minute près, je traversai le couloir pour rejoindre l'appartement de ma mère. Après deux coups secs donnés à la porte, je rentrai.

— Tu es là maman ? !

Regrettant déjà la stupidité de ma question (maman ne sortait quasiment jamais de chez elle et la télé était déjà allumée), je me dirigeai spontanément vers la pièce où j'avais toutes les chances de la trouver dès le matin.

— Bien joué, j'ai failli y croire ! Tu aurais pu quand même me dire que tu m'avais inscrit à un j…

Je m'arrêtai net, à la porte du salon.

— Maman ?

Elle était là, immobile, hypnotisée par les photos de Théo qu'elle observait sans s'apercevoir de ma présence. Sa main dépoussiérait le meuble devant elle dans des mouvements mécaniques de plumeau. Un geste sans âme et sans fin, triste, inutile, vu trop souvent. J'insistai.

— Maman ?

Elle se ressaisit subitement, sortant mollement de sa catatonie.

— Ah, tu es là ? Je ne t'avais pas entendu rentrer ! me répondit-elle d'une voix déjà lasse.

Beaucoup auraient vu dans ces absences les signes d'une dégradation de son état. D'une folie du désespoir dans laquelle elle sombrait. Je préférais me dire qu'en effaçant la poussière, ma mère cherchait surtout à effacer le malheur. Il faut parfois insister longtemps lorsque la tristesse s'est trop répandue !

— Tu me disais quelque chose ?
— Rien Maman. Je... Je venais juste te dire au-revoir avant de partir travailler !

Je déposai un baiser dans ses cheveux empestant le tabac froid et partis. La conversation pouvait bien attendre ! Une autre réalité m'appelait déjà.
Même si je n'avais peut-être plus à la sauver, il m'appartenait malgré tout de gagner ma vie !

*

Je me retrouvais au garage comme en vacances, plutôt soulagé de proposer à ma tête un dérivatif. Santorez m'apparut même presque sympathique, lui qui ne lésinait pourtant pas sur les moyens de se présenter de façon désagréable.

— Morlande, vous me ferez le plaisir de bichonner l'*Audi* de monsieur Lambert. Il est président d'une grosse entreprise de la région et il m'a fait savoir qu'il allait bientôt dénoncer le contrat d'entretien de son parc de véhicules de fonction. Alors son train de pneus, vous me le monterez avec amour, pas avec le dédain qui vous caractérise habituellement !

Les propos glissaient sur moi. J'étais en vie et le temps m'appartenait. Cela ne suffisait pas totalement à mon bonheur, mais cela ménageait au moins mon insouciance. Sur le pont le plus proche du mien, Fred s'affairait sur les plaquettes de frein d'une vieille *Renault*. Il n'attendait qu'un regard de ma part pour lancer la conversation. Je le lui offris.

— Ça, va ? T'as l'air tout bizarre !

— Mal dormi… Tu ne sais pas quoi ?

— Vas-y, raconte !

— Je vais sans doute participer à une émission télé !

— Mais c'est de la balle ça mon cochon ! Tu vois, j'en étais sûr. Et même si j'avais pas encore les mots à l'époque, je me le suis dit dès que je t'ai vu débarquer à la maternelle : toi, tu es fait pour des grandes choses. De très grandes choses même ! Tu me calculeras encore quand tu seras en couverture des programmes télé, hein ?

— Je veux bien, si la consécration d'une vie c'est ça pour toi… Et ta Louise, elle t'a rappelé ?

— Louise ? Non, mais je ne me formalise pas. C'est normal d'être ébranlée quand on rencontre le grand amour. T'imagine tout ce que ça implique pour elle ? Se mettre en couple, envisager peut-être de faire un enfant, changer de nom à terme ! Et puis si ça s'trouve, elle a déjà un mec. Elle doit chercher un moyen de lui annoncer la nouvelle en douceur, sans lui faire trop de mal. Parce qu'elle est comme ça ma Louise. Pas le genre de nana à te laisser tomber comme une merde. Elle a de la classe ! De toutes façons, je lui laisse le temps. C'est ça « aimer une fille ». Pas la peine de lui mettre la pression. Elle sait que je suis là !

Santorez repassa devant nous, à l'affût de la moindre distraction. Nous nous tûmes instinctivement comme des prisonniers échafaudant un plan au passage du maton. Lorsque la menace s'éloigna, Fred reprit.

– Sinon, pour ta question d'hier, j'ai peut-être mieux !

– Comment ça ?

– J'ai le candidat idéal pour être rayé de la carte : cette petite crevure de Stéphane Pazzoli. Et en plus lui, il a notre âge, à tenter que les ordures ne vieillissent pas plus vite ! C'est tellement évident quand j'y pense. D'autant plus que je suis presque sûr que c'est lui qui m'a donné aux flics pour protéger ses petites combines de Tony Montana de troisième zone. Tu parles d'un caïd, pas compliqué de tenir un quartier résidentiel où ne vivent que des retraités ! Ah ça, il en a refilé des saloperies à tous les fils à papa du coin ! Tout ça pour s'offrir le centre funéraire local avec l'héritage du daron et tromper bobonne avec tout ce qui compte des œstrogènes ! Ouais, c'est lui que je mettrai bien entre quatre planches. Mais laisse-moi encore quelques jours et je te donnerai encore d'autres noms !

Je ne répondis pas. J'avais totalement décroché juste après l'évocation de ce type que je n'avais plus croisé depuis longtemps. Fred parlait beaucoup trop. Cela me faisait souvent marrer et le rendait attachant mais après une telle nuit, je ne pouvais pas suivre.

– T'en dis quoi ?

…

– Mathias, t'es avec moi ? T'es tout bizarre, t'es sûr que tout va bien ?

– Oui, oui, ça va…

— Tu continues de courir en ce moment ?

— Non, depuis mon accident, j'ai eu du mal à y retourner. En même temps, ça ne fait que trois jours...

— Tu ne veux pas qu'on aille à la piscine ce soir après le boulot ?

— La piscine et moi, tu sais...

— Je ne te demande même pas de nager. À la limite, on peut même se contenter de tremper dans le jacuzzi. Ça nous fera du bien et puis on en profitera pour mater les filles en maillot. J'te dis ça, parce qu'après, je serai forcément fidèle avec Louise ! Et si ça te dit, on ira boire des coups après. T'en profiteras pour tout me raconter pour ton émission. Tu me laisseras devenir ton agent ?

— On a le temps d'y réfléchir !

Je lui souris. Fred, satisfait, retourna à ses plaquettes et moi à mes pneus. En sachant que derrière, d'autres voitures et d'autres pannes viendraient. Et que c'était très bien ainsi !

*

— Tu vois qu'on a bien fait !

Derrière la vitre du vestiaire, dans une odeur de chlore déjà omniprésente, une atmosphère de sérieux et d'application régnait sur les couloirs de nage. Mais l'intérêt de Fred était déplacé un peu plus loin, vers la fosse où s'exerçait la section de danse synchronisée de la ville et dans laquelle évoluaient une dizaine de naïades aux courbes gracieuses et athlétiques de sylphides. Les maillots échancrés ne gardaient secrets que peu de détails aux yeux de qui voulait les admirer.

– Ça, je lui dirai très vite à Louise. Je lui donne mon cœur bien volontiers, mais mes yeux, avec sa permission, je me les garde ! On est des mecs ou pas ?

Négligemment, je laissai aussi mes yeux dériver vers l'attrayant spectacle, allant même jusqu'à esquisser un sourire complice à mon camarade. La masculinité n'était pas une émotion mais un état dont il était impossible de se soustraire complètement !

– On est bête quand même. Ça demande quoi de faire coach de ce genre d'équipe ? C'est pas plus compliqué que de changer une courroie ou un soufflet de cardan ! Imagine le délire : être payé pour côtoyer ces déesses de près. Et je suis sûr que des fois, t'as même le droit de les tripoter gentiment pour corriger leur posture ! Voilà pourquoi le monde part en sucette mon Mathias : parce que trop peu de mecs ont des boulots de rêve et beaucoup trop des tafs de tricards. Si la jalousie et la convoitise étaient des carburants, on aurait plus de problème de pétrole depuis bien longtemps !

Je l'observai une nouvelle fois, amusé. Depuis tout petit, Fred s'accrochait à ses idées comme à des bouées de sauvetage. À la maternelle déjà, il avait des théories sur tout. À la cantine, il racontait par exemple que les carottes étaient orange, les petits-pois verts et les tomates rouges à cause des colorants que les adultes avaient mis dedans pour rendre les assiettes plus jolies. Que si tous les légumes étaient d'une couleur identique, cela n'aurait pas assez donné envie d'en manger aux enfants que les carences en vitamines n'auraient jamais fait grandir, les rendant aussi petits que des Pygmées ! Plus tard au collège, lorsque nous séchions devant un devoir d'anglais ou de mathématiques, Fred proclamait que nous n'étions que les cobayes d'expériences de laboratoire chargées de mesurer les limites des élèves à la torture et que ne pas répondre était une forme de résistance (accessoirement aussi une belle excuse pour ne jamais réviser !).

Fred était, par l'absurde, un brillant théoricien de la vie. Une vie elle aussi absurde. Absurde, cruelle et dénuée de sens. Sans ses saillies verbales, Fred pouvait sombrer à chaque instant. Il restait comme moi un élément négligeable, un jeune sans attache et sans but, occupant ses jours dans un boulot payé une misère et ses nuits à espérer autre chose. Un « autre chose » qui n'arrivait jamais qu'à la télé. En le regardant gesticuler devant moi, je prenais une nouvelle fois la mesure des points communs que nous partagions. Ces ressemblances qui nous avaient unis et fait de nous des frères, même si Fred était fils unique et que moi...

Je chassai l'idée. Évoquer Théo, même aujourd'hui, faisait encore mal, trop mal ! Fred me ramena à lui.

— Et cette histoire de jeu alors ?

— Bon attends, ne t'emballe pas trop encore. Ce n'est pas sûr encore à cent pour cent, mais je suis convaincu que ma mère a fait en sorte que je participe à un nouveau projet. Au départ, je ne comprenais pas, mais à force d'y réfléchir, c'est devenu évident. Ce sera un truc du genre caméra cachée. Je ne suis pas censé savoir, mais les ficelles étaient trop grosses. C'est pas grave, je ferai semblant !

Au même moment, une des jeunes nageuses sortit du bassin et vint s'essuyer les cheveux près de la vitre, nous décochant au passage un sourire à transformer la piscine en marmite d'eau bouillante.

— Je devrais peut-être te raconter ça plus tard, m'entendis-je murmurer.

— Ouais, t'as raison. Allons plutôt nager...

Nous partîmes enfiler nos maillots et récupérer nos affaires dans nos cabines respectives. J'en ressortis très vite et sans y prendre garde, me laissai à nouveau aspirer par le ballet des sirènes retournées à l'eau. J'entendais encore Fred qui pestait dans son coin.

— Sérieux, déjà que c'est moche que ça en peut plus, voilà maintenant qu'ils te vendent des maillots de bain coupe slim XXS ! Cette fille n'aurait pas dû nous sourire comme ça, dit-il en se débattant entre les parois, j'y peux rien, elle m'a mis l'anaconda au garde-à-vous ! Raconte-moi vite un truc triste pour calmer la bête, je ne vais pas pouvoir rentrer dans mon lycra sinon...

Je fis le choix de le taquiner.

— Te presse pas, elles sont toutes parties de toutes façons !

La porte de la cabine s'ouvrit aussi sec et Fred accourut à mes côtés au risque de déraper sur le sol glissant. Son maillot aux trois-quarts enfilés dévoilait encore une partie de ses poils pubiens.

— Putain, t'es con, j'ai failli me péter un truc à cause de tes blagues !

Son regard s'arrêta soudainement derrière moi, et sa bouche s'ouvrit bêtement comme à la découverte de quelque chose de totalement inattendu.

— Mais tu ne m'avais pas dit petit cachottier ?
— Te dire quoi ?
— Ben ça, dit-il en désignant mon dos du menton, ton tatouage !
— Quel tatouage ?
— Là, tu me vexes. Monsieur va peut-être devenir une star de la télé, mais de là à oublier de me confier ce genre de truc...

Je le bousculai pour atteindre la glace qui jouxtait les douches. Fébrile, je me tournai alors face au miroir et ressentis un frisson puissant, qui m'ébranla. Une large inscription en lettres gothiques barrait le bas de mes épaules, à la hauteur des omoplates. Et les sueurs froides me reprirent lorsque que j'entrepris de déchiffrer le message inscrit à même ma peau. Car je décodai très vite la maxime. Et compris plus vite encore qui me l'adressait, au moment où mes tempes résonnaient de violents coups de marteau.

Sur mon dos était inscrit : *VIVRE, C'EST CHOISIR !*

Depuis son anniversaire, Théo a gagné en débrouillardise. Il ne marche toujours pas vraiment, mais il s'arrange pour aller où il veut à quatre pattes ! Il est d'une vitesse redoutable. C'est bien simple : il est à surveiller comme le lait sur le feu !

Maman est sous la douche et m'a demandé de garder un œil sur lui. Mais cela fait quelques secondes que je ne l'entends plus. Ce silence m'inquiète un peu. Je l'appelle, il ne répond pas. Je l'appelle encore, sans plus de succès. C'est là que j'entends un bruit discret qui semble venir de la cuisine. Je vais voir et là...

Je ne sais pas comment il s'est débrouillé, mais Théo a réussi à atteindre, puis à ouvrir, le pot de pâte à tartiner dans le placard. Et c'est un désastre évidemment ! Il a plongé ses deux petites mains dans le récipient et se les enfourne dégoulinantes de chocolat dans la bouche. Il en profite bien sûr pour se recouvrir la face avec enthousiasme.

Il n'est pas paniqué par ma venue comme quand on est surpris en pleine bêtise. Au contraire. Il est tranquille. Il savoure. Il me fait penser à papa quand il déguste en connaisseur une nouvelle bouteille de vin !

Mieux encore : il se retourne vers moi et me tend son bras en me disant « vin », ce qui en langage Théo veut dire « viens ». Alors j'abandonne mon rôle de grand-frère et je fais semblant de venir lui manger les mimines, ce qui lui arrache des éclats de rire communicatifs. Les choses évidemment n'en restent pas là. À nous deux, le pot est terminé en quelques minutes et lorsque maman nous découvre, nos deux visages sont recouverts de chocolat !

Mes parents avaient finalement raison : je crois que l'on va bien s'amuser mon petit frère et moi !

7

La nausée monte en moi et me donne envie de tout lâcher

La nausée – Sinsemilia

J'avais à peine pris le temps de me rhabiller avant de m'enfuir sans une explication pour un Fred médusé. Sur la route, mon vélo s'était laissé guider par des coups de pédales mécaniques, et j'avais manqué par deux fois de me faire percuter par des voitures. Je ne distinguais rien d'autre devant moi qu'un long tunnel sombre, sans même une petite lueur pour l'éclairer.

Arrivé devant mon immeuble, je balançai mon engin contre la grille pour grimper les escaliers quatre à quatre. J'ouvris la porte de l'appartement aux volets encore fermés et m'assis à même le sol, contenu par un angle du salon et tremblant de froid. J'étais comme un boxeur KO dans son coin après la défaite de trop. Sans comprendre tout à fait pourquoi il avait été vaincu.

Le monde autour de moi s'était écroulé en même temps que l'hypothèse favorable à laquelle je m'étais accroché. Plus de richesse, plus de célébrité. Ce n'était pas un jeu qui s'imposait à moi mais un couperet implacable. À moins d'imaginer qu'un psychopathe expert en pyrogravure ne soit venu dans mon sommeil ou pire, m'ait drogué pour me tatouer ce message dans le dos – *et dans ce cas, pour quelles raisons* – le champ des possibles s'était rétréci jusqu'à ce constat fou : ce tour de force était bien l'œuvre de l'au-delà ! Je regardai ma montre et réalisai de tête le calcul. Dans approximativement quatre-vingt-dix-sept jours, deux mille trois cent vingt-huit heures ou cent trente-neuf mille six cent quatre-vingts minutes (mes compétences en calcul mental s'arrêtaient là, c'était déjà beaucoup), si rien ne se passait, j'allais mourir !

J'ALLAIS MOURIR ! ! ! ! ! !

Je pleurai. De quoi alimenter un dégât des eaux. Pourquoi moi ? Pourquoi une telle injustice me tombait dessus après déjà toutes les épreuves que j'avais traversées ? Fallait-il que le destin s'acharne sur ma personne comme on écrase la plus insignifiante des fourmis. N'être rien ne suffisait pas ? Je pensais à mon voisin du rez-de-chaussée, monsieur Bergeond et ses quatre-vingt-dix-sept ans qui depuis cinq ans et le décès de sa femme, implorait le ciel sans succès de le laisser la rejoindre. Quelle ironie ! Je tâtonnai pour mettre la main sur mon paquet de cigarettes. Je fumai en grelottant. Les nuages que j'avalais portaient eux-aussi le parfum du dégoût. J'en étais réduit à me balancer comme un psychotique en crise pour chercher dans un mouvement régulier la capacité de me calmer. Mais tous les balancements du monde, toutes les cigarettes de mon paquet, tous les cris et toutes les larmes de mon corps n'arrivaient pas à me sortir de cette peur panique.

Au fond de la pièce, je pris soudainement conscience du tic-tac de l'horloge léguée par mon grand-père. Chacune de ces ponctuations sonores était devenue sinistre. J'avais toujours été effrayé par la notion du temps qui passe. Souvent le soir, en me couchant, je prenais la mesure de cette petite mort d'une journée qui s'éteint, de ce lent et inéluctable rapprochement d'avec la fin. Les secondes qui s'égrenaient maintenant semblaient épouser un tempo beaucoup trop rapide. Totalement effrayant.

J'étais forcé de reconsidérer mes prochains jours : j'avais mieux à faire que de procrastiner. J'avais envie de vivre et donc le devoir de trouver quelqu'un pour me sortir de cette impasse. Mais alors, qui ?

J'étais totalement perdu. Mais pour l'instant du moins, j'avais encore du temps. Toujours ces quatre-vingt-dix-sept jours, deux mille trois cent vingt-huit heures ou cent trente-neuf mille six cent quatre-vingts minutes. Un peu moins maintenant !

Je me relevai et essayai de reprendre mon souffle après avoir essuyé mon visage d'un geste du bras. J'allai trouver. J'allai me battre. Il n'était pas dit que la guerre se terminerait avant le début de la bataille !

Ignorant l'horloge et son rythme entêtant, je passai de l'eau fraîche sur mon visage en essayant de regrouper toutes mes ressources autour de cet unique objectif. Des objectifs, au fond, je n'en avais jamais eus vraiment jusque-là. Je m'étais exclusivement contenté de me laisser porter par le vent. Et le vent ici, pour tout le monde, ne poussait pas bien loin, au bout de la rue dans le meilleur des cas (et encore, en cas de tempête !). Le tic-tac vint m'accueillir de nouveau dès ma sortie de la salle de bain. Plusieurs minutes, encore, s'étaient écoulées. Sans réfléchir, je retirai la pile de l'horloge, puis débranchai mon réveil avant d'éteindre mon portable. Le temps, au moins pour ce soir, ne devait plus exister. Je le savais, Fred chercherait par tous les moyens à me recontacter pour connaître les raisons de ma fuite. Je devais me placer en mode étanche. Personne de toute façon ne comprendrait.

Ce n'était pas encore grandiose. Pourtant, je m'étais ressaisi. J'étais debout, au sens propre, comme au sens figuré. Chancelant, branlant, aux prises avec un léger vertige, la goutte aux nez et les yeux rouges, un mal de gorge et une envie de vomir quasi permanente, mais debout. Sale portrait pour un survivant en puissance !

M'appuyant sur ce rebond digne d'une montagne belge, je me lançai alors dans une séance de brainstorming débridée.

Problème numéro un : *où trouver ma victime ?* Réponse spontanée : pas dans mon quartier déjà ! Continuer à vivre à proximité des proches d'un homme que j'aurais largement contribué à faire disparaître serait insupportable de remords. Réponse annexe mais loin d'être secondaire : pas plus loin que les limites de la ville non plus, que je n'avais pas franchies depuis quinze ans ! Le périmètre serait-il suffisant ?

La ville comptait quelque chose comme quinze-mille habitants, dont probablement la moitié de sexe masculin et de mémoire, comme partout dans le pays, dix pour cent dans ma classe d'âge. Mon homme, au final, se cachait ainsi parmi environ huit-cents personnes, que je réduisis de cent unités compte-tenu de ma réponse à la première question. Sept-cents hommes donc parmi lesquels choisir ! J'avais la sensation d'avancer. Pas de quoi encore donner dans de l'autosatisfaction, mais réduire ma cible au vingtième constituait déjà une petite victoire. Une toute petite. Problème numéro deux, et pas le moindre : *qui parmi ces sept-cents âmes méritait le plus de mourir ?* Réponse réflexe : une petite frappe ou un junky, de ces zombies qui traînaient dans les quartiers voisins à la nuit tombée (les délinquants de ma cité ne connaissaient pas leur chance !). Instinctivement, je me maudis ! L'épreuve, diabolique, m'avais transformé en activiste d'extrême-droite ! Le mode survie n'autorisait pas une telle bassesse. Je devais trouver autre chose. Quelque chose de mieux, à tenter que cela soit possible ! Le temps inexorablement s'écoulait mais je n'en étais pas encore réduit aux derniers recours, aux critères moralement discutables et éthiquement exécrables. À quoi bon gagner le droit de vivre si c'était pour le faire avec la sensation, infâme, d'être devenu le fils spirituel de Margareth Thatcher et d'un officier nazi ! Je rajoutai donc au filtre imposé par la situation une barrière morale. Et je reformulai la question : *qui serait le moins dérangé à l'idée de me remplacer ?* Prononcée comme cela, la question semblait ridicule. Qui serait assez généreux, ou gentil, voire bête, pour prendre ma place ? Personne évidemment.

Personne sauf…

L'idée s'imposa à moi dans toute son évidence. Un suicidaire ! La solution se trouvait chez un type résolu, lui, à en finir ! Je le concède : en termes d'éthique, je frôlai toujours le degré zéro de la résolution de problème. Mais du côté du poids à porter par la suite, cette option était idéale. Sauver sa peau en faisant plaisir !

Je me détestais.

Je me détestais mais je n'avais pas le choix. Je voulais vivre et si quelqu'un, quelque part, souhaitait le contraire… La situation était ubuesque ! Je devais aller au bout de cette idée. Arrêter de me poser autant de questions et de prêter le flanc à la faiblesse. Un autre problème s'imposa alors : *où trouver un candidat au suicide ?* À ce que je sache, aucun club de dépressifs n'avait encore été créé dans le monde et de telles velléités ne s'affichait pas fièrement mais s'écrivaient plutôt – dans le meilleur des cas – dans des journaux intimes. Par ailleurs, je pouvais difficilement écumer les psychiatres, dont le mien, à la recherche du candidat idéal. Un candidat qui plus est protégé par le secret médical.

J'ouvrai enfin les volets et la fenêtre. Depuis mon minuscule balcon, j'observai la vie en bas. Instinctivement, je m'allumai une autre cigarette. La ville était déserte et son silence était simplement ponctué par des éclats de bruits de voitures ou de scooters. Face à ce spectacle immuable, je me sentis soudainement fragile et doté paradoxalement d'une nouvelle force.

C'était ça survivre ?

Une idée me vint. J'allai chercher mon téléphone et le rallumai. Naturellement, dix appels de Fred en mon absence m'avaient déjà été adressés. Comment lui expliquer l'inexplicable ? Je n'avais pas les clés pour l'instant. Je préférai me diriger directement sur mon application Facebook à la recherche de plusieurs groupes. Je tapai au hasard les mots « suicide », « dépression », « désespoir » sur le moteur de recherche, auquel j'associai le nom de ma ville et de ma région. Les résultats m'indiquèrent plusieurs profils qui étaient intervenus sur ces questions dans un rayon de quelques kilomètres. Je les parcourais. *Louis C* avait ainsi rédigé un post il y a trois jours, illustré par une photo en noir et blanc – splendide – d'un enfant regardant tomber la pluie derrière sa fenêtre. Ses mots : *Tant voir tomber la pluie qu'on en doute du soleil*, ne cachait pas grand-chose de son état d'esprit. Un autre, *Darkangel*, citait sur un autre post les propos de Kurt Cobain : *Comme Hamlet, je dois choisir entre le suicide et la mort.* Un certain *Greg Tlt*, lui, demandait carrément sur un groupe *« comment faire pour mettre fin à ses jours sans souffrir ! »*. Une petite dizaine de récurrences de ce type étaient apparues ces dernières semaines sur des pages ou des groupes localisés pas bien loin de chez moi. Une aubaine. Ma chance !

J'adressai à chacun des profils repérés un message sibyllin : *Si vous êtes désespéré et souhaitez en finir, je peux vous aider...* Après une seconde de doute, j'envoyai mon message. La nausée me reprit, que je surmontai. Le vide m'enveloppa alors. L'attente, au bout de quelques secondes, était déjà insupportable. Une torpeur immense m'envahit soudainement, dans laquelle je me laissai sombrer, n'étant déjà plus capable de résister à quoi que ce soit.

Je me réveillai de mon coma aux environs des neuf heures. Bien trop tard pour pouvoir me rendre au travail, un rendez-vous quotidien que je n'avais de toute façon ni l'envie ni la possibilité d'honorer. J'avais la tête coincée dans un étau, bourdonnante, douloureuse, les yeux toujours secs et brûlants. Mes poumons étaient en feu, bardés d'un plastron de métal incandescent et mon ventre était agité de reflux. J'aurai pu redouter en revanche une nuit ponctuée de tortures et agitée de démons. Il n'en avait heureusement rien été. Seul le néant avait été mon hôte. Si la mort ressemblait à cela, alors peut-être n'était-elle pas si terrible ! Je n'avais pourtant pas le loisir de m'appesantir sur cette idée. Je consultai le message envoyé la veille, encore sans réponse concrète mais lu déjà par trois des destinataires. J'adressai enfin un texto à Fred (qui avait déjà essayé de me recontacter trois fois depuis l'aube), lui demandant de m'excuser auprès de Santorez dont je n'osai pas imaginer la réaction. Je promettais aussi à mon ami des explications dans la soirée, mais cela représentait davantage un moyen de gagner du temps que de l'éclairer vraiment. Que pouvais-je lui confier sans risquer un internement immédiat ?

La priorité était de m'éclaircir l'esprit. Ma boîte à café était vide. Comme mon paquet de cigarettes d'ailleurs ! Je n'avais qu'une envie, celle de rester cloîtré chez moi, mais sans munition... Je me mouillais à nouveau le visage dans la salle de bain, maudissant encore une remontée d'égouts, puis m'habillai et sortis.

De retour de mes emplettes, avec un café du Brésil de chez Mimouni et des cigarettes américaines achetées chez les Grimandi (il fallait vraiment que j'arrête cette saloperie mais la situation s'y prêtait de moins en moins), je regagnai mon immeuble, prêt à passer une nouvelle journée d'hibernation à espérer un retour favorable de ma bouteille à la mer.

Je fus surpris de trouver sous le porche d'entrée un petit gamin de cinq-six ans tout au plus, assis à même les marches. Celui-ci semblait patienter. Sa posture inattendue et mon malaise m'incitèrent à m'asseoir à côté de lui.

— Bonjour… Tu es nouveau ici, je ne t'ai jamais vu ?

— Bonjour monsieur. J'ai déménagé la semaine dernière. J'habite au sixième B !

— J'habite un étage au-dessous ! Tu n'as pas classe ?

— Non, ma maîtresse est en Grèce.

— Elle est en vacances !

— Non, non. Elle n'est pas à l'école, c'est tout. Elle dit que l'école c'est devenu n'importe quoi !

— Tu veux dire qu'elle est « en grève » alors ?

— Si vous le dites…

Le garçon avait une sacrée frimousse. Une vraie trogne de P'tit Gibus ! Je dégainai mon paquet de clopes, que j'étrennai.

— Je t'en propose pas, j'imagine ?

— Non, merci. Je ne fume pas…

— Qu'est-ce qu'un enfant de ton âge fait sur ces marches à cette heure ? lui demandai-je en allumant ma cigarette.

— J'attends…

— Et tu attends quoi si c'est pas trop indiscret ?

— Que ma mère et mon père moche arrêtent de se disputer !

— Ton père moche ?

— Ma mère me dit que c'est mon beau-père, mais je ne l'aime pas. Alors je l'appelle mon père moche !

— Et… ils se disputent souvent ?

— Tous les jours sauf du vendredi au dimanche !

— Pourquoi, ils se reposent ?

— Non, mon père moche est gardien dans une usine. Il part trop tôt et rentre trop tard pour qu'ils puissent se disputer quand même !

— Et c'est toi qui préfères te mettre à l'écart ?

— Non, c'est ma mère. Elle dit qu'il y a des choses qu'un enfant ferait mieux de ne pas voir ou de ne pas entendre !

— Tu n'as pas froid ?

— Non, ça va… il regarda sa montre. Ça devrait finir dans pas longtemps.

— Comment tu peux savoir ça ?

— Parce que c'est toujours pareil. D'abord ça crie très fort, après ça fait du bruit avec les meubles et les assiettes. Et puis après, mon père moche s'excuse et dit à ma mère qu'il l'aime. Et puis ma mère va se maquiller et me dit de remonter. Quand je reviens à la maison, elle a tout plein de maquillage rose sur les joues et bleu sur les paupières… Je crois que les disputes, ça lui donne envie de se faire jolie après. Pour passer à autre chose…

Je restai interloqué.

— D'ailleurs, je trouve que ma mère se maquille beaucoup trop. Mais je ne lui dis pas parce que je ne veux pas la vexer !

Une fenêtre, au-dessus de nous, s'ouvrit brutalement.

— Tu vois, qu'est-ce que je te disais ?

Une femme, que je ne pris même pas le temps de regarder appela le petit bonhomme d'une voix encore tremblante.

— Théo, tu peux remonter mon petit trésor ?

Théo… L'évocation de ce prénom raviva subitement une vague d'émotion. Les larmes me montèrent spontanément aux yeux. Et je ressentis à nouveau la fêlure. Celle qui barrait mon cœur et qu'aucun plâtre ne pourrait jamais réparer.

— J'arrive maman... cria le garçonnet.

Il se retourna vers moi.

— Vous allez bien monsieur ? Vous avez l'air tout bizarre !
— Non, ce n'est rien. J'ai juste une poussière dans l'œil, bredouillai-je

Il se releva et gravit les quelques marches qui menaient à la porte du bâtiment. Je le regardai s'éloigner.

— Alors au-revoir !
— Au-revoir bonhomme... La prochaine fois, plutôt que d'attendre dans le froid, j'habite au cinquième D !
— La semaine prochaine alors ? Demain, c'est vendredi !

*

La journée s'écoula comme dans la salle d'attente sinistre qu'était devenu mon appartement. Dans l'espoir d'un hypothétique retour des personnes contactées la veille, je n'avais fait que patienter immobile sur mon canapé, à consulter toutes les minutes mon téléphone. Pour rien évidemment hormis la sollicitation de quelques jeunes femmes au patronyme improbable, aussi pulpeuses que vulgaires, me promettant l'accès à un groupe privé où le sexe était roi ! Ma libido étant aussi plate à cet instant que l'encéphalogramme du mort que je risquais de devenir, ma quête de plaisir se limitait à imaginer qu'une réponse puisse survenir du néant. Je cherchai toutes les raisons d'y croire. Les velléités suicidaires s'accompagnaient rarement d'un dynamisme hors du commun et cette temporalité différente entretenait la lueur. Une lueur faible mais réelle à laquelle je me raccrochai d'autant plus que je ne disposai pour l'heure d'aucun plan B. Et cette réalité me glaçait !

Trois coups secs sur ma porte me sortirent du marasme. Fred me laissa à peine le temps d'ouvrir. Il me prit dans ses bras avec une énergie proportionnelle à l'inquiétude que j'avais fait naître chez lui.

— Mais qu'est-ce qui s'est passé ? T'as passé la journée dans un tunnel ou quoi ?

— En quelque sorte...

— Mathias, on se connaît depuis combien, vingt-six ans sur nos vingt-neuf ? On a presque tout fait ensemble. On nous a même pris pour un couple à un moment tellement on ne trouvait jamais l'un sans l'autre... Excuse-moi, mais... c'est quoi ce tatouage à la con ?

— Tu me croirais si je te disais que je n'en sais rien ?

— Je me dirais surtout que tu m'inquiètes. Tu as voulu dire quoi avec ce truc, tu veux te donner le choix de vivre ? Tu as des idées noires ?

— Au contraire, je crois que je n'ai jamais été autant accroché à la vie...

Il prit un pas de retrait et m'observa.

— Mais qu'est-ce qui t'arrive ? C'est le coup que tu as pris sur la tête la dernière fois ? Tu es sûr que tout va bien, tu es blanc comme le cul d'un cycliste du Tour de France !

— Je ne suis pas sûr de savoir exactement ce qui m'est tombé dessus. Ce que je sais, c'est que j'ai besoin de temps et de repos.

— Pour les vacances, ça va être compliqué. Santorez ne l'entend pas de cette oreille...

— Il a dit quoi ?

— D'après toi...

Je ne répondis pas. Fred se chargea de répondre à ma place.

— Ça a été le bordel toute la journée ! Il a passé sa journée à gueuler sur tout le monde. Le pompon est revenu à Régis qui n'a rien trouvé de mieux que d'oublier de revisser le bouchon de vidange pendant une révision et qui a foutu un bidon de cinq litres en l'air le temps de s'en apercevoir. Vingt balles de perdues sur une huile qu'il facture dix fois le prix, on aurait cru qu'il avait piqué toute la caisse du mois ! Et pour en revenir à toi, autant te dire que ton absence n'a pas fait remonter ta cote, ni la mienne d'ailleurs compte-tenu de notre proximité...

Il marqua un temps de gêne.

— Désolé pour tes vacances Mathias, mais je trime pour payer mon appart et j'ai besoin de ce boulot !

Je pris le temps d'un long soupir avant de répondre.

— Je serai là demain...

Je m'étais totalement trompé au sujet de Théo. C'est une mascotte, un véritable petit clown qui malgré sa taille ridicule occupe une place immense dans notre maison. Je ne me souviens même plus comment c'était avant. Avant qu'il ne débarque dans ma vie.

Depuis qu'il a compris le pouvoir qu'il possède sur papa, maman et moi, il n'a de cesse de se donner en spectacle. Les ficelles sont parfois très grosses, on le voit souvent arriver avec ses grands sabots. Mais cela fait mouche presque à chaque fois ! En fait, cela fait mouche tout le temps. Je crois que nous sommes pour lui le meilleur public qui soit !

Le soir par exemple, quand nous prenons notre bain ensemble, la plus grande distraction de Théo reste de péter dans l'eau. Je sais, ça ne vole pas bien haut, mais moi, ça me fait bien marrer. Surtout quand les bulles qu'il réalise avec ses fesses s'accompagnent de grimaces qui n'appartiennent qu'à lui. J'ai parfois l'impression que sa tête est en caoutchouc et qu'il peut la déformer sur commande.

Et plus je ris, plus il recommence. Je ne sais pas comment il fait, c'est une véritable machine à pets ! À se demander comment un aussi petit derrière peut produire des bulles aussi énormes ! Nos rires résonnent dans tout l'espace de la salle de bain et finissent par attirer l'attention de maman. Elle revient au moment même où Théo réalise une nouvelle prouesse avec son arrière-train. Un feu d'artifice, le bouquet final !

Voir maman débarquer dans la pièce nous coupe net dans notre élan. Je ne sais pas si c'est à cause de la taille des bulles qui explosent à la surface quand elle arrive, mais maman est persuadée que c'est moi qui en suis l'auteur. J'ai beau lui dire que c'est Théo le fautif, elle ne me croit pas et me demande « de faire le grand ! » C'est bien ça le problème avec une mascotte :

Ceux qui l'entourent sont souvent victimes des plus grosses erreurs « judiciaires » !

8

Puisqu'on est que des pions
Contents d'être à genoux
Puisque je sais qu'un jour nous gagnerons à devenir fous

Jeune et con – Damien Saez

Le lendemain, j'honorais ma promesse avec le peu d'envie que j'avais été capable de mobiliser. Je n'allais pas passer un moment agréable, je le savais, mais le pire qui m'attendait ailleurs était si supérieur encore qu'autour, tout paraissait bien plus doux. De toute façon, je n'avais qu'à faire comme d'habitude : laisser passer le soufflon comme un mauvais film, dire merci et me remettre au travail dans mon coin en essayant de ne pas trop cogiter. À la fin de la journée sonnerait l'heure du week-end et d'une vraie pause de deux jours. J'aurai le temps de dormir, de me « remettre en ordre » autant que possible, réfléchir et me préparer à la suite, si suite il y avait. Je n'avais aucun élément concret pour me rassurer, mais en pédalant vers le garage, je repensai encore à ma bouteille à la mer. En me disant que les désespérés aussi prenaient peut-être le temps du week-end pour faire les choses importantes. Le simple fait de penser cela me provoqua à nouveau des remontées acides.

J'avais à peine terminé de revêtir mon bleu dans les vestiaires que j'entendis la voix de Santorez résonner sèchement dans mon dos.

— Morlande, vous passerez dans mon bureau avant d'attaquer !

L'injonction ne souffrait aucune contestation. Je rejoignis donc très vite le lieu de mon procès où m'attendait déjà Fred, collé dans un coin comme pour mieux se faire oublier. À me comparer à son regard inquiet, je mesurai à quel point ce qui allait se passer dans cette pièce, ne m'affectait pas. Santorez rentra dans le bureau avec une allure martiale et ouvrit les stores, nous offrant en spectacle au reste de l'atelier.

— J'espère que vous avez bien profité de votre journée hier...

— J'étais fatigué monsieur. Je n'allais pas bien.

— Deux absences en une semaine. Ce n'est plus de la fatigue, cela commence à devenir une maladie chronique !

— Je traverse une période difficile, répondis-je en regrettant déjà de m'être justifié.

— Les jeunes de votre génération traversent souvent des périodes difficiles. Que vous est-il arrivé de si dramatique, vous avez perdu votre chargeur de portable ?

Je regardai Fred avant de répondre.

— Monsieur Santorez, je ne peux rien vous dire. Je vous demande juste de me croire !

Il tapa le plat de ses mains sur le bureau, nous faisant sursauter malgré nous.

— Vous avez le toupet de me demander de vous croire, alors croyez-moi à votre tour : à cause de votre absence, la journée d'hier a été une catastrophe. J'ai été obligé d'annuler ou repousser plusieurs interventions et pour tout vous dire, j'ai même dû remettre la main à la pâte ! Mais j'imagine que vous vous en foutez. J'imagine que seules VOS difficultés comptent pour vous ?

Il se rapprocha de moi, jusqu'à me faire sentir son haleine chargée d'acétone.

— Vous ne voulez rien me dire, je vais pourtant, moi, vous confier un secret : quand mon père a traversé les Pyrénées pour fuir l'Espagne en trente-neuf, il a vécu la peur, il a vécu la soif, il a vécu la faim et a dû se nourrir de rats ou de chats. Il a dormi dehors dans le froid des montagnes. À son arrivée en France, il a dû subir le racisme local devant ces arrivées massives, il a dû travailler beaucoup pour gagner très peu. « Ça », c'était une période difficile. Pourtant, à force de courage, il a fini par gagner suffisamment pour se payer un garage, « ce » garage. Et je lui ai juré sur son lit de mort que j'entretiendrai son héritage pour que toutes les épreuves qu'il a affrontées ne l'aient pas été pour rien.

Il se rapprocha encore un peu plus.

— Je ne vous aime pas Morlande. Je ne vous aime pas parce que vous représentez par votre inconséquence un danger pour tous les établissements comme celui-ci. J'ai besoin de collaborateurs fiables pour assurer la mission qui est la mienne, or vous n'êtes pas fiables. Vous n'êtes rien. Vous n'êtes bons qu'à produire le strict minimum et m'empêcher de vous virer.

Santorez pointa son doigt menaçant sur moi.

— Je vous demande plus. Beaucoup plus !

Il jeta un coup d'œil dédaigneux à Fred de plus en plus plaqué contre le mur.

— Alors soit vous et votre camarade – je parle d'abord de camarade dans le sens « Internationale du je-m'en-foutisme » du terme – vous décidez enfin à vous mettre au travail comme je l'entends, soit je vais vous pourrir la vie jusqu'à ce que vous partiez de vous-mêmes ! C'est compris ?

Fred et moi acquiescèrent, pressés d'en finir.

– Alors, au boulot, vous avez beaucoup de travail à rattraper !

Nous nous apprêtions à franchir la porte lorsque Santorez m'arrêta une dernière fois.

– Morlande ?

Je me retournai.

– La seule excuse que j'accepterai dorénavant, c'est celle de votre mort !

C'est le matin de Noël. J'entends papa et maman s'activer dans le salon. Dans quelques minutes, je le sais, ils viendront nous chercher et nous dire que des cadeaux nous attendent sous le sapin. Papa a perdu son travail dernièrement, mais je suis sûr qu'ils ont fait encore une fois de leur mieux pour nous gâter. Pour Théo, le problème ne se pose pas. Il croit toujours au Père-Noël ! Il dort à poings fermés en rêvant sans doute à tous les jouets qu'il a commandés. Bon, pour être honnête, je suis un peu excité moi aussi. Je sais ce que cela représente lorsque l'on a l'âge de Théo. Lorsque j'ai appris que le Père-Noël n'existait pas, j'ai eu l'impression d'avoir pris dix ans d'un seul coup !

Cette année, Théo est dans sa période SamSam, un super-héros qu'il a découvert dans Pomme D'Api. Un truc de bébé, quoi ! Moi, mon jeu préféré, c'est le Meccano, les voitures et les machines à monter. Si papa et maman le pouvaient, je crois que j'aurais commandé toutes les boîtes disponibles. J'en suis complètement dingue. J'y passerais même tout mon temps libre ! Cette année, j'ai commandé un énorme coffret pour pouvoir monter une dizaine de bolides différents. Une dinguerie !

Ça y est, nous sommes conviés au pied du sapin. Les cadeaux sont là. J'essaie de deviner la grosse boîte que j'attends, mais je ne la vois nulle part. Cette année, je n'aurais droit qu'à deux coffrets plus petits. Je suis un peu déçu, c'est normal. Maman tend un paquet à Théo, encore endormi, qui le saisit. Il déchire le papier et là, d'un seul coup, ses yeux et son visage s'illuminent tellement fort que je crois qu'ils auraient pu éclairer la terre entière ! Théo se met à crier et à sauter dans tous les sens. Sa joie est si communicative qu'elle me fait oublier ma contrariété.

Au moment où Théo brandi et secoue le déguisement de SamSam qu'il avait commandé, je réalise à quel point je l'aime vraiment cette « petite brioche » !

9

Et un jour, une femme...

Un jour, une femme – Florent Pagny

— Docteur, je crois que j'ai peur de devenir... de devenir un fou ou un monstre !

L'homme ne parut pas ébranlé par ma phrase. Il repositionna seulement ses lunettes et se contenta de m'adresser un sourire discret.

— Cela ne vous inquiète pas, m'étonnai-je.
— Pourquoi croyez-vous sombrer dans la folie ?

Alors que je réfléchissais, j'observai ce décor qui accueillait de manière stérile mes états d'âme ce samedi matin. Un client dont s'était occupé Fred au garage lui avait parlé de ce psychiatre. Sans trop réfléchir j'avais rebondi sur le contact comme on ferme les yeux avant de sauter dans le vide. Cela durait depuis presque vingt mois.

Le mobilier entretenait l'illusion que c'était le docteur Freud en personne qui m'écoutait. Fauteuil, divan et bureau art déco côtoyaient en effet une tapisserie que le qualificatif de vintage aurait flattée, capable de rendre épileptique un aveugle. Sans oublier la présence d'une immense bibliothèque où ne trônait que des ouvrages dont les titres seuls donnaient déjà la migraine.

— Monsieur ?

Le thérapeute me ramena à lui. Enfin, juste à quelques centimètres au-dessus de lui : comme à chacun de nos rendez-vous, mon regard restait irrésistiblement attiré par une reproduction du *Cri*, le tableau de Munch [1], placé juste derrière le bureau.

— Monsieur Morlande, quels sont les signes susceptibles de vous faire croire que vous êtes devenu fou ?

J'osai à peine regarder mon interlocuteur dont la neutralité du visage me mettait mal à l'aise.

— Je suis en train de vivre une situation absolument incroyable, qu'aucun esprit humain ne peut raisonnablement concevoir. Pour tout vous dire, j'imagine parfois que tout cela est un cauchemar, que ce n'est pas vrai. Mais au fond de moi, je sais que ce n'est pas le cas. Cette épreuve risque de mettre à mal une grande partie de ce que je suis... Et pour y répondre, je suis amené à me renier et à renoncer à une grande part de mon humanité.

— Pouvez-vous m'en dire davantage ? questionna l'homme aux faux airs de séminariste en ajustant cette fois-ci son nœud papillon.

— Je ne sais pas. Et de toute façon, je ne suis pas sûr de le pouvoir encore ! Je me doute bien que vous avez dû en voir d'autres, mais ce que je suis en train de vivre dépasse l'entendement. En dire plus serait signer ma demande d'hospitalisation.

L'homme me sourit encore.

— Rassurez-vous, seuls les « fous » ne reconnaissent pas leur état. En d'autres termes, quand on pense le devenir, c'est justement qu'on ne l'est pas ! Maintenant,

1. Célébrissime tableau d'un personnage tourmenté en train de hurler – Chef d'œuvre de l'expressionisme 1893

quand on considère combien le monde actuel cherche à nous formater, l'incroyable, c'est peut-être justement ce qui viendra nous sauver, vous ne croyez pas ?

Je le dévisageai à nouveau. Il était marrant, lui ! Même le plus flegmatique des hommes perdrait totalement son calme face à la situation qui m'était proposée.

— Il y a incroyable et incroyable...

— Il y a surtout des épreuves que l'on s'efforce de surmonter, et d'autres, que l'on se contente de subir... Si vous doutez de vos capacités à réussir ce que l'on attend de vous, cela veut dire que vous êtes suffisamment en alerte pour ne pas passer à côté des enjeux qui sont les vôtres. Votre insouciance aurait été bien plus préoccupante, vous n'êtes pas d'accord ?

— Je... Je... Je ne sais pas... Je crois surtout que je n'ai pas le choix !

— Et bien, nous en reparlerons la prochaine fois. Ça fait cinquante euros et vingt centimes !

Je réglai la somme et alors que le médecin remplissait la feuille de soins, je me laissai à nouveau capter par le tableau du peintre norvégien. Son personnage, dans son hurlement angoissé, me semblait bien plus raccord avec mes tourments que l'assurance placide du psychiatre.

*

La vaisselle trônait encore dans l'évier. Une vaisselle de plusieurs jours. Nous avions l'habitude de manger ensemble tous les samedis midi ma mère et moi. Certains préféraient encore le gigot-flageolets du dimanche, mais notre rendez-vous hebdomadaire restait, sur un plan gastronomique, beaucoup plus aléatoire. Pour ce repas, ma mère avait renoué avec ses classiques, à tenter que des *knackies* pour remplacer le bœuf haché dans la bolognaise puissent répondre aux standards de la cuisine italienne ! J'entrepris alors de remettre un peu d'ordre dans le chaos qui régnait dans la pièce, dont la saleté aurait fait fuir n'importe quel honnête cuisinier. Pendant ce temps, ma mère s'éloignait déjà, verre de café à la main, et je n'ignorai rien de son programme. Au bout d'une demi-heure, ustensiles rangés et plan de travail nettoyé, je partis la rejoindre.

Le salon était déjà enfumé. Le velours du canapé emprisonnait les odeurs anciennes de telle sorte que le nez aiguisé d'un archéologue aurait pu renifler les diverses strates accumulées de clopes froides jusqu'à la cigarette allumée depuis peu qui pendait aux lèvres de ma mère. Sa main s'accrochait à la télécommande comme à une rampe, alors qu'en fond sonore dominait le brouhaha insipide d'une chaîne d'informations en continu. Le tableau dégageait une profonde solitude. Moi d'un côté, elle de l'autre ; nous étions seuls à deux ! Je déposai un baiser dans son cou avant de m'installer sur le fauteuil. J'observai à mon tour l'écran, et restai un peu atterré par le spectacle de ce duo de journalistes d'une extrême élégance vestimentaire en train de délayer un dégueuli de nouvelles anxiogènes dans un plaisir malsain. L'ensemble dégageait une grande vulgarité qui aurait pu faire sourire sans les horreurs répétées en boucle par le binôme. Dans la matinée, un fanatique, au nom de l'Islam, avait sauvagement assassiné deux touristes anglaises à Paris sous prétexte qu'elles portaient une jupe. À l'autre bout du monde, un extrémiste nationaliste avait vidé les chargeurs de son fusil-mitrailleur dans une mosquée, provoquant un effroyable carnage. Et au milieu, une multinationale qui avait dégagé un bénéfice record l'année dernière venait d'annoncer un lourd plan de licenciement, alors qu'un ministre en vue se débattait dans un scandale sexuel. Jusqu'ici, tout allait bien. Jusqu'ici...

— Maman, est-ce que tu as déjà ressenti la peur ?

Ma mère ne détourna même pas le regard sur moi. Un peu de cendre se détacha de sa cigarette pour venir s'écraser sur sa robe de chambre sans même qu'elle ne s'en aperçoive.

— Maman, réponds s'il te plaît à ma question. J'ai besoin de savoir !

— La semaine dernière, répondit-elle toujours plongée dans son écran. Brenda a failli se faire virer de l'Hôtel de la passion. Cela m'aurait ennuyée parce que c'était ma préférée. Heureusement, c'est Cyndie qui est partie à sa place !

— Maman, je te parle de la « vraie » peur. Celle que tu ressens quand tu risques de tout perdre !

Lentement, elle posa alors la télécommande sur la table basse remplie de poussière et daigna me regarder. Avec tristesse.

— Mathias, ne le prends pas pour toi mais... j'ai « déjà » tout perdu. De quoi pourrai-je avoir vraiment peur ?

Le coup, même involontaire, faisait mal. Très mal.

— Mais maman, je suis là !

— Mathias, tu sais, la famille, c'est comme du sang lorsque tu te coupes. Lorsque la quantité qui manque devient trop importante, il n'est plus possible de vivre vraiment !

Elle retourna lentement à son écran. Son teint cireux renforçait l'illusion d'un automate en attente d'une nouvelle pièce. À l'écran, le spécialiste économique de la chaîne affirmait avec une certaine arrogance que les récents chiffres de la Bourse annonçaient très clairement une prochaine catastrophe pour le portefeuille des Français.

— Tiens, tu devrais plutôt prendre vingt euros dans mon porte-monnaie et racheter des paquets de pâtes chez Mimouni…

*

Je me retrouvai en bas de l'immeuble, ébranlé et fébrile. Négligemment, je jetai alors un œil sur mon portable. Toujours rien ! La panique reprit du terrain. Comme souvent, la première réponse qui me vint fut d'allumer une cigarette. Mauvais réflexe, je sais. À ce rythme, j'avais de belles chances d'être emporté par un cancer ou un infarctus avant même les trois mois fatidiques ! Je fouillai ma poche mais n'en ressortis qu'un paquet vide. Je décidai alors d'investir l'argent de ma mère dans un nouveau paquet plutôt que de remonter jusqu'à mon appartement. Les prévisionnistes les plus présomptueux étaient rarement les plus infaillibles ! Je remontai le trottoir jusqu'au tabac des Grimandi lorsqu'un détail inhabituel m'attira dans le public plutôt clairsemé.

La première chose que je remarquai fut cet homme adossé au mur à l'angle de l'avenue Lesiourd et de la rue Sicard tout près du nouveau fleuriste. Sa posture m'interpella. Sans doute me rappelait-elle ces guetteurs qui balisaient la rue pour protéger les trafics. Air louche, allure nerveuse, l'homme attendait et ce n'était certainement pas un rendez-vous galant ! Je patientai à proximité en simulant le laçage de mes chaussures, animé par une curiosité aux allures de sale pressentiment. La suite ne tarda pas à me donner raison. Quelques secondes plus tard, une jeune femme referma le rideau métallique de la boutique de fleurs et s'engouffra dans la rue, un petit sac à dos accroché à son épaule. L'homme lui laissa seulement quelques mètres d'avance avant de lui emboîter le pas. Je les suivis. La jeune femme bifurqua très vite sur le cours Savary, lui aussi très peu fréquenté à cette heure méridienne. Négligemment, elle accéléra son allure, imitée par l'inconnu. Je fis de même à quelques mètres de distance, faisant semblant de consulter mon portable pour ne pas attirer l'attention.

Lorsque je relevai la tête, le duo avait disparu. Volatilisé ! Je rangeai mon téléphone et ralentis le pas en analysant la situation. L'artère était presque déserte, comme endormie. L'infime temps d'inattention que j'avais proposé n'aurait pas été suffisant à mes deux cibles pour ouvrir une porte et disparaître dans une bâtisse. Ils devaient être là, tout proches.

Instinctivement, je m'avançai jusqu'à une petite ruelle perpendiculaire, convaincu que c'était le seul choix. Bingo ! La jeune femme, totalement tétanisée au fond de l'impasse, faisait face au voyou qui brandissait devant elle un couteau d'une longueur inquiétante.

— Et, vous-là ! Qu'est-ce que vous faites ?

L'homme se retourna vers moi en brandissant sa lame. La jeune femme en profita pour se soustraire à la menace directe, se protégeant, complètement paniquée, dans un coin du cul-de-sac.

— Qu'est-ce que t'as toi ? Tu veux jouer au héros ?

Je m'avançai vers lui, animé par un courage que je ne me connaissais pas. Peut-être même de l'inconscience !

— Je veux juste que tu laisses cette femme tranquille !

Le voyou avança à son tour, pointant encore davantage son arme vers moi. J'étais désormais à portée de couteau.

— Dégage, fils de pute !

Mon poing partit alors presque tout seul et je collai un direct dans sa mâchoire. Juste assez pour l'ébranler et envoyer valser d'un coup de pied le couteau. Je manquai mon coup. Le type se jeta alors sur moi pour m'atteindre. Une douleur vive traversa mon bras alors que je me détournai et l'empoignai pour le plaquer à terre. Je le désarmai enfin à ma seconde tentative. La jeune femme impuissante ne pouvait rien faire d'autre que de pousser des cris paniqués. Moi, le gentil, je basculai dans un autre registre, comme on rentrait dans une autre peau. Je devins alors un animal dans une jungle de béton. Dans cette empoignade anarchique à même le goudron de la rue, je ne sus plus très vite qui donnait les coups et qui les recevait. En tâtonnant, mon adversaire récupéra sa lame et blessa à nouveau mon bras. Je poussai un cri. Un cri de rage. Ma force, malgré cette blessure, décupla subitement. Et je frappai, une fois, deux fois, trois fois, dix fois, jusqu'à sentir le corps ennemi se ramollir et abandonner la lutte… Je repris alors forme humaine, même si ma colère était loin d'être éteinte.

À bout de souffle, je dominai désormais mon assaillant inerte. Presque offert. Totalement à ma merci. Et si tout s'arrêtait là, dans ce bout de ruelle sale aux relents de poubelles ? Et si mon cauchemar prenait fin en un instant en exploitant cet incident devenu presque une aubaine, sans attendre un hypothétique retour des cibles contactées sur les réseaux ? Après tout, qui se soucierait de la disparition d'un malfrat de ce type ? Qui pleurerait un homme qui en choisissant de vivre de la violence acceptait sans doute inconsciemment l'idée de finir prématurément ? Qui me tiendrait rigueur de m'être défendu contre un agresseur n'ayant pas hésité à m'infliger deux coups de couteau ? J'étais bien en situation de légitime défense ?

Gravement, je pointai mon doigt sur mon assaillant vaincu. Je pouvais à présent le tuer et me libérer d'une simple phrase. Le temps se suspendit. Un temps lourd. Une éternité de quelques secondes. Le voyou me fixa avec une intensité rare, dans une expression de défi qui appelait sans peur l'exécution de la sentence. Le trouble me gagna. *Je ne peux pas.* Tout se bousculait à nouveau dans ma tête. *Je ne peux pas… Je ne peux pas…* Je relâchai doucement mon étreinte, laissant à ma proie amochée la possibilité de fuir. Elle ne s'en priva pas et détala dans une course maladroite. Je me relevai enfin, le corps perclus de crampes et la tête tellement offerte à la fatigue qu'elle en était privée d'émotion. Je reprenais mon souffle en le regardant disparaître, et avec lui, une première vraie chance de rester en vie.

Je me souvins alors de la jeune femme, que j'avais presque oubliée. Elle n'avait pas bougé d'un millimètre, tremblante et choquée. Ne sachant comme moi que faire, ni que dire. Nous brisâmes la glace au même moment. Nos « *vous allez bien ?* » s'entrechoquèrent et provoquèrent nos sourires. Elle regarda mon bras. Ma manche déchirée à deux endroits laissait s'écouler un mince filet de sang.

— Vous êtes blessé ?

— Ce n'est rien, dis-je en comprimant la blessure avec ma main.

— Vraiment ?

— C'est pas grave, rajoutai-je avec une certaine assurance.

— Venez, j'habite juste ici, me dit-elle alors en m'indiquant une porte toute proche. Laissez-moi seulement jeter un œil, ne serait-ce que pour désinfecter cela !

— Vous ne préférez plutôt pas que je vous amène porter plainte au commissariat ?

— Laissez-moi voir d'abord. Nous aurons bien le temps ensuite…

J'acquiesçai, le souffle toujours court. Avant de la suivre, je jetai un dernier regard en direction de la rue. L'homme ne reviendrait pas et je ne savais pas encore identifier mes sentiments. En éprouvais-je du soulagement ou de l'amertume ? La jeune femme m'interpella.

— Monsieur ?

Je revins à elle, lui souris et m'avançai. Mes courbatures transformèrent les quelques marches qui menaient à sa porte en un col hors-catégorie. Je rentrai enfin et découvris un intérieur apaisant. Un havre de paix né de l'union d'une décoration exquise, où le végétal trouvait sa juste place, et d'un mélange équilibré de teintes chaudes et réconfortantes. Une atmosphère à la perfection subtile qui me donna l'impression de mettre les pieds sur un îlot de couleurs dans un monde en noir et blanc. Je me détendis subitement.

— Rentrez…

Je m'avançai de quelques pas et mon hôte m'indiqua de patienter quelques instants. Elle revint avec une petite trousse à pharmacie.

— Montrez-moi ça…

Je retirai mon pull et la laissai me prendre la main pour retourner mon bras. De chaque côté de mon coude, deux légères entailles, que le textile avait dû limiter, saignaient faiblement. Elle nettoya avec précaution les plaies.

Je pris alors le temps de la regarder vraiment, ce que je n'avais pas trouvé l'occasion de faire jusque-là. L'inconnue était plutôt jolie avec son visage fin, sa cascade de boucles ambrées et ses yeux verts. Il y avait même quelque chose de touchant dans son petit corps menu, à l'absence de rondeurs. Elle n'avait pas la beauté de ces phénomènes de magazines à la perfection clinique et froide, ces clones déshumanisés et sans aucune aspérité, si lisses qu'il était impossible de s'y accrocher. Si l'inconnue était incontestablement « femme », elle avait su préserver quelque chose d'un charme propre à l'enfance. Cette beauté m'émouvait.

— Que vous voulait cet homme ?

— Je ne sais pas. Il a dû savoir que je ramenais ma caisse à la fermeture.

— Vous êtes la nouvelle fleuriste, c'est ça ?

— Pourquoi cette question ?

— Je vous ai vu fermer le rideau de la boutique tout à l'heure !

Elle me sourit pour toute réponse et déposa le second pansement avant de recroiser mon regard.

— Je... Je peux vous offrir un verre ? Pour vous remercier...

— Non, ce n'est pas la peine de m'offrir à boire. J'ai fait ce que j'avais à faire, c'est tout...

— Vous avez fait beaucoup plus : vous avez mis votre vie en jeu pour sauver la mienne. Combien d'hommes auraient fait ça ?

Elle ignorait que je m'apprêtais à faire exactement le contraire avec une autre personne. Comme ce type que j'aurai pu supprimer sous ses yeux avec un peu plus de détermination et de courage ! L'équilibre des choses était décidément bien fragile.

— Alors, acceptez s'il vous plaît de venir manger chez moi demain. J'insiste...

Il y avait quelque chose de profondément ironique dans cette situation. Cette fille, d'évidence, était à mon goût.

Et elle me proposait en quelques sortes un rencard, ce qui ne m'était plus arrivé depuis des lustres. Et pourtant je réfléchissais ! Combien pesait l'espoir d'une aventure ou d'une histoire si la vie elle-même m'était comptée ? Accepter l'invitation, c'était perdre du temps sur mon seul objectif : sauver ma peau. En même temps, j'avais bien mis sans réfléchir cette peau dans la balance en intervenant et j'en gardais deux belles estafilades. Ce repas sonnait comme une manière de boucler la boucle, et peut-être même une manière de me faire du bien. En y trouvant pourquoi pas la force de me sortir de cette épreuve !

— Ok alors, va pour demain...

Elle me sourit.

— Alors, nous sommes maintenant vraiment prêts à aller au commissariat !

Nous partîmes et la gêne s'installa très vite entre nous durant le court trajet. Le contre-coup de l'agression et de la rencontre ne laissa de la place qu'à des silences polis ou des échanges de banalités. J'appris seulement que la jeune inconnue s'appelait Jeanne et qu'elle ignorait tout de cette région qu'elle avait choisi sur un coup de tête.

Au poste, l'agent qui nous reçut nous fit bien comprendre que les agressions de ce genre s'étaient multipliées ces derniers mois et que l'état des effectifs rendrait compliquée la réalisation des investigations. Nous nous contentâmes donc de décrire les faits et de donner un maximum d'indications sur l'apparence de l'agresseur. Le policier clôtura l'échange d'un sourire désolé et nous raccompagna.

Je ramenai à mon tour Jeanne devant chez elle. Le malaise se répéta. Les gens qui nous croisaient auraient pu rapidement conclure que nous étions un couple en crise. Il n'en était rien. Nous étions simplement deux inconnus avec lesquels le destin s'amusait. Mon trouble épousa celui de Jeanne, qui faisait rougir ses joues, et plus je la trouvais attirante et plus je me retenais de glisser dans l'émotion. Je voulais garder le contrôle. Au fond de moi régnait toujours la déception d'avoir perdu trop facilement une occasion de me sauver. Je me sentais écartelé. Mon cœur battait plus vite et je ne savais pas distinguer vraiment les causes de cette tachycardie. Nous nous quittâmes maladroitement comme deux ados boutonneux le soir d'un premier flirt, sur la promesse du rendez-vous. Demain serait certainement un autre jour !

Alors que je regagnais le tabac, l'objet initial de ma balade, j'avais l'impression de fendre un océan d'incertitudes. Ma tête tournait et me faisait mal. Si je savais à présent que l'on pouvait rencontrer des anges même en enfer, ce que je maîtrisais de ma vie se réduisait à une liste ridicule. Je n'étais plus maître à bord. Probablement depuis longtemps. Et c'est à ce moment que le grand chef là-haut choisit de me prouver son sens aigu du rebondissement, qu'Alfred Hitchcock lui-même n'aurait pas renié. Alors que je ne l'attendais presque plus, une alerte fit vibrer mon téléphone.

Par l'intermédiaire d'un message laconique, *Darkangel* m'avait répondu : *Rendez-vous demain soir, à 18h00 – brasserie des deux frères !*

C'est la rentrée des classes. Si pour moi, cela commence à devenir une habitude, c'est carrément une première pour Théo qui fera ses premiers pas à la maternelle ce matin.

Pour le coup, maman a investi dans une tenue neuve. Mon petit-frère est beau comme un sou neuf, comme s'il allait à un mariage. Petites tennis blanches, jean léger, repassé pour qu'il n'y subsiste pas le moindre pli, chemise à carreaux orangés et blancs, casquette posée sur sa coupe fraîche, effectuée la veille… Mais ce que je retiens le plus, c'est encore son gros cartable Spiderman. Un cartable vide, qui ne lui servira à rien mais qu'il a absolument tenu à mettre sur son dos !

Théo est pressé ce matin. Encore plus que d'habitude. Il n'a même pas pris le temps de terminer ses céréales et a bien pris soin de ne pas s'éclabousser de dentifrice au moment de se brosser les dents. Il ouvre la marche. Son gros cartable et la vitesse de ses petits pas lui donne un style inimitable.

Le trajet est fait en quelques minutes à ce rythme. Devant l'école, des gamins de son âge surgissent d'un peu partout, accompagnés par leurs parents. Ils ont tous beaux être mignons avec leur dégaine, je sens en moi de la fierté :

Mon petit-frère est bien le plus craquant !

10

Nous sommes perdus dans un nuage
Avec trop de pluie
Nous sommes piégés dans un monde
Qui est perturbé par la douleur

If I can'dream – Elvis Presley

J'avais été bien docile toute la journée. Un enfant sage, un bon toutou comme les appréciait mon patron. Évidemment, ma tête n'était pas remplie d'interventions mécaniques, mais de deux rencontres. Deux rencontres aux enjeux diamétralement différents, que le destin avait calées sur mon agenda qui sonnait si creux d'habitude. J'allais avoir bientôt vingt-neuf ans. Le compte à rebours continuait à s'écouler et si j'avais une idée précise des jours qui me restaient, j'en avais oublié leurs minutes et la poussière de leurs secondes bien plus vagues encore. Je savais en revanche que ce soir, dès ma sortie du garage, deux événements majeurs de mon existence seraient en mesure de se jouer. Le timing était impeccable, presque parfait : d'abord gagner le droit de vivre. Juste derrière, gagner peut-être le droit d'aimer, du moins de tomber amoureux. L'époque n'était pas encore à l'optimisme !

Dix-sept heures trente sonnèrent comme l'heure de la sortie des classes. J'avais encore en tête mes souvenirs d'enfance où dès le tintement de la cloche, j'abandonnai séance tenante cahier et stylo pour quitter l'école comme on fuyait les flammes. Je n'avais pas vieilli sur ce point. À la seconde même où les deux aiguilles de l'horloge furent alignées sur le « six », je rangeai mes derniers outils dans la desserte avant de me diriger vers les vestiaires sans un mot pour Santorez. Celui-ci, les mains dans le dos, me regarda passer devant lui avec sur ses lèvres le sourire discret du dompteur fier de sa bête et plus encore de son dressage !

J'accélérai enfin le pas au sortir du garage, non sans avoir refusé à Fred une nouvelle proposition de retourner à la piscine. Ce dernier avait habilement repéré la dernière fois que le club de natation synchronisé occupait un nouveau créneau en soirée. Les sirènes, aussi tentatrices furent-elles, m'importaient peu. Ce soir, j'allai à la rencontre de la nuit, du sombre. Au contact d'un homme désirant en finir lorsque pour moi, tout pouvait commencer.

Je m'étais rendu quelques fois à la Brasserie des deux frères, il y a longtemps. Le lieu, point de rendez-vous à la mode d'une localité manquant singulièrement de dynamisme et de vitalité, accueillait depuis son ouverture tous ceux qui désiraient sortir du cadre, exister autrement que dans la rigueur mortifère du métro-boulot-dodo. Place vivante de la grande endormie qu'était la ville, le pub devait son succès à beaucoup de choses, mais certainement pas à la sympathie de ses patrons – les fameux deux frères – deux vieux garçons taiseux, au sourire rare, voire inexistant. La bière était souvent excellente, la musique pas dégueulasse, cela suffisait.

Je rentrai pile à l'heure dans la brasserie déjà bien remplie par la sortie des bureaux. Aretha Franklin entonnait *A natural woman* lorsque je commandai à l'un des patrons une trappiste ambrée en parcourant la salle du regard. Le patron me servit sans un commentaire et encaissa. Je pris ma bière à la main et déambulai dans la salle à la recherche de mon homme. Les quelques photos de *Darkangel* aperçues sur son profil n'étaient pas de qualité suffisante pour pouvoir l'identifier. Gros grain, ombre omniprésente : des portraits d'un homme attirée par les ténèbres jusqu'au bout du pseudo et peu soucieux de se mettre en valeur. J'aperçus néanmoins dans un coin isolé du bar une personne capable de correspondre au portrait-robot : bonnet des Green Bay Packers vissé sur des cheveux mi-longs plutôt gras, pull noir ample sur un pantalon baggy de la même couleur, et regard surtout perdu dans le vague, d'une tristesse et d'un vide qui me bousculèrent. Je soufflai pour me donner du courage et l'accostai.

— Vous êtes *Darkangel* ?

À la façon dont il me regarda sans répondre, je sus que c'était lui. Je lui tendis la main.

— Bonsoir...

— Je ne dis jamais bonsoir, ni bonjour d'ailleurs, me répondit-il sans se lever ni saisir ma main, ces mots, c'est juste une convenance hypocrite que personne n'investit jamais. On aurait pu dire « va te faire foutre » à la place que cela ne changerait rien !

Le visage encore juvénile de l'homme était tendu par la souffrance. Une colère désespérée jaillissait de tous les pores de sa peau pâle.

— Et tant que j'y suis, pas la peine de me demander comment je vais. Je ne serais pas ici si j'allais bien. Et puis de toute façon, comment aller bien quand la planète menace de s'écrouler et que la plupart des hommes ont perdu leur humanité ?

Je l'interrogeai, surpris par cette entrée en matière.

— Je peux m'asseoir ?

— Vous êtes là pour ça, non? me répondit-il en me montrant le siège inoccupé devant lui.

Je m'installai et bus une gorgée de bière, tant pour me donner du courage que pour me recentrer. La coulée de gueuze réveilla le flux acide dans mon ventre et dans ma gorge. Serait-ce donc lui cet homme qui accepterait par son sacrifice de me sauver ? J'étais mal à l'aise. La peur me reprit.

— Parlez-moi un peu de vous...
— À quoi bon, nous ne sommes pas là pour un entretien d'embauche, non ? Vous êtes-là pour m'aider ou bien...
— On aide bien les gens que l'on connaît bien, non ?

Je me maudissais d'entretenir ce simulacre de convention sociale alors qu'une seule chose occupait mon esprit : m'aider moi ! Le peu d'estime personnelle que j'avais s'effaça au moment où il entreprit de me répondre.

— Qu'est-ce que vous avez besoin de savoir ? Si je suis venu, ce n'est ni par romantisme, ni par caprice. Vous vous n'êtes jamais dit que quoi que vous puissiez faire, les dés étaient pipés ? Que quoi qu'il arrive, vous resterez cloué au sol, les deux pieds dans le béton ?

Je déglutis. Une nouvelle remontée acide me consuma. Je ne trouvai à la tromper qu'en buvant une autre gorgée de bière, dont le goût se mêla à celui de la bile. L'homme continua devant mon mutisme. Visiblement dans le besoin de vider son sac malgré tout.

— Mes parents sont alcooliques et violents. Ils m'ont eu à l'âge où on s'intéresse davantage à faire la fête qu'à fonder une famille...

Il soupira, pensif.

— Une famille... J'ai subi ce que j'avais à subir, le pire surtout, jusqu'à mes quinze ans où j'ai claqué la porte. Je n'avais déjà pas grand-chose. Après ma fugue, je n'ai eu plus rien. J'ai vécu dans la rue, avec les ombres, sur les trottoirs qui puent la pisse, en fuyant les brigades qui auraient pu me découvrir et me ramener chez moi. Et puis je me suis relevé à l'âge adulte, surpris d'être encore en vie. J'ai fait en sorte de m'en sortir, en cumulant les petits boulots - au black bien entendu - et les nuits dans les hôtels miteux pour gagner du répit. Je n'ai rien construit, je n'ai rien gagné, je n'ai toujours pas d'adresse. Ma seule adresse, c'est ma page *Facebook* qui me relie au monde. Un monde où les amis se mesurent en pouces levés ! Voilà ce que vous devez savoir...

Je le jaugeai, le souffle court, et toujours le feu dans mon ventre.

— Alors qu'est-ce que vous êtes venu me proposer ? Vous êtes là pour me dire que je dois garder l'espoir ? Que le meilleur est à venir, que le pain blanc est pour bientôt, c'est ça ?

— Pas exactement, répondis-je la voix tremblante.

Pour me donner de la contenance, je voulus boire une nouvelle gorgée. Obnubilé par le regard intense qui me fixait, je bus de façon maladroite et renversai de la bière sur mon sweat blanc. J'en étais rendu là : à me sentir sale, réduit aussi à l'intérieur à cette tâche orangée qui s'affichait sur mon pull. Un malaise crasse m'engloutit, un tsunami de honte et de dégoût. Celui de capitaliser ainsi sur la détresse humaine. *Darkangel* se chargea de me porter le coup de grâce !

— Vous savez quoi ? La seule chose qui me retient, qui me garde en vie, c'est ma petite sœur... Être né de parents aussi jeunes n'offre en réalité qu'un seul avantage : celui de s'exposer parfois à de jolies surprises : j'ai appris il y a trois ans que j'avais une petite sœur, Stella, ma petite étoile ! Stella a eu la chance d'être prise en charge par une famille d'accueil très tôt. Mais je vais me battre pour la récupérer.

Elle mérite d'avoir une vraie famille, d'être heureuse. Elle mérite d'être auprès de moi et que je m'en occupe comme un grand frère !

Les mots, ces mots, me frappaient. Ils étaient synonymes de tristesse, d'espoirs perdus, de colères contenues, d'injustice. À ce trop-plein d'émotions vint résonner en écho, le trop-plein dans mon ventre. Une vague de chaleur m'envahit. Je me mis subitement à suer à grosses gouttes épaisses, incontrôlables. La nausée décupla et fit sauter un à un tous les barrages, toutes les digues qui explosèrent. Je n'eus que le temps d'adresser un regard désolé à mon hôte avant de me précipiter dehors, le tube digestif ravagé par une explosion incandescente. Je traversai la route pour me répandre, suffocant, de l'autre côté de la rue, totalement soumis aux spasmes qui m'agitaient, impuissant, vaincu.

J'étais perdu… Et un repas chez Jeanne m'attendait !

Théo m'impressionne de plus en plus. Toute « petite brioche » qu'il est, il fait preuve d'un courage incroyable. En fait, il ne se laisse pas guider par ses peurs mais par ses envies, son plaisir. À la ferme de grand-père, il va au contact des animaux, les prend, les enlace. Quand il déambule dans la bergerie, au contact des moutons ; il fait partie du troupeau. Il est totalement des leurs.

D'ailleurs, pour se moquer gentiment, papy l'appelle souvent Le seigneur des agneaux ! Moi, la plupart du temps, je suis spectateur de ces petites scènes de vie. Je trouve cela beau. Beau comme un tableau qu'on aime regarder mais qu'on ne saura jamais peindre.

Pas question pour moi de me rapprocher à moins de cinq mètres d'une brebis pourtant bien pacifique. Et lui, avec ses bottes de pluie fleuries et son petit short bleu et sa couche qui lui font un gros derrière, il se rapproche, brasse la paille avec ses mains, donne à manger. Un vrai fermier quoi !

Ces derniers temps, sa distraction favorite reste de grimper sur le rebord d'une ouverture percée à même les pierres de la grange et de se jeter dans le tas de foin en contrebas, près de deux mètres en dessous ! Chaque fois qu'il le fait, je reste sans voix. J'ai peur de voir l'imposant tas l'engloutir et le digérer. Mais Papy, lui, ça le fait marrer de le voir faire. Il dit qu'il était pareil à son âge.

Mon petit frère a des brins de paille partout dans les cheveux. Il ne ressemble pas à grand-chose, mais je dois bien l'avouer : je l'admire !

11

Nous sommes comme des feux d'artifice
Vu qu'on est là pour pas longtemps
Faisons en sorte, tant qu'on existe
De briller dans les yeux des gens

Les feux d'artifice - Calogero

Il me fallut une douche de près d'une demi-heure pour retrouver mes esprits et mon calme. Malgré la chaleur des jets, je n'avais cessé de trembler, noyé dans le cube de plexiglas, sans savoir si le froid était en moi ou au-dehors. Je ne savais plus rien à vrai dire. J'avais seulement en mémoire une date qui se rapprochait tel un prédateur tapi dans l'ombre et qui m'observai, prêt à bondir. Le reste n'était qu'incertitude et peur. Une peur dont les métastases gagnaient petit à petit chaque parcelle de mon corps.

Pourtant, insidieusement, tout me portait vers cet autre rendez-vous. Tout me menait à cette rencontre comme si quelque chose d'important et de vital, déjà, pouvait en découler. À peine plus présentable et l'estomac en vrac, je tapai donc à la porte de Jeanne à vingt heures précises, une bouteille de vin achetée chez *Mimouni* à la main. Lors de mon passage, l'épicier, dévasté pour d'autres raisons, s'était épanché sur l'attentat parisien de la veille. *Ces malades sont comme des frères que tu invites dans ton jardin et qui coupent l'arbre dans lequel tu te nourris mon Mathias. Comment ma communauté fera-t-elle lorsqu'il n'y aura plus de fruits à manger ou que tous ceux qui resteront seront pourris ?* La plainte du vieux marocain n'avait pourtant pas altéré son sens aigu du commerce. J'étais ressorti de son épicerie avec sa meilleure bouteille, un Pessac Léognan à plus de trente euros, que je n'avais absolument pas envie de boire ! Élégance suprême, j'avais également revêtu un jean et un tee-shirt propres ainsi que des *Converse* un peu trop petites mais neuves, qui me faisaient mal aux pieds. Une façon comme une autre de me sentir beau, à moins qu'il ne s'agît d'attirer l'attention de Jeanne sur autre chose que mes cernes et ma pâleur. Malgré tous mes efforts, je me sentais l'antithèse d'un prince charmant !

À la manière dont elle me sourit, apprêtée avec la même délicatesse que celle avec laquelle elle avait décoré sa maison, je compris très vite à quel point son agression de la veille était loin. Comme si elle n'avait été qu'un prétexte à un organiser ce repas. Son accueil était sincère et vrai. Un rayon de soleil qui tape à la fenêtre et vient réchauffer ce qui dort à l'intérieur !

– Je n'ai pas amené des fleurs. Je me suis dit que vous en aviez sans doute marre !

– J'aime aussi beaucoup le vin ! Cela met aussi de la couleur, mais plutôt sur les joues !

Elle m'invita à la suivre et me proposa de m'installer dans son salon où tout un tas d'amuse-bouches nous attendaient. Deux beaux verres à vin n'attendaient quant à eux que ma bouteille, que Jeanne déboucha avec une facilité déconcertante, à la garçonne. Ce détail me plut. Elle remplit mon verre puis se servit à son tour du précieux nectar qu'elle inspira longuement.

– Hum… Notes grillées et épicées et arômes de fruits noirs.

Elle regarda l'étiquette.

— Cabernet et Merlot… Bonne pioche !
— Vous êtes experte en vin ?
— Une de mes connaissances, un peu trop ! Mais peut-être que l'on peut se dire « tu » ?
— On peut…

Elle but une petite gorgée. La lumière qui anima alors son visage me plut aussi. Une première question jaillit très vite.

— Où as-tu appris à te battre ?
— Comme ça… En même temps, ça ne s'apprend pas vraiment. Cela ne se calcule pas non plus. Tu étais en danger, je suis intervenu, c'est tout.

Jeanne manifesta de l'étonnement. Elle me prenait peut-être pour un loulou de banlieue. Les mauvais garçons avaient parfois la cote pour celles qui avaient vécu éloignées des cités. Un chat blanc traversa alors la pièce et vint se frotter à mes jambes. Je détestais les chats, personne n'était parfait !

— Je te présente Plume !

J'ignorai l'animal pour reprendre la conversation où elle en était.

— Et toi, tu es remise de tes émotions ?
— Bien sûr ! Je ne vais quand même pas me laisser dominer par la peur. Si on fait ça, on est fichu ! J'avais un voisin qui ne sortait jamais parce qu'il avait peur justement de se faire écraser, de chuter ou de se prendre un truc tombé d'un balcon. Il passait ses journées calfeutré chez lui à bouffer des pop-corns devant sa télévision. Et bien y'a eu un dégât des eaux un jour dans l'appartement du dessus et le plafond s'est écroulé sur lui. Il est mort sur le coup ! On meurt une première fois lorsqu'on oublie de vivre et la peur pour ça, ça aide pas !

— Tu es nouvelle dans la région ?
— Ça se voit tant que ça ?
— Tu n'as pas d'accent !
— Je crois que je n'ai jamais eu d'accent !

Elle m'adressa un nouveau sourire désarmant. Plume, le chat, se lassa enfin de moi et partit s'endormir sur un fauteuil libre.

— Je ne reste jamais longtemps dans les villes que je traverse. En général, j'y reste un an ou deux maximum. On va dire que j'ai la bougeotte !
— Ou que tu fuis ? la taquinai-je presque malgré moi.
— Qu'est-ce qu'il y aurait à fuir ? C'est juste que la vie, c'est le mouvement.

Elle s'offusqua.

— Lorsque l'on déménage, on garde les yeux ouverts. Et on renforce l'idée que ce qui compte vraiment, ce n'est pas le cadre, c'est ce qu'il y a à l'intérieur !

Elle retrouva très vite sa légèreté.

— Mais attention, j'essaie de laisser une trace dans chacun de mes points de chute et si je peux, j'essaie même de changer la vie des gens que je croise.
— Changer la vie, et tu fais comment ?
— Ben déjà, ça commence par sourire…

Elle prit un petit four, puis but une autre gorgée. Ses joues s'empourprèrent.

— Hum la vache, il est vraiment excellent ! avoua-t-elle en dévoilant ses dents blanches et en joignant ainsi les actes à la parole.

Jeanne pouvait symboliser la gourmandise. La voir évoluer si librement devant moi me plaisait encore. Mais le tempo n'était pas le bon. Je la rencontrais probablement trop tôt ou trop tard. En tout cas, pas au moment opportun. Elle reprenait déjà.

— Je ne sais pas moi, pour changer la vie des gens, il faut déjà donner sans vraiment attendre en retour… T'es pas d'accord ?

J'acquiesçai. Elle se sentit autorisée à poursuivre.

— Il faut être attentif aux besoins des autres, les soutenir à chaque instant, pas seulement quand c'est facile ! Comme ça, on les réchauffe, et peut-être alors seulement, on peut changer leur vie ! Enfin, c'est mon avis !

Elle me délivra un sourire désarmant.

— Beau programme. Tu as déjà pensé à faire de la politique ?

— Ne te moque pas, me dit-elle sans être touchée par mon sarcasme, la politique n'est pas mon truc mais je ne serais pas contre le fait de changer le monde. L'humanité va mal. C'est peut-être à cause du prix de l'électricité, mais j'ai l'impression qu'on a coupé la lumière un peu partout !

Jeanne parla beaucoup. Probablement à cause de ma fatigue, je sortis progressivement des phrases qu'elle scandait avec enthousiasme et conviction pour ne m'attacher qu'à la musique parfaite qui émanait d'elle. À l'harmonie qui naissait des mouvements gracieux de ses lèvres et de sa bouche, qui subrepticement, me happaient et me captivaient. Elle me sortit soudainement de cette transe presque hypnotique.

— J'en ai beaucoup dit, mais je ne sais rien encore de toi. Qui es-tu courageux chevalier ?

— J'aurais beaucoup de mal à me présenter.

Elle regarda mon verre, que je n'avais pas encore touché.

— Bois ton vin alors, cela t'aidera !

Je n'avais envie de rien, surtout pas d'offrir à ma gorge encore imprégnée d'acide la moindre goutte d'alcool. Je m'exécutai pourtant. Un vin encore supérieur ou une piquette aurait eu le même goût.

Je laissai le breuvage descendre et se stabiliser dans mon estomac avant de répondre.

— En fait, je ne suis pas grand-chose. Je suis un simple mécanicien, sans détail ni talent particulier. Et à vrai dire, il ne s'est rien passé de bien passionnant dans ma vie. Ma mère était très croyante avant. Elle me disait souvent que si l'on priait souvent, rien ne pourrait nous arriver. J'ai souvent prié. La plupart du temps, par obligation. Et ma mère avait raison : rien ne m'est arrivé. Rien à part les longs moments à traîner avec les copains… Tu as peut-être connu des chevaliers plus glamours !

— Jusqu'à la preuve du contraire, le seul qui m'ait sauvée, c'est toi ! C'est déjà ça que d'autres chevaliers plus « glamour » n'ont pas !… Après, tu sais… il arrive toujours des choses. Il suffit simplement de les voir.

— Je pense qu'au fond de moi, j'ai toujours ressenti l'envie de devenir quelqu'un d'autre. J'ai grandi avec cette sensation désagréable qui ternit le goût des plaisirs comme une aigreur d'estomac.

Je portai instinctivement la main sur mon ventre. Je me ressaisis.

— Tu vas croire que je te prends pour mon psy !

— Pas le moins du monde, au contraire ! Et ça me touche que tu te confies à moi comme cela. On ne se connaît pas mais peut-être es-tu seulement quelqu'un d'important qui s'ignore ? Sinon, en parlant d'aigreur d'estomac, tu reprendras bien un toast ?

Je souris timidement à Jeanne et me resservis un des canapés dans lequel je croquai du bout des dents.

— Hum... délicieux, dis-je poliment.

Elle sourit à son tour, ravie.

— Et encore tu n'as pas goûté à la suite ! J'espère que tu aimes la cuisine africaine et que tu ne crains pas les épices ?

Le menu du soir pouvait passer pour une provocation. Pourtant la suite confirma la belle impression. Jeanne continua à prendre la discussion à son compte et le charme opérait toujours. J'avais la sensation de me trouver face à une œuvre d'art. Une forme empirique de féminité qui concentrait tout ce qui avait fait basculer les hommes depuis la nuit des temps : beauté, douceur, force, ingénuité. Je décelai même le mystère de ce qu'elle me taisait encore. Car si Jeanne parlait beaucoup, elle le faisait avec la virtuosité d'un maître de bonneteau. Dans ce jeu de passe-passe où elle ne se livrait pas encore tout à fait.

J'avais déjà trouvé ma dame de cœur.

Face à cette grandeur subtile, je me sentais minuscule. Ridicule même ! Je n'avais pas grand-chose à opposer. Je vivais même un sentiment étrange. Un moment de l'ordre d'un rêve, d'une parenthèse enchantée que je savais au fond impossible à vivre vraiment.

Il y avait même quelque chose d'extrêmement ironique dans cette atmosphère propice au relâchement et au plaisir. Presque aussi indécente que le verre de rhum et la cigarette offerts à l'homme à qui l'on se prépare à couper la tête ! Je n'aurais pas dû être là. J'aurais dû être chez moi à élaborer un plan, ou bien dehors, à traquer une proie pour survivre. Au lieu de ça, j'étais assis face à une jeune femme qui confinait au sublime.

Mon cœur et mes tempes tapaient plus fort. Je ne contrôlais progressivement plus rien, de mon attirance pour Jeanne à ma panique, avec une irrésistible envie de fuir. À vrai dire, je n'étais même plus « un ». J'étais tout un monde à la fois : un animal résolu à tuer, un enfant brisé par la vie qui cherchait encore un moyen d'y croire, un homme perdu et sans illusion aux portes de l'abandon, et un jeune candide prêt à céder aux sirènes de l'amour... Dans cette schizophrénie, la seule issue restait de maintenir toute la lumière sur elle. De gagner au moins du temps !

– Tu as quelqu'un ? lui demandai-je en rougissant un peu de mon indiscrétion.

La surprise apparut dans son regard. Et le temps se suspendit quelques secondes...

– Plus depuis six mois... J'étais avec un homme qui croyait faire de moi une jolie chose que l'on exhibe devant ses amis comme un trophée. Le fameux amateur de vin, dont le métier était d'en vendre mais qui ne crachait jamais non plus sur une bonne beuverie entre collègues. Tu sais, ces soirs où tu rentres tard et avec le parfum d'autres femmes ! Je suis partie sans rien dire, un dimanche, alors qu'il cuvait.

– J'avais peut-être raison alors de dire que tu fuyais...

– Non, tu te trompes, ce n'est pas de la fuite. Ça, c'est juste rester maître de sa vie ! C'est se respecter. Tu connais *Le temps qui reste*, de Reggiani ?

– Je connais vaguement le comédien mais pas vraiment le chanteur...

– C'est une sublime chanson. Pas loin d'être ma préférée. Attends, je vais te la faire écouter.

Elle se leva et se dirigea vers son ordinateur. Après quelques courtes manipulations sur *Youtube*, elle accéda au fameux morceau, qu'elle lança. Elle m'adressa alors un regard intense et lumineux, pressée que j'accède aux mots qui allaient suivre. La voix fragile et usée de Reggiani surgit au détour de tristes accords de guitare.

Combien de temps, combien de temps encore, des années, des jours, des heures, combien ? Quand j'y pense, mon cœur bat si fort…

La supplique de l'artiste vint me toucher directement. Comme si de l'autre côté, sur cette rive que je craignais d'atteindre, un autre message avait été écrit à mon intention. Moi qui devais lutter. Moi qui n'avais rien vécu. Les larmes me montèrent aux yeux.

Je veux jouer encore… Je veux rire des montagnes de rires, je veux pleurer des torrents de larmes, je veux boire des bateaux entiers de vin, de Bordeaux et d'Italie, et danser, crier, voler, nager dans tous les océans…

Lentement, les larmes retenues se mirent à couler. D'abord discrètement, puis en osant s'affranchir de toute pudeur et s'étaler comme un masque le long de mes joues. Je n'osai même plus affronter le regard de Jeanne, sans avoir le désir de m'en cacher. J'étais offert au sens de ce texte brûlant d'urgence et de vérité, derniers éclats de désir d'un vieil homme au crépuscule.

Je veux des histoires, des voyages, j'ai tant de gens à voir, tant d'images, des enfants, des femmes, des grands hommes, des petits hommes, des marrants, des tristes…

Si tout venait à s'arrêter bientôt, si jamais je faillais à la mission qui était la mienne, qu'aurais-je semé de moi ? Qu'aurais-je donné ? Qu'aurais-je pris ? Cet ultime sursaut de gourmandise, d'amour et de vie venait souligner à quel point je ne m'étais saisi de rien jusqu'à présent. Je mesurai à cet instant l'expression profonde d'un vide.

Le morceau s'interrompit brusquement et cette fin subite vint renforcer la puissance de tout ce qui l'avait précédée, me laissant en état de choc.

— Ça va ? me demanda-t-elle doucement.

— C'est… c'est… elle est tout simplement magnifique, balbutiai-je.

— Tu es sûr que tout va bien ? Tu es la première personne que je vois dans cet état après avoir écouté une chanson.

— Oui, oui… C'est juste que je ne m'attendais pas à ça.

— Il ne faut rien attendre des choses. Juste être prêt à les accueillir lorsqu'elles arrivent !

Elle me sourit. Le calme revint en moi. Elle reprit.

— Voilà pourquoi il est urgent de vivre et de se respecter. Le temps passe vite, trop vite. Et ce qui reste lorsque tout est voué à s'arrêter, c'est encore la faim… En venant ici, je garde seulement le cap, mon cap !

Elle retrouva très vite tout son éclat.

— Et voilà que j'ai bien pourri l'atmosphère !

Je souris à mon tour, les traits encore marqués. J'essuyai mes yeux.

— Tu es remis ?

J'inspirai discrètement. Une intense fatigue avait fini par me rattraper.

— Jeanne… J'ai vraiment passé un bon moment. Mais il se fait tard, j'ai eu une dure semaine et je reprends tôt demain matin.

Le temps se suspendit à nouveau.

— Moi aussi j'ai passé un bon moment Mathias, même si tu es bien moins bavard que moi. J'ai presque envie de dire merci à ce voyou qui m'a mise sur ta route. J'ai tendance à mettre du sens en toute chose et je crois bien que nous étions voués à nous rencontrer, tu ne crois pas ? Tu vas peut-être trouver cela brusque ou cavalier, mais j'ai bien envie de te revoir. On pourrait se boire un pot un autre jour ? Demain, j'ai des livraisons, je ne peux pas. Mais après-demain, en quittant le travail ?

Je considérai sa proposition pas loin d'être inconcevable. Cela était trop beau. Dans ce beau tableau d'une histoire en train de naître, j'étais une incongruité. Une erreur de casting. Ce rôle-là était de la trempe d'un Ryan Gosling, pas d'un Mathias Morlande ! Le choix dès lors n'existait pas vraiment. Je devais me résoudre à décliner... C'était d'ailleurs ce que je m'apprêtais à lui dire...

... mais c'est pourtant un *j'aimerais bien moi aussi* que je m'entendis répondre !

C'est mon anniversaire. Théo doit être en train de me préparer une surprise car il a condamné l'accès de notre chambre. J'ai cru l'entendre glisser le portemanteau derrière la porte, pour faire barrage. Je l'entends pester, s'enthousiasmer, réaliser de petits bruits mystérieux avec sa bouche qui me font penser à un créateur en plein travail.

Moi, je dois donc patienter dans le salon. Dès que je me lève, que ce soit pour aller aux toilettes ou bien pour voir maman qui me prépare mon repas, il hurle malgré la porte pour me mettre à distance, comme si ses yeux invisibles me scrutaient en permanence. Je commence un peu à m'impatienter. Que me réserve-t-il ?

Tout à coup, la porte de la chambre s'ouvre avec fracas. Je crains le pire ! Je vois alors Théo arriver, la face aussi peinturlurée que ses mains. Un grand sourire barre son visage. Un sourire où manquent plusieurs dents ! Il me tend une feuille un peu ramollie par le poids de la peinture humide. Son torse est bombé et fier.

— Pour toi, me dit-il seulement.

Je regarde son cadeau, son offrande. Je n'y vois qu'un amas de couleurs un peu difforme. Une peinture abstraite, un personnage multicolore, bonhomme, au corps trapu et au visage d'un bloc comme surmonté d'une perruque blonde.

— C'est toi, m'éclaire-t-il.

— Mais je ne suis pas blond, m'étonnai-je ?

Théo me répond alors, comme une évidence.

— Je le sais bien que tu n'es pas blond ! Ça, c'est toi avec des cheveux de soleil, ça se voit pas ?

12

Pourvu qu'elle ait le sens de l'amour
Et qu'on n'ait pas de chagrin d'humour
Pourvu qu'elle digère bien les huîtres
Pourvu qu'elle gueule contre l'arbitre

Pourvu – Gauvain Sers

Je restais à observer le contenu de ma tasse de café, l'œil vide, comme si une réponse à l'absurdité tragique de mon existence s'y cachait. Plus rien n'avait de sens. J'étais à deux doigts de tomber amoureux et je m'apprêtais à partir au travail à quelques semaines d'une mort programmée pour laquelle je n'avais pas encore trouvé de remède. Je n'avais jamais été véritablement doué pour me saisir des choses importantes de ma vie, mais cela désormais dépassait l'entendement. Je ne comprenais plus rien, dans un rapport déficient ou psychotique à ce qui m'arrivait.

Il me restait du temps encore, heureusement. Mais désigner un autre homme s'avérait bien plus compliqué à mettre en pratique qu'à imaginer. Ce n'était pas un jeu. VRAIMENT pas un jeu. Je devais m'endurcir, me préparer, éliminer un temps mon humanité et ma douceur pour devenir enfin froid et implacable, revêtir le seul costume que le défi exigeait. D'autres pistes viendraient, je le savais. Le temps m'appartenait au moins encore un peu. Quoique...

Je regardai l'heure. *8H12.* J'étais encore plus en retard que d'habitude ! Je sortis de mes pensées et claquai la porte de chez moi sans même prendre le temps de faire mes lacets. En quittant précipitamment mon domicile, je bousculai une nouvelle fois monsieur Vitry qui remontait de la rue, cette fois-ci après avoir acheté sa baguette.

— Oulah… Attention mon garçon, vous ne faites plus trop attention à ce qui vous entoure depuis quelque temps. Vous avez perdu la tête ?

Le vieil homme ne croyait pas si bien dire. Je m'excusai d'un sourire et d'un signe de la main, juste avant de libérer mon vélo de son attache et de filer à toute berzingue jusqu'au garage. Mon trajet, rapide, désespéré, mit au supplice mes poumons dépassés par ma cadence infernale et, probablement davantage encore, ma consommation accrue de cigarettes. Je me maudis intérieurement tout en accélérant. Il y avait quelque chose de ridicule dans cette course que rien n'obligeait plus vraiment. Santorez avait lié le sort de Fred au mien et je savais combien ce boulot était essentiel pour lui. Travailler m'offrait bizarrement une parenthèse et me lavait la tête. Le seul vrai remède pour l'instant à ma folie. Là-bas, je le savais, m'attendaient vidanges, remplacements, diagnostics et autres réparations. J'y trouverai bien de quoi m'oublier. Et puis m'attendait donc Fred, toujours rempli de ses grandes préoccupations sur l'amour absolu.

Ce matin-là, il s'attarda dans le cadre d'un exposé de près d'une heure sur une interrogation essentielle : le respect de la temporalité choisie par « sa Louise » pour officialiser leur relation était-il un gage de grandeur pour l'homme idéal qu'il comptait bien représenter, ou bien un stupide aveu de faiblesse digne d'une chiffe-molle ? Au sortir d'une argumentation nourrie et exhaustive déballée en plein changement de courroie de distribution, il conclut sur un ton de sentence que *le mâle restait accroché à son statut de dominant comme la banane verte à son bananier et qu'il appartenait désormais à l'homme nouveau* (en l'occurrence : lui) *d'être le ciseau d'une rupture définitive avec le passé.* Fred rajouta par ailleurs avant de refermer le capot et le ban que *laisser les rênes du destin ou les clés de la voiture à la femme, au mépris s'il le fallait de ses propres attentes n'était donc finalement qu'un devoir à l'heure où la testostérone ne rentrerait dans l'histoire qu'en tant qu'hormone du chaos !*

Il était comme cela Fred : inculte et érudit à la fois ! Au fond de lui, je sais combien il ignorait tout le bien qu'il me faisait en se contentant d'être lui-même ! Ces propos investis, probablement issus d'une longue réflexion et de nombreuses recherches sur son téléphone, je les avais pourtant écoutés d'une oreille distraite. D'autres pensées s'étaient invitées, plus douces que ses théories improbables, et bien plus motivantes que la paire de plaquettes que j'étais en train de poser.

Ce tout petit point à l'horizon portait évidemment un nom : Jeanne ! Elle me suivait depuis hier, tenait déjà ma main remplie de cambouis et enveloppait mes pensées embrouillées dans du papier de soie, celui dont elle habillait ses bouquets. Une lourdeur s'installa sur ma poitrine. Je compris très vite que ma gêne à respirer cette fois-ci n'était due qu'à son absence. Penser à elle, c'était comme mettre le doigt dans le trou d'une coque qui prenait l'eau. C'était empêcher ou, au pire, retarder mon naufrage ! J'étais devenu totalement dépendant en un jour à peine. Un record. *Quel imbécile, j'avais bien choisi mon moment !* Jeanne était peut-être de nature à amener exactement tout ce qui manquait à mon équilibre. En un mot (ou plutôt en plusieurs) elle me semblait être « mon complément idéal » ! À nous deux, j'avais même plaisir à croire que nous pourrions être le puzzle parfait, Jusqu'à présent, entre coups d'un soir ou histoires d'une semaine, je n'avais jamais connu cette sensation. Le besoin de la revoir devenait oppressant mais prenait beaucoup trop de place. Et ce que j'avais à faire était déjà assez imposant ! Je serrai les dents. Tout cela était injuste.

Je retrouvais mon studio pour y tourner comme un lion en cage. Je devais absolument lutter contre cette dépendance. Mais plus je me raisonnais, entre plusieurs cigarettes encore, plus les yeux de Jeanne, le sourire de Jeanne, la voix de Jeanne, le corps parfait de Jeanne, enfin bref : plus Jeanne tout entière s'invitait ! Comment cette femme avait-elle pu prendre si vite autant d'importance ?

Je cédai à mon besoin irrépressible et coupable une fois la nuit tombée. Au moment d'enfiler ma veste, je réalisai que je n'étais que contrastes : un coupable léger comme une plume, et je ne parlais même pas de son chat ! Je n'avais pas le droit de craquer. Je partis pourtant rejoindre sa rue comme un voleur.

J'hésitai à nouveau une fois devant sa porte. À quelques mètres de moi, l'une des fenêtres de son salon m'appela. Bien caché sous ma capuche, je jetai un œil, puis évidemment l'autre à l'intérieur. Je découvris dans la même seconde la définition de l'hypoxie. J'étouffai presque de mes scrupules. Je n'avais pas le droit de l'observer ainsi, à son insu, Je n'étais pas le chevalier que Jeanne voulait voir. Je me contentais de faire ce que je pouvais. Hélas, je pouvais peu !

Je l'aperçus alors portant une tasse fumante, seulement vêtue d'un long chandail chiné qui dévoilait ses jambes halées. Jamais celles-ci ne m'étaient apparues aussi longues. La scène banale, qui avait pour moi le goût de l'interdit, prit alors une dimension érotique assez incroyable, ce qui n'arrangea pas ma respiration. Jeanne s'installa sur le fauteuil qui me faisait face, sans prendre conscience que je l'observai. Son chat la rejoignit très vite. La voir comme cela, livrée à sa solitude, à sa vérité, éclairait le tableau d'une lumière indirecte. J'avais l'impression de la découvrir vraiment, de la traverser comme un rayon X, laissant de côté toutes les défenses que les gens plaçaient d'habitude entre eux et les autres. Cette scène, sans fard, me fit grimper un peu plus sur l'échelle de l'émotion. Une échelle dont j'ignorai encore le nombre de barreaux.

Abandonnant un temps ce que le corps de Jeanne m'inspirait, j'aperçus alors sur son visage une minuscule fracture. Une faille. Cette fragilité me sauta à la figure lorsqu'elle se redressa pour saisir un album – probablement un album photos – qu'elle parcourut lentement des yeux tout en dégustant sa boisson. Ce qu'elle découvrait la touchait indubitablement. Et ce mystère acheva de me soumettre. Qui était cette jeune femme, belle et volubile ? Que partagions-nous de manques et de doutes ? Ce qu'elle m'offrait malgré elle venait signer ce que je pressentais dangereusement :

Et si Jeanne était la femme que j'attendais depuis toujours ?

*

Le lendemain, c'est porté par un souffle pour une fois presque léger que je quittai Fred et mes autres collègues à l'heure de retrouver la belle sur la place Frédéric Norbert, dans le centre ancien de la ville. L'endroit, principale artère commerciale de la cité, était parsemé de terrasses et de troquets occupés par la jeunesse choyée des environs. C'est dans cet assemblage cohérent de bruits, de gaîté et de couleurs que je l'aperçus, observant la foule le regard dans le vague. Lorsqu'elle me distingua dans la masse, Jeanne s'alluma comme un néon qui illumina mon visage en retour. Pour un temps au moins encore, elle se montrait

remplie de toute sa force, sa contenance. Loin de la fragilité de la veille, dévoilée à son insu.
— Bonsoir Mathias ! Comme je suis heureuse, j'avais peur que tu ne viennes pas !

Je me contentai de lui sourire. Et si je rougissais, c'était en repensant à mon intrusion de la veille.

— Tu veux boire quoi ? C'est moi qui t'invite ! proposa-t-elle alors qu'un serveur approchait.
— Un truc léger, répondis-je.

Elle leva la main.

— Garçon ! Deux caïpirinhas à la fraise s'il vous plaît !

Elle se retourna vers moi.

— Tu ne vas quand même pas te commander une tisane, tu m'as l'air bien trop sage !
— Pourquoi avais-tu peur que je ne vienne pas ?
— Parce que tu me plais, que je crois que je te plais aussi, et que l'on est souvent tenté de résister à ça. Et parce que je sais que parfois je fais peur aux mecs ! En fait, il y a des tas de bonnes raisons pour louper un second rendez-vous avec moi !

Elle rit de magnifiques petits éclats sonores. Du cristal !

— Tu as toujours été aussi franche et spontanée ?
— À quoi ça sert de mentir ou de perdre du temps ? Lorsque l'on sent les choses vibrer, alors il faut les dire ! Tu ne crois pas ?
— Je ne sais pas…
— Pourquoi ne pas partager ce que tu ressens ?

Elle dévoila une nouvelle fois ses dents blanches et m'observa avec amusement. Je pris soin de détailler chaque détail de son visage où le moindre grain de peau portait une dimension unique. La douceur naïve et bienveillante qui émanait d'elle était de nature à briser tous les silences qui m'habitaient. Pourtant, j'hésitai encore.

— Je ne suis qu'une vendeuse de fleurs, pas une ogresse prête à te dévorer, petit enfant !

Elle sourit encore. Son naturel confondant ne devait pas être trahi. Si quelque chose devait se construire entre elle et moi, une histoire prometteuse mais encore hypothétique, alors peut-être comprendrait-elle l'inconcevable. Je me lançai.

— Jeanne, je dois te dire un truc, un truc lié à quelque chose d'incroyable qui m'est arrivé...

— Oulaah... tu m'intrigues, là !

Je pris une longue inspiration avant de lâcher le morceau.

— Si je ne veux pas mourir d'ici quelques semaines, je dois trouver un type de mon âge pour mourir à ma place !

Deux ou trois secondes de sidération s'installèrent, pas plus, avant qu'elle ne s'illumine à nouveau.

— Mais ça pourrait faire un super jeu ça ! On pourrait même l'appeler « Mort au con ! », il faut absolument qu'on définisse le portrait-robot du salopard qui pourrait te remplacer ! Il faut d'ailleurs toujours envisager ce genre de chose avant qu'il ne soit trop tard. Quitte à devoir sauver sa peau, autant le faire avec la bonne personne ! C'est vrai quoi, il y a tellement de bazar ici-bas qu'il n'est pas inutile de prendre de l'avance sur le casting des gens qui resteront sur le quai le jour où la planète explosera. Ce ne doit pas être si difficile de définir qui doit vivre et qui doit mourir ! Commençons à réfléchir...

Elle plissa les yeux et regarda au loin, comme à la recherche du candidat idoine. Je restai coi, incapable de l'interrompre.

— En fait, il y a tellement de candidats potentiels... Bon, j'aurai tendance à dire qu'il faut privilégier d'abord les pervers... Tu sais, ces espèces de faux-gentils qui jouissent de l'emprise qu'ils ont sur toi et qui te considèrent comme une chose sans valeur, un objet « écrasable », qu'on peut tromper, vider de sa substance et puis jeter comme un papier gras dans une poubelle ?

— Tu parles de ton ex là ?

— Ah non, lui, je savais que c'était un bel enfoiré, comme je sais que toi, tu es un gars bien ! Que veux-tu, il était beau et séduisant. J'ai plongé en connaissance de cause. Jusqu'à quel âge on parle d'erreurs de jeunesse ?

Elle rit. Un sourire encore une fois désarmant que je me voyais mal ramener vers une réalité bien plus cruelle. Ma faiblesse était totale. La nouvelle n'était certainement pas admissible par le commun des mortels de toutes façons. Elle montra au loin un quinquagénaire habillé comme une gravure de mode et la jeune femme qui l'accompagnait.

— Tu vois, me dit-elle, je table plus sur un type comme lui. Regarde déjà la posture de sa conquête, vision fuyante, sourire forcé, épaules tombantes, elle a tout de la fille sous l'emprise du vieux beau à pognon de service. Et puis mate aussi sa posture de mâle dominant qui se gargarise du pouvoir qu'il a sur les autres. Il ne la regarde pas. Il ne regarde que sa jeunesse et le prestige qu'elle peut lui apporter. Je te fiche même mon billet qu'à la première ride venue sur le visage de sa compagne, il la laissera crever dans le caniveau, sans plus de considération pour elle qu'une crotte de chien dans laquelle on évite de marcher... Ah mais flûte, celui-ci n'a pas ton âge, ça ne marche pas !

Le serveur amena nos boissons. Elle s'interrompit à peine.

— Après, y'a évidemment les gars qui tapent sur leur femme ou sur leur enfant ! Je suis gentille et bienveillante, mais y'a des trucs par contre qui me vrillent vraiment le bide ! Taper sur un gosse ou l'enfermer dans un placard, boum, dans la charrette, avec les violeurs bien entendu !

Elle but une belle gorgée de son breuvage. Je l'imitai !

— Oh, mais ça m'inspire trop ton truc ! Dépêche-toi de finir ta caïpirinha, faut qu'on bouge, ça va m'aider !

Le cocktail ne demandait qu'à être savouré, mais je le finis pourtant d'une longue traite, soumis à la douce folie de Jeanne. Nous nous levâmes, elle déposa un billet sous le cendrier de notre table et elle me prit la main pour m'entraîner dans le centre-ville.

— Tu vois par exemple, me dit-elle à l'approche d'un établissement bancaire, je verrais bien aussi tous les banquiers qui ont le droit de vie ou de mort sur les gens qui triment pour une misère et qui peuvent leur couper les vivres d'un claquement de doigts. Attention, je ne dis pas que tous les banquiers sont des enflures, mais j'en ai déjà connu des vraiment vicelards ! Idem pour les huissiers, quel boulot de merde à part quand c'est toi qui valides les gagnants d'un concours ! Et puis, tiens, je rajoute aussi les golden boys en Armani qui s'excitent devant des ordinateurs dans leurs boîtes de trading et qui d'un clic, peuvent ruiner un pays entier ou bouleverser la face du monde !... Et pour le coup, des jeunes loups avec les dents qui rayent le parquet, y'en a une flopée dans ce secteur ! Pour faire le poids, vous me mettrez aussi les hommes politiques mon bon monsieur !

Elle s'arrêta soudainement. Alors que nous longions une garderie de laquelle sortait une ribambelle d'enfants, un bambin de maternelle laissa tomber son doudou en courant derrière sa mère. Jeanne se précipita pour le ramasser, se mit au-devant de l'enfant et lui tendit la précieuse peluche. Son sourire répondit en écho à celui du garçonnet qui ne se fit pas prier pour récupérer son bien et la scène irradia mon cœur tout entier ! Elle reprit pourtant très vite son jeu, comme si rien ne s'était passé.

— Attention, hein, encore une fois, je ne dis pas non plus que tous les politiques sont pourris, mais à ce degré de gangrène, je me demande s'il ne faut pas tout couper quand même : entre les fachos de base, les crevards du pouvoir, les menteurs invétérés, les malhonnêtes compulsifs et les retourneurs de vestes professionnels, y'a pas grand monde à sauver. Moi, je suis prête à voter pour le petit gars sincère et qui croit à son combat, pour peu que son programme ne soit pas trop dégueulasse. Suffit juste qu'il pense aux humains et à la planète. Ce devrait être la seule urgence l'humain et la planète, loin devant la finance et les armées. T'es pas d'accord ?

— Je n'ai jamais voté !

— Tu devrais, c'est important malgré tout !

Jeanne était rentrée dans une forme de transe, où tout ce qui l'animait sortait comme d'un robinet ouvert en grand.

— Où en étais-je ? Tiens, j'allais oublier l'essentiel : tu me mettras aussi évidemment les responsables des grands groupes pharmaceutiques qui soignent d'abord leurs actions et leurs comptes en banque plutôt que tous les malades d'Afrique, et je te prie de croire que je m'y connais ! Et tant qu'on y est aussi, les laboratoires agrochimiques qui assoient leur empire en empoisonnant la planète !

Elle restait intarissable.

— Oups... Attends-moi, je reviens, coupa-t-elle en s'arrêtant subitement de marcher.

Elle traversa alors la route pour prendre spontanément la main d'une très vieille femme courbée sur sa canne, qu'elle aida à traverser avec la plus grande des délicatesses. Moi, je la regardai faire comme on admirait tout ce que ce que l'on n'était pas !

Sa bonne action effectuée le plus naturellement du monde et après avoir salué une dernière fois la grand-mère, Jeanne revint vers moi et me prit la main pour m'entraîner dans une course candide, comme si nous étions deux jeunes enfants.

— En fait, il y a tellement de personnes qui ne méritent pas leur place ici et qui salissent l'image de l'humanité, cria-t-elle sans interrompre sa course à laquelle j'étais lié. Je peux encore t'en citer des centaines : j'hésite encore un peu pour les chasseurs et ceux qui voient dans les corridas un spectacle magnifique, mais je n'ai évidemment aucun doute par contre pour tous les fous de Dieu, quel que soit son visage, qui n'hésitent pas à semer la terreur et la mort au nom de textes sacrés. Je vois tous ceux qui colportent la haine et les armes pour des idées ou surtout des profits, ceux qui écrasent les faibles ou ceux qui renforcent les barreaux de leur prison...

À bout de souffle, elle s'arrêta alors. Sans nous en apercevoir, nous étions parvenus au seuil de sa maison.

— En éliminant tous ces indésirables et en exagérant à peine, je me dis presque tout compte fait qu'il ne reste que toi et moi...

Elle s'approcha alors lentement de mon visage.

— Mais tout ça ne reste qu'un jeu, hein ? Parce que le plus important, c'est l'amour...

Nos lèvres se touchèrent et je ne résistai pas à l'invitation. Sa bouche était tendre et tiède comme une pâtisserie sortie du four. Ce premier baiser que nous partagions avait le goût d'un été. Nous n'avions plus lieu d'être deux. J'étais elle, elle était moi. Nous étions le plus bel ensemble mathématique depuis des lustres. Même le sinistre monsieur Lessage n'aurait rien trouvé à y redire !

Très vite, elle m'entraîna dans son appartement dans lequel nous manquâmes de bousculer tous les meubles devenus obstacles à notre rencontre physique. Après la folie dans les rues, nous cédâmes au désordre et au feu. Nos visages, nos langues, nos mains se mélangèrent, et j'étais bien incapable de dire ce que j'explorais. Nous n'étions qu'un mélange d'odeurs, de caresses et de respirations saccadées. Et si la beauté et l'harmonie étaient de nature à naître du chaos, alors notre lutte charnelle devint rapidement un poème fiévreux et intime. Seule la décence m'interdit d'en raconter davantage !

*

Au beau milieu de la nuit, je me réveillai pour fumer une cigarette sur le petit balcon de sa chambre. L'espace réduit m'offrait un point de vue imprenable sur deux des plus beaux spectacles au monde, qui s'offraient en même temps à ma vie. En bas, cette ville sinistre avait revêtu sa tenue pailletée. À l'intérieur, à peine parée des lueurs de la lune, Jeanne dormait nue, le corps simplement déposé sur son drap, sans aucun artifice. Ses courbes fines et gracieuses épousaient l'étoffe dans un ensemble émouvant. Si j'avais dû donner une définition de la beauté à cet instant, cela aurait été sans doute celle-là : un paysage féminin aussi immobile et puissant qu'un massif de montagnes, aussi doux et bienveillant qu'une vallée fertile. Jeanne semblait heureuse et repue.

Alors que je la regardai, je réalisai que ma vie menacée venait de rencontrer un tournant. Je n'avais jamais connu de but jusque-là. Jeanne était devenu le mien. Cet avenir à construire restait dépendant de ma capacité à survivre au-delà des quelques semaines qui me séparaient de l'ultimatum fixé par l'Au-delà. Son improbable marché. Mon choix se réduisait encore. À vrai dire, il n'existait même plus, à tenter que cela fût le cas précédemment. Je jetai mon mégot au loin, me rhabillai en silence, déposai un tendre baiser sur l'épaule de la belle qui ne réagit même pas, et quittai sans bruit la maison.

En bas, arpentant les rues désertes avant de finir la nuit dans mon appartement, je laissais mes pensées dériver. Progressivement, une énergie nouvelle m'envahit alors. Quelque chose d'une force archaïque, une conviction inextinguible qui part du ventre. J'avais puisé la force de la terre et un autre sang battait dans mes veines.

J'étais peut-être prêt à sauver ma peau. J'allai faire mourir un autre homme à ma place. Et cet homme, je connaissais enfin son nom !

C'est notre petit refuge à nous. Notre nid. Avec la permission de maman, nous prélevons chaque soir après qu'elle ait terminé de faire le ménage les manches du balai et de la brosse pour en faire les piliers d'un chapiteau dominant mon lit. La grosse couette, la plus longue et la plus large de la maison nous recouvre de ses pans épais. Nous n'avons plus qu'à glisser ma petite lampe de chevet pour diffuser une lumière tamisée et les conditions d'un temps de lecture douillet avant le repas sont réunies.

Théo se place en face de moi, nos pieds se touchent. Parfois l'on s'amuse à se bagarrer seulement avec eux, comme un duel. Cela fait rire Théo aux éclats. Son rire résonne encore plus fort sous les draps. Mais la plupart du temps, cela reste un moment paisible. Les Gaston Lagaffe, Cubitus, Tintin ou Tuniques Bleues nous occupent et nous emportent ailleurs. Parfois, nous avons même le temps d'en lire deux chacun avant d'aller manger. C'est un moment de quiétude que j'aime beaucoup. J'en ai besoin, je crois, comme mon excité de petit-frère.

Théo pousse un grand soupir de plaisir en refermant On a marché sur la lune. Je le regarde.

— Je suis trop bien Matou.

Matou, c'est le surnom que Théo m'a trouvé. Au début, cela m'énervait un peu, je trouvais que cela faisait « chat ». Maintenant, j'aime bien. Je lui souris.

— Tu sais quoi ? J'aimerais rester sous cette tente avec toi jusqu'à la fin des temps !

13

On nage dans le même aquarium
On partage le même royaume
Où vous, vous êtes et nous, nous sommes
Où nous sommes des hommes pareils

Des hommes pareils – Francis Cabrel

De Stéphane Pazzolli je ne conservai qu'un souvenir diffus. Mais la récente évocation de Fred m'avait amené à raviver quelques images du passé. Et s'il n'était ni terroriste, ni trader, ni encore moins homme politique ou passionné de corrida, ma cible était effectivement bien née sous le signe des ordures, ascendant mafieux d'opérette !

Je me souvenais avec évidence de l'ingratitude de son physique. Pazzoli était laid de naissance, comme d'autres venaient au monde grands, costauds ou roux, avec son corps en épingle de couture, surmonté d'une tête ronde que dominait un regard perçant sous des orbites creusées et un nez proéminent et fin digne d'un bec de charognard. À cette laideur, Pazzolli rajoutait la méchanceté et l'arrogance ordinaire de ceux qui connaissaient leur capacité à nuire aux âmes faibles. Très tôt en effet, il avait pris le pouvoir sur un grand nombre d'élèves, y compris ceux dont la taille et la corpulence auraient pu leur permettre de résister. Son leadership d'alors ne s'imposait évidemment pas par la force, en raison d'un ratio poids/taille désavantageux. S'il était peu gâté par la nature, le cafard jouissait en effet d'un vice bien au-dessus de la moyenne. Un don précoce et rapidement exploité. Pazzolli, tout gosse aimait déjà faire mal, gratter les croûtes pour réveiller les plaies. Il aimait aussi distiller dans le sang des plus faibles le poison du doute, au travers de suggestions nauséabondes qu'il répétait comme des évidences fourbes tout au long de la journée dans les oreilles de ses victimes. La plupart du temps, ces bombes à retardement tournaient autour de questions fondamentales. Celles qui font la force ou la faiblesse d'un adulte en devenir, « *ton père n'est pas ton père, tout le monde le sait sauf toi !* » ou « *cela paraît tellement évident que tes parents ne t'aiment pas !* »... Il en était même arrivé à dire à l'un de nos lointains camarades, juste avant son déménagement suite au suicide de sa mère que cette dernière « *s'était tuée parce qu'elle avait honte de ses mauvais résultats à l'école* ». Dans ce jeu insidieux, certains virent lentement leur cerveau rongé comme sous l'action d'un bain d'acide. Ce monstre de perversité entretenait un climat de malaise constant. Faisait peur.

Son père, un entrepreneur influent de la ville, très proche de la Mairie à cette époque, était le meilleur des boucliers pour cet enfant mauvais comme un cancer du pancréas, dont les motivations restaient dures à cerner. S'il ne tirait aucun bénéfice évident de ce comportement malsain, Pazzolli paraissait se complaire de l'atmosphère lourde qu'il distillait. Et ces graines de malheur qu'il plantait dans la cour semblaient suffire à son propre bonheur. Comme tout le monde, adultes y compris, craignait son père, personne ne mettait un terme à ses agissements. Nous nous détachâmes instinctivement de son profil inquiétant, profitant même du contexte pour renforcer les liens entre nous. Et nous perdîmes à peu près tout contact avec lui jusqu'à la fin de notre adolescence.

Lorsque nous recroisâmes sa route, nous étions depuis longtemps sortis de l'innocence et avions emprunté les sentiers sinueux de la perdition. Entre quinze et dix-sept ans, du poil aux pattes et de la testostérone à foison, nous étions tous tombés dans le caniveau de la vie, croyant à tort que nous détenions les clés du bonheur ou de la vérité. Rien n'était pourtant heureux ou vrai dans ce que nous vivions alors. Et cette liberté éprouvée restait un leurre. Ce que nous étions n'était que de la survivance déguisée, la gesticulation de pantins écrasés très tôt sous le poids des drames, du chômage, des divorces, et de tous les désœuvrements subis à l'étage supérieur et que nous subissions. Le sentiment de plénitude que nous avions besoin de rencontrer et qui était dans les faits étranger à nos vies, nous le trompions à cette époque comme l'on trompe une vie sentimentale morne avec une maîtresse séduisante mais dangereuse.

Les drogues que nous prenions n'étaient pour la plupart d'entre nous qu'une simple distraction. Un sniff, un shoot, un pétard bien chargé là où tant d'autres se contentaient d'un panaché au bar, d'un baby-foot, d'un flipper, ou d'un terrain vague pour taper le ballon. Mais ce loisir coûtait cher, et il devint surtout très vite addictif. Nous cédâmes alors naturellement aux sirènes de l'argent facile. Facile car dérobé à des victimes encore plus vulnérables que nous ou des proches que nous endormions avec les gueules d'anges que nous n'avions pas perdues.

Il nous arrivait aussi de nous attaquer à la base et de voler directement notre dope aux petits trafiquants locaux qui étaient à l'époque loin, très loin des gangs ultra-violents d'aujourd'hui. Tout se réglait aux coups de poings ou à la batte, exercice dans lequel nous n'étions pas ridicules. À nous tous, nous avions l'impression d'être invincibles. Foutaises ! Nous étions simplement encore fringants, face à des adversaires souvent dégradés par un usage plus ancien du poison. La suite allait vite mettre à mal cette supposée invulnérabilité.

Fred, lui, avait trouvé une autre alternative pour monnayer son vice : cultiver et vendre le meilleur cannabis à deux-cents kilomètres à la ronde ! Personne ne savait vraiment pourquoi. Peut-être parlait-il déjà d'amour à ses belles plantes, mais jamais weed jusque-là n'avait fait planer de la sorte ! Son herbe, c'était un billet d'avion en première classe, l'assurance d'un voyage confortable et lointain. La réputation de sa marchandise se fit très vite au-delà des murs de notre cité, et la nature généreuse de Fred, qui nous « régalait » très régulièrement, nous permit de réduire plus rapidement encore le nombre de « nos bêtises ».

C'est à cette époque que Stéphane Pazzoli refit son apparition dans nos vies. Celui qui habitait dans le complexe résidentiel Mathieu Eneman, dans les beaux quartiers, avait tragiquement perdu son père quelques années auparavant dans un accident de la route. La manne financière résultant de cette perte fit en sorte que le fils, plus opportuniste qu'éploré, puisse donner une autre orientation à son projet professionnel. Il endossa ainsi très vite un costume de dealer de luxe, nourrissant les quelques fils à papa de la commune et des alentours des merdes dont il faisait le commerce. Le profit devint sa seule préoccupation et son statut de fils de notable conféra à sa petite entreprise les atours d'une marque incontournable, ce que la piètre qualité des produits proposés contestait. Plusieurs overdoses furent ainsi signalées en ville ces sombres années, de même que des épisodes récurrents de bad-trips ou de décompensations. Pourtant, Pazzoli ne fut pas inquiété pour sa responsabilité directe dans ses faits divers, ni même pour la nature d'une activité que presque personne n'ignorait. Son patrimoine financier et donc son influence potentielle dans la vie d'une bourgade dont il savait parfois jouer les bienfaiteurs suffisait à protéger son empire. La concurrence imprévue de Fred vint jeter un voile d'ombre dans cette histoire digne d'un parrain de province et Pazzoli chercha vite à briser une opposition qui jusque-là se taisait.

Un incendie mystérieux dévasta tout d'abord une partie de la production de mon camarade. Sinistre qu'un manque de preuves ne permit pas de classer en acte criminel. Comment de toutes façons plaider adroitement le crime lorsque le préjudice portait sur une culture illicite ? Malgré la menace, Fred poursuivit pourtant son commerce avec les plants restants. Jusqu'à ce jour de novembre 2009, dont je me souvenais encore fidèlement.

La mise au ban de ce compagnon dont j'étais déjà si proche me hantait encore souvent, même si elle fût pour lui comme pour moi le déclencheur d'une nouvelle ère, plus respectable, dans nos vies. S'il ne l'avoua jamais, les pleurs et les cris de sa mère malade alors que la police l'emmenait menotté demeurèrent à tout jamais une blessure insondable, qu'il ne put jamais guérir. Sa mère s'éteignit alors qu'il purgeait sa peine, laissant dans son cœur ce remord inextinguible.

Cet emprisonnement et ce deuil marquèrent néanmoins la fin d'une époque. Une parenthèse que nous n'avions jamais vraiment maîtrisée et dont on pouvait faire aujourd'hui, avec du recul, un passage initiatique. Nous étions devenus des hommes. Des citoyens aux pieds d'argile, avec des bleus dans le cœur. Tout le monde dans notre bande ne connut pas la chance d'une rédemption. Et pour nos deux exemples, malgré nos bras tendus, beaucoup restèrent dans la pénombre. Enfants perdus d'une vie qui s'offrait à certains et se refusait à d'autres...

Je repensai à ces années en scrutant l'activité de Pazzoli depuis la veille. Nous avions changé. Mais sur quoi portait réellement le changement ? Pazzoli avait depuis troqué son costume de mafieux contre celui, plus respectable, d'entrepreneur du seul établissement de pompes funèbres du canton. Il se disait pourtant qu'il n'avait pas complètement renoncé à son commerce d'origine. Un choix plutôt cohérent qui le voyait rester toujours maître d'une chaîne morbide. Il demeurait bien un prédateur. Un rapace charognard.

À l'heure d'évaluer la vie de cette crapule et le bien-fondé d'en faire ma cible, je ne laissais aucun détail gripper ne serait-ce qu'un peu de ma détermination. Et si j'avais le cœur tendre, je devais désormais me montrer dur. Implacable. Ma vie avait besoin d'un sacrifice pour partir à la rencontre de ses promesses. Quoi de mieux que de se débarrasser d'un salaud qui avait déjà causé tant de malheurs pour s'alléger de ce poids ? À la fin de cette épreuve, j'en étais persuadé, m'attendait un profond sentiment de paix. J'aimais intensément cette idée. Jusque-là, la paix intérieure n'avait même pas été pour moi de l'ordre d'un fantasme. Grâce à Jeanne, je pressentais comme possible cet espoir. Alors que je me contentais comme nombre de mes semblables de n'être qu'un enfant du présent, j'entrevoyais désormais un avenir. Un avenir encore caché derrière la suppression de ce monstre.

Pazzoli apparut sur le perron de son enseigne pour s'allumer une cigarette. Sa carcasse fine et son visage émacié dont ressortaient ses yeux mauvais comme deux canons de fusils me confortaient dans mon plan. J'en savais désormais assez sur ses habitudes. Demain, son règne allait prendre fin. Et j'allais enfin pouvoir exister !

*

Cela faisait plusieurs mois que je n'avais pas pris soin de l'intérieur de mon appartement très vite devenu une tanière au sens animal du terme. À part moi, Fred, et parfois ma mère par surprise, personne n'y était rentré, et cette pression sociale quasi-inexistante avait autorisé ce relâchement coupable entretenu par couches de procrastination interposées. Mais un vent nouveau soufflait, que le ronflement de l'aspirateur avec lequel je traquai la poussière pouvait symboliser. Le bruit puissant de la machine ne parvenait pas à recouvrir le son du hit des Black Eyed Peas, « I gotta feeling » que j'entonnai à tue-tête et sur lequel je me dandinai sans pudeur. Une première également, une folie surtout à l'heure où aucun de mes problèmes n'était définitivement réglé. Je me découvrais adepte de la pensée positive. Et si je couvais peut-être quelque chose, cet état n'était pas forcément normal mais j'en profitais !

L'aspirateur s'arrêta subitement, offrant tout l'espace sonore à Will I Am et ses acolytes. Ma mère apparut à l'improviste en débranchant l'appareil. Je ne retins immédiatement que son regard, comme si ses yeux avaient été témoins d'une apparition extra-terrestre ! Je baissai le son de l'ampli.

— Tout va bien mon fils ? demanda-t-elle.

— Pourquoi tu poses cette question ?

— Ben, je sais pas... Le ménage, la musique, tout ça...

— C'est peut-être bien de faire du propre de temps en temps, non ?

— Tout ça pour que soit de nouveau dégueulasse demain !

Nous nous regardâmes longuement. Une mère, un fils, et tant de rendez-vous manqués... J'osai briser le silence.

— Si on ne fait pas le ménage maintenant, quand est-ce qu'on le fera maman ?

Elle marqua une pause.

— Je n'ai sans doute pas été la mère dont tu aurais rêvé, hein ?

La réplique me déchira le cœur. Derrière la nonchalance et l'abandon se terraient peut-être un monde de regrets.

— Tu m'as offert mes plus beaux souvenirs d'enfance, quand on était encore tous les quatre… Après le reste… c'est la vie. Tu fais ce que tu peux ! répondis-je avec la bienveillance d'un père, moi le fils.
— On fait toujours ce qu'on peut. Mais tu as bien du mérite d'être ce que tu es !
— Personne n'est parfait maman !
— Surtout pas moi…
— Et puis je ne suis pas grand-chose, rajoutai-je avec le sourire ! Il n'y a pas de mérite à avoir !

Elle observa la pièce presque rangée, dont se dégageaient déjà les effluves d'un bâton d'encens.

— C'est pour une fille tout ce bazar ?

Je lui souris à nouveau.

— Alors il vaudrait mieux que je disparaisse, c'est ça ?
— Et ce serait chouette que tu tapes, passée une certaine heure !
— Je suis contente pour toi Mathias. Tu crois que c'est la bonne ?
— Je sais pas… J'aimerais bien !
— Tu mérites d'être heureux…

Elle entreprit de s'effacer et fit demi-tour. C'était dans ces instants un peu troubles, dans ces moments confus où l'on ne distinguait plus vraiment qui prenait soin de l'autre que je réalisai la force de ce que nous étions. L'amour malgré tout. Nous possédions deux corps distincts, mais une seule blessure nous avait rassemblés. Le destin avait fait de nous des infirmes. Si je conservais peut-être l'espoir d'une guérison, il était sans doute trop tard pour elle. Je l'arrêtai avant qu'elle ne franchisse le seuil de la porte.

— Maman ?

Étonnée, elle se retourna alors que je m'avançai vers elle les bras ouverts. Elle m'accueillit tout entière. Son corps mou et sans tonus devint très vite confortable lorsque je déposai ma tête sur son épaule. À ressentir les spasmes étouffés de sa poitrine, je crus bien reconnaître des pleurs.

*

— Je suis bien…

Jeanne était blottie contre moi dans le canapé. Son corps nu et tiède recelait au plus proche de l'épiderme d'une multitude de petits points, grains de peau, cristaux de sucre, donnant à l'ensemble l'illusion d'un chef d'œuvre du pointillisme. Le cadre feutré de mon studio dont j'avais longtemps étudié les jeux de lumières indirectes nous préservait de l'agressivité du dehors. De cette ville folle où le bruit des moteurs et les cris n'attendaient qu'un moment de faiblesse pour nous happer. Mais rien ne pouvait à cet instant nous atteindre. Ce temps alangui d'après l'amour, où tout renonce sauf une expression de vérité, nous aurions bien aimé je crois l'étirer jusqu'à la fin du monde.

— Jeanne, pourquoi est-ce que tu m'as choisi, moi ? lui demandai-je en repassant de mon doigt le fil gracieux de sa colonne vertébrale.
— Parce que tu crois vraiment que je t'ai choisi ?
— Ce n'est pas le cas ?
— On ne choisit jamais rien, les choses s'imposent à nous. Celle-ci notamment !

Elle plaça son dos contre mon torse. Mon doigt voyageur navigua alors entre ses seins, jusqu'à rejoindre le sillon menant à la naissance de son pubis, territoire sacré que j'évitai sagement.

– Tu veux dire par là que tu aurais pu partager un autre clic-clac que celui-ci ?
– Tout aurait pu être totalement différent si dame fortune m'avait mis un autre prince charmant dans les pattes !
– Je croyais pourtant que tu aimais les types comme moi. Un peu mauvais garçon, bagarreur, tatoué… souris-je.
– Tatoué ? Où ça, je n'ai pas vu !

Abasourdi, je me levai brusquement pour traverser la pièce, totalement nu, jusqu'à atteindre le miroir de la salle de bain devant lequel je me contorsionnai. Mais j'avais beau faire, le fameux *VIVRE C'EST CHOISIR*, dernier message venu du ciel, avait totalement disparu de mon dos.

– Ça va Mathias ? m'interrogea Jeanne restée sur le convertible.
– Oui, oui. T'inquiète !

Malgré mes propos rassurants, la tempête surgit à nouveau dans ma tête. Heureusement, j'avais eu la chance de compter sur Fred comme témoin. Je n'avais pas rêvé. Je n'étais pas fou. S'il en était besoin, ce nouveau miracle renforçait surtout l'urgence de ma mission. Le ciel avait dû voir que j'avais pris la menace au sérieux et s'en était certainement contenté. Ce faisant, l'air de rien, la disparition du message était une nouvelle démonstration de la puissance divine. Là-haut, on ne lâchait pas l'affaire et on m'épiait toujours. Ce sentiment d'être observé par des yeux invisibles faisait rejaillir un profond sentiment de malaise. Et dire que gamin, j'adorais suivre quotidiennement les premiers épisodes de Loft Story ! Je m'efforçai de reprendre mon souffle et de récupérer la main.

— C'était une blague. Une simple blague, pas très bonne, je te le concède... répondis-je à Jeanne en regagnant ma place douillette auprès d'elle.

De nouveau étendu à ses côtés, collé à sa chaleur, je l'embrassai tendrement avant de reprendre.

— Je voulais dire... Imagine que tu aies été sauvée par dix types la dernière fois devant chez toi. Tu ne serais pas tombée amoureuse des dix types à la fois ?

— Je n'ai pas les compétences d'une actrice porno ! s'esclaffa-t-elle.

— Je ne serais pas aussi catégorique et puis je parle avant tout ici de sentiments, la taquinai-je, avant de reprendre et d'insister. Sérieux, vraiment. Qu'est-ce qui a fait pencher la balance ?

Elle fit mine de compter sur ses doigts.

— Bon déjà, tu as donc commencé par me sauver la vie. C'est quand même un bon début...

— D'accord, mais après ça ?

— Bon après t'as quand même pas la gueule de Houellebecq, faut bien le dire !

— Merci, et encore ?

— Et puis même si tu es encore bien timide, tu me sembles capable d'accompagner ma douce folie, et il y en a pas beaucoup qui le sont je t'assure !

— Intéressant, continue...

— Et puis, même si nous en sommes encore très loin, si je devais choisir un jour un père pour mon enfant, je crois que tu pourrais très bien répondre au cahier des charges...

— Ne brûlons pas les étapes !

— Je serai froide comme une clim' sur la question, promis !

Elle se redressa. Son petit sein caressa ma joue.

— En fait c'est simple. Il y a quelque chose de l'évidence dans le fait que je sois avec toi dans ce lit. Quelque chose qui ne ment pas. Tu es un gars bien Mathias. Un gars à qui le ciel est promis…

Elle ne croyait pas si bien dire ! Une place « en haut » m'était bien réservée. Mais de là à considérer que j'étais un gars bien : j'étais un gars comme tous les autres. Qui se contentait de faire comme il le pouvait !

— Les gars comme toi ont tout pour « être » et « rendre » heureux. Suffit juste de trouver la clé ! Les autres, tous les autres, comme mon ex et ses camarades, méritent juste de traverser la vie dans des plaisirs faciles avant d'aller croupir ailleurs ! Faut que tu croies en toi Mathias. Juste croire en toi. C'est peut-être moins compliqué que de croire en Dieu, non ?

Le problème en l'occurrence était pour moi réglé. Bien obligé de croire en une instance divine par la force des choses, je doutais de moi comme les autres d'un « grand tout » qui les gouvernait. Mais Jeanne avait raison. Malgré mes failles, les obstacles tombés sur mon chemin et la boule de colère percée par ma récente bagarre mais jamais assez purgée pour me laisser en paix, le meilleur m'était sans doute promis. Demain, bientôt, la « formalité » effectuée. Mais Jeanne, taquine, me sortit de mes pensées.

— Sinon, j'ai oublié de dire que t'étais aussi un bon coup !

Je lui souris et la basculai sur le dos, juste le temps de reprendre le dessus sur elle en riant.

— Tu vas voir ce qu'il va te faire le bon coup !

Son rire éclata comme un soleil.

— Je promets de ne pas trop résister !

Nous étions comme des enfants au printemps de leur amour. Nous « étions » simplement. Peut-être pas grand-chose, mais suffisamment pour éteindre l'espace de quelques heures les rumeurs et les maux.

Demain il serait grand temps d'éclairer un grand et nouveau départ.

Théo sait faire du vélo depuis l'année dernière. Il est bien plus casse-cou que moi au même âge. Sans les mains, sans les pieds, en fermant les yeux, Théo pédale tout le temps à fond la caisse. Il faut voir ses petites jambes s'activer quand il tape un sprint, la tête penchée sur son guidon. Moi, j'essaie juste de le suivre et de surveiller que ça n'aille pas trop loin.

Il faut dire qu'à le voir partir harnaché avec son casque, ses genouillères et ses coudières, on a du mal à le sentir en danger ! On dirait un chevalier avant un tournoi. Maman lui rajouterait encore quelques couches si elle savait !

Ce coup-ci, il tient absolument à ce que nous fassions la course dans la rue Louche, celle qui mène à la confiserie de madame Seurin qui vend les meilleurs bonbons de la ville. La rue a la particularité d'être assez longue, à sens unique et surtout en pente. Un vrai tremplin de vitesse. J'ai beau l'en dissuader, il veut tenter le coup. Il me provoque même un peu du genre « t'as pas peur que je te batte quand même ? ». Je ne tombe pas dans le panneau. Alors il brandit un autre argument. Fatal !

— Si tu crains que je le fasse seul, prends-moi au moins sur ton vélo juste pour essayer !

J'ai la faiblesse d'accepter, comme souvent. Pour lui faire plaisir. Je me dis qu'au fond, avec notre poids cumulé, le vélo n'avancera pas aussi vite. Qu'il suffira de le lancer avant de descendre en roue libre et tout en contrôle. Alors, nous cachons son vélo derrière une voiture et je prends Théo devant moi en partageant avec lui ce que je peux de ma selle. Il est aux anges. Ses yeux pétillent et une large banane barre son visage. Nous démarrons enfin.

Je donne quelques coups de pédales, m'engage dans la descente et le vent s'engouffre très vite dans nos cheveux, en giflant nos joues. La sensation de vitesse et de liberté est grisante. Théo crie à tue-tête. C'est peut-être ça le bonheur : transgresser un peu. Se laisser glisser sur la pente en bravant la peur et sentir des papillons dans son ventre.

Tout allait très bien jusqu'à ce qu'une voiture ne débouche de l'autre côté de la rue, face à nous. Je ne peux pas freiner à bloc alors je décélère comme je peux, en m'aidant de la semelle de mes chaussures. En dernier recours, je donne un coup de guidon. La chute est inévitable. En voulant protéger Théo de mon corps, je brûle mon épaule et mon genou sur le goudron. Mais ma petite brioche n'a rien. Juste un bleu sur le front malgré son casque.

Lorsque nous rentrons à la maison, maman voit Théo arriver avec son ecchymose ridicule. Elle se précipite pour le prendre dans ses bras et lui demande de raconter ce qui s'est passé. Alors Théo raconte, sans forcément nier qu'il est l'initiateur de tout ça. Mais cela ne suffit pas à maman qui me dispute sous prétexte que je suis le grand, sans même prendre une seconde pour s'apercevoir que mon épaule et mon genou saignent.

Mais à cet instant, c'est quand même dans mon cœur que j'ai le plus mal !

14

C'est le requiem pour un con
Je l'ai composé spécialement pour toi,
À ta mémoire de scélérat...

Requiem pour un con – Serge Gainsbourg

Le manque de sommeil n'avait pas entravé ma détermination. Une détermination teintée d'une forme d'enthousiasme sur laquelle je n'avais ni le temps, ni l'envie de m'appesantir. Mes projets étaient sombres. Mais ils restaient en ce jour le seul îlot d'obscurité dans un océan de lumière. Je sentais le vent me fouetter. Un vent frais, qui poussait dans mon dos. Pour la peine et bravant la fatigue, j'avais pris soin de programmer mon réveil en avance afin de pouvoir courir à nouveau. Mon seul plaisir peut-être de ma vie d'avant.

Au sortir d'une douche régénérante, je gagnais ensuite le garage et mon poste sans me soucier du regard sans amabilité de Santorez sur lequel je glissai. Fred, tout sourire, débutait sa journée dans la facilité d'une pose de balai d'essuie-glace. Lui aussi avait l'air d'y voir plus clair ! Je l'accostai avant de m'attaquer à mon premier véhicule.

— Salut, tu as l'air en forme ce matin. Ta Louise t'a rappelé ?

— Même pas. Mais je suis en train de me dire que c'est fatalement pour les tout prochains jours !

— Tiens, pourquoi ça ?

— Mets-toi un peu à sa place. Cela fait maintenant dix jours pile-poil. Si elle avait rappelé le soir même, bien sûr, cela m'aurait fait plaisir. Mais ça la plaçait aussi d'emblée dans une espèce de posture de soumission, de dépendance et je comprends tout à fait qu'elle n'ait pas voulu s'inscrire aussi directement dans ce rapport de force. C'est normal. C'est même complètement humain, il ne fallait pas d'emblée fausser l'équilibre fragile de la relation « homme - femme ». En patientant une semaine ou un peu plus, elle me montre à la fois son intérêt – mais lui, je le connais déjà – mais elle s'affirme aussi comme égale en dépendance de l'homme de sa vie que je suis en train de devenir. Tu comprends le truc ?

— Oui, je crois deviner. Mais qu'est-ce qui t'empêche de l'appeler directement pour être fixé si tu n'as pas peur de montrer ton intérêt ?

— Une pure question de galanterie. Y'a les mecs qui ouvrent la porte des hôtels ou des voitures, y'a ceux qui achètent des fleurs aux Pakistanais dans les restaurants. Et puis y'a les gars fauchés comme moi qui ne peuvent pas offrir une chambre ou un chinois et qui se contente de laisser la femme faire le premier pas ! Cela a le mérite de pas coûter un rond, et puis ce n'est pas au moins un simple artifice. Quelque part, c'est même l'expression la plus élémentaire de la galanterie !

Il rabattit le dernier essuie-glace, clôturant son intervention.

— Et toi ? Toi aussi tu m'as l'air tout bizarre, pas comme d'habitude. C'est aussi une histoire de nana ?

Face aux incertitudes concernant sa vie sentimentale, je me voyais mal opposer les prémices bien réelles de ma relation. Je fis le choix de botter en touche. J'avais tout le temps de lui annoncer plus tard la nouvelle. Lorsque tout serait terminé, enfin... façon de parler !

— Non, penses-tu ? On a le droit aussi de sourire pour rien !

— En tout cas, je préfère te voir bizarre comme ça, que bizarre comme la dernière fois. Tu sais ce que répétait toujours la mère de Moussa Dieng, mon voisin sénégalais du troisième ? Un proverbe bien de chez elle : *L'homme suit la dent : là où il y a sourire, là il se dirige !* Sourire, c'est prendre déjà la bonne direction, et je suis heureux de te voir rendu là mon pote !

La journée s'étira sur ce même tempo léger et facile. Je pris seulement soin de ne pas relancer le sujet. Et je déclinai par la même occasion une énième invitation de Fred à retourner à la piscine après le travail. La suite de mon programme demeurait centrée sur une urgence bien plus vitale.

Le centre funéraire tenu par Stéphane Pazzoli fermait ses portes à 20h00. Pour l'avoir observé longuement, je savais que son unique employée - à part les agents chargés des obsèques qui débauchaient à la fin des mises en terre - finissait une heure avant. Pazzoli prenait d'ailleurs bien soin de reconduire systématiquement la pulpeuse blonde jusqu'à la porte. Bien abrité de quelques voitures et presque fondu dans la pénombre naissante, j'observai la devanture où les stèles alignées rivalisaient avec les couronnes de fleurs.

Il était environ 18h45. L'heure approchait. Je fumai nerveusement en tentant de faire le vide, récitant chaque étape de peur de déraper. Après tout, dans les faits, cela paraissait si simple ! Rentrer, fermer la boutique derrière moi pour ne pas être dérangé, immobiliser Pazzoli et le pointer du doigt, convoquer l'au-delà à la fête et pffff... Tout serait définitivement terminé ! La tâche, « techniquement » du moins, n'avait rien d'insurmontable.

À cet instant, je n'avais même pas le sentiment de faire mal. Ma seule crainte au fond était de ne pas savoir me montrer à la hauteur et de perdre le contrôle, voir Pazzoli me reconnaître, s'échapper, puis redoubler d'attention et m'empêcher de recommencer ou carrément porter plainte. J'avais d'ailleurs fait le choix pour ces raisons d'œuvrer cagoulé ! Ultime grain de sable que je redoutais : que le ciel se montre insensible à mon appel fatidique, que Dieu, Saint-Pierre et tous les autres soient occupés et ne remplissent pas leur part du boulot ! Que faire dans ce cas ?

Au bout du compte, les écueils ne restaient pas anodins et je ne disposais finalement pas de droit à l'erreur ! J'en étais rendu au fameux « ça passe ou ça casse », sans filet ni assurance. Mon cœur battit plus vite. Je fumai une autre cigarette, respirant à pleins poumons ses vapeurs à m'en donner le vertige. Les messages, presque des ordres, s'enchaînaient dans mon crâne : *sois efficace et rapide, ne fais pas de sentiment, n'aie pas peur, oublie toute culpabilité, ne le regarde pas dans les yeux...* Mon cœur battit encore plus fort.

19H01. J'allai bientôt être fixé. Comme prévu, Stéphane Pazzoli, déjà vêtu du costume sombre de sa veillée funèbre, raccompagna la secrétaire à la porte en postant ostensiblement les mains sur ses fesses charnues. Sur un dernier rire de minaude, la belle s'éloigna rejoindre sa voiture garée quelques mètres plus loin. Pazzoli, sur le seuil, le regard lourd de vice, continuait de la reluquer en s'allumant un cigarillo. Je m'abaissai de peur que son regard ne croisât le mien. J'écrasai mon mégot sur le bitume et laissai lentement redescendre mon rythme cardiaque sans le quitter des yeux. Ma respiration finit de se poser au moment-même où Pazzoli disparut à l'intérieur après avoir jeté un dernier coup d'œil à la rue. Je soufflai un grand coup pour me donner du courage, sortis ma cagoule et partis le rejoindre.

Le visage dissimulé, je rentrai dans la pièce. Pazzoli, me tournait le dos, derrière le comptoir.

— Bonsoir...

Ce simple mot décuplait en moi une agressivité déjà exacerbée. Tout était contenu dans son intonation. La cruauté, le mensonge et une absence totale d'empathie, à peine travestie par une politesse de façade.

Je ne répondis pas. Surpris par mon silence, Pazzoli se retourna et marqua un court temps de sidération.

— Si c'est l'argent que vous voulez, ma secrétaire vient juste de partir avec ! Vous avez encore le temps de la rattraper, sa voiture démarre rarement du premier coup.

Je le reconnaissais bien. Prêt à lâcher n'importe qui pour sauver sa peau. J'avançai vers lui, menaçant.

— Qui vous envoie ? Ma femme ? Elle aurait pris de l'assurance ?

Pour toute réponse, je lui décochai un violent coup de poing en pleine tête. Je sentis son nez craquer sous mes phalanges. Les narines pissant le sang, il s'écroula. Il n'y avait pas de quoi être fier, mais j'avoue avoir pris un certain plaisir à le voir dans une posture aussi pathétique. Ce direct-là était pour madame Pazzoli !

— Mais putain, qu'est-ce que vous me voulez ? beugla-t-il en portant la main à son visage.

— Il est l'heure de payer Pazzoli. Payer pour tout le mal que tu as fait !

Je sortis une cordelette de ma poche et entrepris de lier ses mains à l'un des piliers du comptoir.

— Qui vous envoie ? hurla-t-il à nouveau en résistant. Sa voix perdait progressivement de son arrogance.

La tentation de le frapper une deuxième fois pour le faire taire se fit de plus en plus grande. Une envie de venger Fred et tout le malheur que mon ami avait subi par sa faute. Un nouveau coup ne lui rendrait ni sa mère ni les semaines passées en prison, mais il rétablirait au moins au peu l'équilibre de la balance, en attendant la suite ! Je m'abstins pourtant.

— Maintenant, tu te tais.

Le caïd de pacotille, si prompt autrefois à faire subir sa loi aux autres, cessa alors de résister. Sa tête fut prise de soubresauts et il se mit soudain à pleurer comme un enfant capricieux que l'on venait de punir dans sa chambre !

Saisissant ce répit, je partis descendre les rideaux de la boutique avant de revenir lentement vers ma victime. Je profitai alors du spectacle. Pazzoli avait quitté son costume de dominant et révélait sans la moindre pudeur son imposture. Il n'était bien qu'un minable, sans autre charisme que sa méchanceté et la crainte préfabriquée qu'il imposait aux autres. J'aurais tant aimé que Fred puisse « admirer » le tableau.

— Si c'est pour la drogue, allez vous servir dans le coffre de l'arrière-boutique, geignit-il entre deux reniflements sanguinolents, prenez tout ce que vous voulez, mais s'il vous plait, ne me faites pas de mal !

Je devais en finir. En finir vite, sans réfléchir, sans prendre le temps de douter. Je respirai une nouvelle fois un grand coup et me postai lentement devant lui, les mains dans les poches. Pazzoli décrypta très vite ma détermination froide. Il s'agita.

— Non, non… Ne faites pas ça ! Ne me tuez pas !…

Son regard de feu s'était subitement éteint. Ne restait plus que de la peur. Une peur primale. Ses yeux implorants voulurent rentrer dans les miens.

— Baisse les yeux ! Baisse les yeux, je te dis ! hurlai-je.

Pazzoli s'exécuta, résigné et hoquetant. Au même instant, un filet sombre apparut entre ses cuisses. Au moment de mourir, le *Tony Montana*[1] *local* se pissait dessus !

Je sortis alors lentement ma main droite de ma poche. Et c'est le regard habité d'une force que je n'aurais jamais voulu connaître que je le pointai du doigt. *Ne pense à rien, fais ce que tu as à faire et ce cauchemar sera terminé !* Le temps se suspendit. Combien de secondes ?

Pazzoli se contorsionna pour retirer de sa poche-arrière malgré ses mains nouées une petite photo, qu'il essaya de brandir.

— Ne bouge plus, je te dis !

Sa voix rendue presque inaudible murmura alors une suite de mots hachés. Une petite chanson triste, une prière entre plainte et supplication récitée en regardant comme il le pouvait le portrait qu'il tenait.

— C'est ma fille. Elle est tout pour moi. Avec tous les autres, je n'ai été qu'un salaud, mais la seule personne que j'ai vraiment aimée c'est elle...

Son corps se secoua de sanglots presque murmurés. En l'espace de quelques secondes, sous ma menace, le pervers avait laissé tomber toutes ses défenses. Homme nu, sans apparat, sans morgue, sans rien. Rien si ce n'est son infime vérité. Une vérité qui le rendait humain au dernier moment, celui de mourir. Malgré toutes mes précautions, le doute s'immisça.

1. Célèbre personnage incarné par Al Pacino dans Scarface de Brian de Palma 1983

— S'il vous plaît... Je n'ai pas choisi d'être une ordure. Je ne ressemble à pas-grand-chose, je ne suis pas grand-chose d'autre qu'un fils à papa, qu'est-ce que je pouvais faire pour qu'on me respecte, qu'on s'intéresse à moi ?

Il regarda une nouvelle fois la photo. Je l'observai, le bras tremblant et le doigt moins fier. À cet instant, je ne savais pas lequel de nous deux était le plus pathétique

— Laissez-moi encore un peu profiter de ma fille, s'il vous plaît...

Sa voix s'éteignit progressivement, en même temps que ma détermination.

Je n'étais pas un tueur de sang-froid. Juste un homme faible soumis à un enjeu qui le dépassait. Je ne laisserais à personne le soin de dire que tuer était un acte facile lorsque même la dernière des crapules révélait sur le tard un soupçon de ce qui le faisait « homme ». Pazzoli, même pour le pire, avait occupé une petite place de mon existence et de mes souvenirs. Trop déjà pour l'effacer sans remords. Alors que ma victime ne cessait de se répandre, abandonnant la moindre parcelle de dignité qui lui restait, je sentis toutes mes forces m'abandonner. Si près, si loin. Un univers me séparait encore de la vie et le monstre du doute m'engloutit tout entier.

J'eus très fort la sensation que ma troisième carte, peut-être la dernière, venait de m'échapper.

Totalement perdu, tremblant à mon tour, j'abandonnai alors subitement le salaud à son crépuscule et me glissai sous le rideau entrouvert pour disparaître dans la nuit.

La malédiction planait toujours sur moi !

— Dis, c'est comment d'être grand ?

La question me surprend alors que je fais mes devoirs assis à mon bureau.

— Ben je sais pas moi, tu m'en poses de ces questions !
— Tu es grand. T'as qu'à me dire ce que ça fait, c'est pas compliqué !
— C'est qu'on n'y réfléchit pas vraiment. On est grand, on est grand, c'est tout... Et puis « grand » c'est pas mon âge. Enfin, je suis évidemment plus grand que toi, mais je suis loin d'être un adulte.
— De toutes façons, être grand comme papa ou maman, ça ne m'intéresse pas !

Je pose mon stylo et me retourne vers Théo.

— Et tu comptes devenir grand comment alors ?
— Moi, tout ce que je veux plus tard, c'est être comme toi !

15

Je ne peux pas vivre, Avec ou sans toi.

With or without you – U2

— J'ai toujours voulu être lui je crois !

Je ne m'étais pas rendu au travail, rompant le pacte avec Fred. Il comprendrait. Santorez, probablement un peu moins, mais je m'en foutais. En réclamant l'urgence, je m'étais traîné jusqu'au cabinet de mon psychiatre où m'attendait, juste devant le tableau de Munch, une paire d'oreilles et une boîte remplie de mouchoirs. Les oreilles en question se confrontèrent beaucoup à mes silences. Les seuls mots que pouvait prononcer ma douleur. La boîte, elle, servit presque tout entière à éponger mes yeux rougis et perdus, incapables de regarder plus loin que le bout de mes chaussures. Le thérapeute, qui avait dû pourtant en voir d'autres, semblait démuni face à l'éloquence de mon vide, qu'il essaya de tromper à sa manière. En opposant des questions à mes réponses absentes !

En rentrant du centre funéraire, je n'avais trouvé qu'à me terrer chez moi, comme à l'annonce du contrat qui me liait encore au ciel. Un froid polaire m'avait envahi, qu'aucun chauffage, aucune douche bouillante n'était à même de réparer. La peur m'avait repris, avidement, ne laissant aucune miette à l'espoir. Je me sentais si démuni que les obstacles m'avaient laissé exsangue. Sans désir et sans élan, comme une panne de moteur doublée d'une panne d'essence !

J'étais cassé. En mille morceaux.

Celui qui se destinait à être l'implacable bourreau du parrain local était loin. J'étais redevenu un enfant qui cherchait à comprendre ce qui lui échappait et fuyait. Le sens des choses était parfois un mirage derrière lequel on courait jusqu'à s'épuiser. Je n'avais plus la force de courir. Comme quinze ans plus tôt, lorsqu'il m'avait fallu accepter la mort de Théo !

— Pourquoi dites-vous cela ? Qu'avait-il que vous ne puissiez avoir ?

— La bravoure, le courage, l'inconscience... Et peut-être ce petit truc, ce petit supplément d'âme qui le rendait différent aux yeux de ma mère. Qui faisait sans doute de lui son préféré !

— Vous semblez souffrir beaucoup. Avez-vous déjà rencontré des douleurs de ce type ?

— ...

— Monsieur Morlande, essayez de mettre des mots sur ce que vous ressentez présentement, insista-t-il.

Je me saisis de la perche en reniflant.

— À sa mort...

— Pouvez-vous m'en dire un peu plus ?

Je haussai le ton malgré moi.

— Qu'est-ce que je peux dire de plus ? On grandit à côté de quelqu'un qui fait tellement partie de nous qu'il en devient notre monde, et puis un jour, cet autre disparaît et c'est tout notre monde qui disparaît avec lui.

— Vous avez pourtant su vous reconstruire sur cette absence...

— Me reconstruire ? Je paie cher le droit de rester en vie...

— C'est à dire ?

— Pour gagner le droit de vivre, je dois faire des choix. Des choix horribles dans lesquels j'ai toutes les chances de me perdre.

— Quels sont ces choix ?

— Vous savez quoi, préférai-je botter en touche, j'ai l'impression maintenant que la vie, c'est qu'un grand concours avec des gagnants et des perdants. Je ne suis pas aveugle. Je vois bien que dans le monde, il faut avoir des pauvres pour avoir des riches, des gens en détresse pour d'autres qui sont heureux, de l'espoir et des rêves pour certains et de l'urgence et des regrets pour d'autres… Dans mon cas, cet équilibre peut faire de moi un monstre et je ne suis pas sûr de vouloir vivre ça…

— Vous parlez de culpabilité ?

— Je suis déjà coupable de toutes façons…

Mes pleurs redoublèrent. Ni les mouchoirs, ni les paroles de mon psychiatre ne parvinrent à les éponger. Celui-ci préféra mettre fin à l'échange.

— Essayer de réfléchir à cette notion de culpabilité. Et nous en reparlerons au cours de notre prochaine séance si vous le voulez bien…

Je réglai la consultation et me levai. Dans la poignée de main du docteur et son regard affligé, il y avait déjà quelque chose de l'ordre de condoléances.

*

Il pleuvait aussi dehors. C'est dans cette humidité généralisée, de mes joues aux flaques sous mes pieds, que je regagnai mon appartement. Je montai tristement les marches et saluai au passage monsieur Vitry en train de découvrir son courrier.

— J'espère que ce seront de bonnes nouvelles. On espère tous cela, n'est-ce pas ?

Je souris au vieil homme pour la forme et continuai mon ascension. Un bruit identifiable entre mille prit alors de l'ampleur dans la cage d'escalier. La dispute d'abord étouffée par la distance sembla subitement déchirer cette frontière pour s'afficher sans pudeur. Des cris féminins répondaient au martellement grave des insultes d'un homme et je craignais fort de savoir de qui il s'agissait. Cette distraction soudaine eut pour seul mérite de me sortir de mes états d'âme. Et c'est presque sans surprise que je fis la rencontre espérée.

Théo, dans la même posture que la fois précédente, mais sur mon palier cette fois, patientait en brassant des cartes Pokémon sans se soucier en apparence du drame quotidien se jouant à quelques mètres.

— Qu'est-ce que tu fais là ?
— Il pleut...

Je pris le garçonnet par la main.

— Tu as raison, mais tu ferais mieux de ne pas rester là tout de même. Tu veux boire un chocolat chaud ? Je dois avoir de quoi faire ça chez moi !
— Je veux bien...
— Alors, viens !

J'ouvris la porte et le fit rentrer.

— Tiens, assieds-toi, je reviens !
— Où tu vas ?
— Je vais d'abord prévenir ta mère et vérifier qu'elle n'ait besoin de rien.
— Mon père moche n'aimera pas ça !
— Ça, j'en fais mon affaire !

Je quittai momentanément Théo et grimpa quelques marches pour accéder au pallier supérieur. Les cris s'étaient amplifiés. Je dus taper plusieurs fois pour que la dispute cesse. J'entendis des pas venir dans ma direction.

La porte s'entrouvrit sur une femme au visage las, décharné, usé par la vie et les luttes domestiques.

— Oui, demanda-t-elle faiblement ?

— Je suis le voisin d'en dessous. Je voulais juste vous dire que votre fils était chez moi. Vous n'avez pas à vous inquiéter. Il remontera lorsque… le calme sera revenu !

Derrière elle, au fond du couloir, apparut le « père moche ». Archétype du beauf à marcel, les bras velus, le crâne ras, le regard méchant et bête. J'estimai à la louche son âge. Bien trop âgé pour coller au portrait-robot du remplaçant ! Je n'allai pas tarder à le déplorer. Sur un coup de tête, cela aurait bien pu passer !

— Qu'est-ce qu'il a lui ?

— Il vient juste me dire qu'il a récupéré Théo, répondit la mère en gardant ses yeux vissés dans les miens.

— Et ça ne l'ennuierait pas de se mêler de ses oignons ?

— Lui au moins, il prend soin du petit, répondit-elle en se retournant vers la brute.

Contre toute attente, c'est lui qui vint alors me pointer du doigt.

— Il a pas intérêt à lui toucher un seul cheveu s'il ne veut pas que je m'occupe de lui personnellement.

— C'est moi sa mère. Va plutôt m'attendre dans le salon.

Après un dernier regard de défi, l'homme s'exécuta. La femme s'assura bien de son départ avant de me répondre avec une conviction molle.

— Mon mari a raison, Théo est tout à fait capable de se gérer tout seul…

Une toute petite lumière vint alors l'éclairer. Une flamme vacillante mais vraie, celle de la gratitude. Elle murmura.

— Mais merci infiniment pour lui.

Je répondis dans la plus grande discrétion, en chuchotant à mon tour.

— Si vous avez besoin de quoi que ce soit, si vous vous vous sentez en danger, envoyez Théo chercher du sel, des œufs ou tout autre chose chez moi. Je ne promets pas d'en avoir, mais je comprendrai le message. N'hésitez pas... Vraiment !

— C'est juste sa façon de me montrer qu'il tient à moi.

— Je me demande parfois s'il ne vaut mieux rester seule que d'être aimée comme ça...

Au loin, j'entendis la brute vociférer.

— Il ne va quand même pas s'inviter à manger l'autre ?

La mère de Théo me regarda, gênée.

— Je... Je dois vous laisser. Encore merci. Je crois que votre passage aura eu au moins le bénéfice de le calmer. Théo pourra remonter bientôt.

Elle referma sans me laisser une chance de lui répondre. Je restai un peu interdit devant la porte close. Mon existence était loin d'être un modèle de perfection, mais même dans le pire des cas, le paradis m'était promis. Certains ici-bas, vivaient déjà en revanche un avant-goût d'enfer. La vie était sacrément mal faite !

Je regagnai finalement mon appartement où je découvris mon petit hôte assis sur le canapé, en train de regarder de plus près le seul objet sortant du lot entre d'autres bibelots sans intérêt pour lui : mon appareil-photo. À peine le garçonnet leva-t-il les yeux sur moi à mon retour.

— Ça sent pas bon chez toi, fit Théo en rentrant dans la pièce où les remontées de canalisation venues de la salle de bain dominaient.

— Normal, ne t'inquiète pas, on va arranger ça.

Je fermai la porte. Les mauvaises odeurs furent très vite neutralisées. Un fumet agréable et discret vint même les supplanter. J'enlevai enfin ma veste détrempée que j'accrochai à l'entrée.

— Tu es photographiste ?

— On dit photographe, mais sinon, non. J'aimais seulement bien ça dans le temps !

Il regarda partout dans la pièce.

— Pourquoi y'a presque pas de photos si t'en faisais avant ?

On ne pouvait pas donner tort à l'enfant. Seulement trois de mes clichés trônaient sur les murs : deux photos de ma cité prises depuis mon balcon, et le portrait d'un couple de pigeons sur la place. Trois photos en noir et blanc. Le reste, tout le reste, avait été décroché depuis longtemps. Y penser seulement était impossible. Y penser faisait trop mal !

— Parce que... C'est comme ça, les choses changent, répondis-je.

Le petit Théo manipulait le boîtier comme une chose totalement étrangère.

— Tu veux bien m'apprendre à faire une photo ? Comment on fait ?

Je me laissai attendrir et m'approchai de lui. Je saisis l'appareil et me laissai à nouveau émouvoir par son contact pourtant froid. La couche de plastique noir, grumeleuse, portait en elle une mémoire émotionnelle qui s'activa immédiatement. Les souvenirs remontaient.

— Oh, avec cet appareil, faire de belles photos n'est pas très compliqué. D'abord, il faut laisser rentrer juste ce qu'il faut de lumière...

Je manipulai l'objectif dans un rapport charnel. De petits frissons s'imprimaient au bout de mes doigts.

– Et puis là, tu vois, tu fais la mise au point en manipulant cette bague, histoire d'avoir le sujet le plus net possible...

Je levai les yeux sur l'enfant. Celui-ci buvait mes paroles.

– Mais le point le plus important, c'est le regard. La beauté passe par le regard qu'on porte sur les gens.
– Tu pourrais prendre une photo de moi ?
– Pourquoi ça ?
– Parce que maman a seulement une photo de moi tout bébé, mais après plus rien ! J'ai peur d'oublier la tête que j'ai quand je deviendrai grand !

Je souris.

– Alors, tu pourrais ?
– Je ne sais pas. Je ne suis pas sûr d'être la meilleure personne pour ça !
– Mais tu as un appareil !
– Tu n'étais pas ici pour un chocolat, toi ?

Le petit bonhomme lâcha prise, au moins pour un temps. J'en profitai pour l'entraîner vers le coin cuisine. La dernière fois que j'avais bu un vrai chocolat chaud - pas celui immonde du distributeur du garage que l'on boit lorsque l'on a déjà trop tourné au café - c'était à ma prime enfance, juste avant le drame. Derrière, ma mère cessa très vite de faire « vraiment » quoi que ce soit à moi ou à d'autres. J'en perdis rapidement le goût et l'envie. Comme pour le reste ! Je déposai le nécessaire pour réaliser la boisson ultime sur mon minuscule îlot.

– Tu as une amoureuse ? demanda subitement Théo.
– Mais je t'en pose des questions, lui répondis-je en riant, pourquoi tu me demandes ça ?

— Le parfum. Maintenant que ça sent bon, je sens le parfum. Un parfum de fille. Ça ressemble presque à celui de maman... Alors, t'as une amoureuse ?
— Peut-être...
— Pourquoi tu dis peut-être ? On a une amoureuse ou on n'a pas une amoureuse, c'est tout ! En fait, tu réponds jamais vraiment à mes questions.
— Et toi, t'en as une d'amoureuse ?

Ses joues rougirent sans qu'il ne s'en rende compte.

— Oui. Elle s'appelle Margot et elle est dans ma classe. Quand je lui fais des bisous, ça me fait comme des chatouilles dans tout le corps ! Ça fait un an qu'on est « en couple ».
— Ah, parce que ça dure depuis l'année dernière ? C'est du solide tout ça alors.

Des paillettes de lumière envahirent ses yeux. Le petit bonhomme vibrait rien qu'à cette évocation. Une candeur réjouissante. Pour autant, il ne manquait rien de la recette. Le chocolat un peu sec totalement fondu dans la casserole, je le délayai dans un peu de crème pas loin d'être périmée, puis complétai avec du lait en fouettant l'ensemble jusqu'à obtenir un mélange onctueux et odorant. Pour apporter une dernière touche savoureuse, je fendis enfin une gousse de vanille - présente je ne savais plus pourquoi dans mon placard - pour en fondre quelques graines dans la préparation. Devant ce spectacle, la gourmandise du garçonnet devint de plus en plus ostentatoire. Je lui servis un mug généreux, puis pris le reste. Nous trinquâmes comme deux clients d'un bar.

— À la tienne !
— Merci monsieur !
— Tu peux m'appeler Mathias, tu sais ?
— Merci Mathias, alors !

Sa bouille disparut presque entièrement dans le mug dont il ressortit avec une belle moustache chocolatée qu'il fit disparaître d'un efficace passage de langue.

— Tu es malheureux Mathias ?
— Pourquoi tu me demandes ça ?
— Parce que tu as les yeux un peu rouges, comme maman. Et que l'intérieur des yeux, on peut pas le maquiller !

Mon regard se perdit dans le vague.

— Je ne sais pas Théo... parfois les choses sont compliquées. Rien ne se passe forcément comme prévu, faut faire avec ! Et toi, es-tu heureux ?
— Quand je suis avec Margot ou que je gagne une grosse carte Pokémon ! Sinon, pour la photo ?

Je soupirai. Me sentant faiblir, Théo appuya sa demande en surjouant une moue. La dernière fois que j'avais utilisé l'appareil, un autre Théo était à sa place. Cet appareil, était inconsciemment devenu l'instrument du malheur. Celui qui avait capturé l'image de mon frère et ne l'avait jamais rendue !

— S'il te plaît Mathias...

Mon vieux *Nikon* était-il encore capable de capter la vie ?

Lentement, je partis prendre mon boîtier numérique et l'équipai machinalement de l'un de ses meilleurs objectifs. Théo, de l'autre côté de la pièce était aux anges. Il avait compris.

— Je ne suis même plus sûr de savoir l'utiliser, tu sais !
— Quand on sait faire un chocolat comme ça, on sait faire des photos !

L'enfant était hilare. Il me faisait du bien.

Je regardai à travers le viseur ce modèle que je n'attendais pas. De l'autre côté, Théo multipliait les sourires charmeurs et les grimaces dans l'attente que je trouve un angle et fixe l'instant. Il était une page blanche, un peu salie, écornée, froissée par la vie et la faiblesse des adultes. Mais un espace suffisamment vierge pour qu'une histoire puisse s'écrire. Une belle histoire. La sienne. Lorsque j'appuyai enfin sur le déclencheur, j'eus le sentiment de capturer une promesse.

Nous aimons bien les jeux de sociétés à la maison. Lorsque papa le veut bien, nous y consacrons parfois nos dimanches, surtout les jours de pluie. Et vu qu'il pleut souvent ici !

Notre truc avec Théo, c'est le Uno. Enfin, je devrais dire « mon » truc ». Je suis un spécialiste, un killer !

J'adore donner des pénalités, des cartes en plus lorsque la règle est de s'en débarrasser.

Et là mon pauvre Théo, qui n'était pas très loin de gagner la partie quelques tours auparavant commence à prendre cher : quatre cartes +2, et deux cartes +4 d'affilée ! La partie est totalement retournée.

Autant lui que moi n'aimons perdre. Pour moi, à cet instant de la partie, c'est facile. Mais pour Théo qui voit la victoire s'éloigner, le coup est dur. Malgré lui, une moue de bébé s'imprime à nouveau sur son visage. Il n'est pas très loin de pleurer. À une nouvelle pénalité peut-être de le faire ? Celle que j'ai déjà dans ma main et que je m'apprête à lui donner !

Maman passe par hasard derrière nous et aperçoit la tête de Théo. Je sens le coup venir. Elle regarde mon jeu, puis le sien. Et elle m'adresse un clin d'œil pas si discret que ça en décidant de changer les règles. Toutes les cartes supplémentaires de Théo disparaissent comme par enchantement et mon avantage se retrouve totalement annulé par sa seule décision.

Les règles de maman me font toujours perdre !

16

La vie est belle le destin s'en écarte
Personne ne joue avec les mêmes cartes
Le berceau lève le voile, multiples sont les routes qu'il dévoile
Tant pis on n'est pas nés sous la même étoile

Né sous la même étoile - IAM

La parenthèse enchantée avec mon petit voisin ne dura hélas que trop peu de temps. Les quelques jours qui suivirent furent étranges. J'étais totalement anesthésié par l'enjeu.

La mort me regardait dans les yeux, je ne pouvais l'ignorer. Mais cette réalité restait froide, privée d'affect. Du déni ? Une fuite en avant ? Une totale impuissance ? Probablement un peu de tout cela. J'évoluais dans du coton. Une ouate qui absorbait un peu de ma peur, mais aussi beaucoup de mes forces et de mon instinct de combat. Je disposais encore de nombreux jours devant moi et avais de nouveau repris le travail. Je décidai de ne pas m'alerter. Pas m'alerter trop fort, en m'efforçant aussi de ne pas m'attarder sur ce comportement inconséquent. J'avais le sentiment d'avoir encore beaucoup à apprendre de moi-même. Au fond de moi demeurait comme une envie de paix que j'avais envie d'entretenir, dans l'espoir qu'une fois mes accus bien rechargés, les rouages de mon existence mieux maitrisés, je saurais me remettre en ordre de marche pour atteindre mon objectif. On ne pouvait pas faire sa révolution en un jour et j'avais été en sommeil depuis bien trop longtemps !

Dans cette période, Jeanne restait au fond mon unique dérivatif. Mes vacances. Passer auprès d'elle ne serait-ce que quelques minutes permettait un abandon que l'on accorde d'habitude à un séjour dans le sud ou à un hamac tendu entre deux palmiers. Plus le temps s'écoulait à nous construire de petits riens, des moments gratuits dont l'importance était qu'ils n'en avaient pas vraiment, plus je me sentais m'enfoncer dans cet état que d'aucuns qualifiaient d'amoureux. C'était bon, chaud, douillet comme une petite laine lorsque s'installe l'automne.

Sans elle cependant, le froid me reprenait. L'angoisse montait de nouveau sur mes épaules et je croulais sous son poids à en perdre plusieurs centimètres. Sans elle, le souffle à nouveau me manquait. Sans elle, la vie n'était pas la vie. C'était un vague jeu de rôle, un mauvais théâtre. Je rentrai dans ma peau sans vraiment y croire et j'offrais le plus souvent des répliques plates, polies, hygiéniques dont je n'avais que faire des réponses.

— Tu crois vraiment que cette fille va finir par te rappeler un jour ?

Sur le coup, j'avais fait une entorse à la médiocrité de mon jeu d'acteur. La demande était investie. Le sujet m'importait vraiment. Depuis quelque temps, à vrai dire, depuis le début de ma mésaventure, Fred avait changé lui aussi et son enthousiasme, à plus d'un égard, restait inquiétant. Tout tournait chaque jour davantage autour de « sa » Louise. Or, si mon ami endossait plutôt facilement le costume du clown, c'était aussi parce que ce genre de tenues, bien trop larges ou excentriques, avait le pouvoir de cacher habilement une fragilité immense. Que risquait-il vraiment à s'attaquer à un moulin ?

— Tu parles de Louise ? demanda-t-il.

— Pourquoi, tu en connais une autre ?

— Ben non... Tu le saurais ! Tu sais bien que moi je te dis tout.

— C'est pour moi que tu dis ça ?

— Ben, non. Tu as quelque chose à me cacher ?

— Non, répondis-je en rougissant.

Fred abandonna heureusement le sujet. Il se dirigea vers mon étagère où trônaient mes vieux vinyles et mes CD. Après avoir navigué entre les pochettes, son choix se porta sur un vieil album de Billy Holliday, Lady in satin, que beaucoup considéraient comme l'un des plus grands albums de l'histoire du jazz.

— Ça te dérange si je nous mets ça ?

Je lui souris.

— Pas le moins du monde !

La vieille galette croustilla sous le diamant de la platine avant de révéler la voix éraillée de Lady Day. Je me détendis. Le blues et plus encore le jazz étaient les deux seules choses que j'avais retenues de mon père. Grâce à lui, j'avais été bercé par la musique de Glen Miller ou de Louis Amstrong. C'était mon seul héritage, plus facile à assumer que le portrait d'une tata Berthe ! Je relançai Fred.

— Tu sais que tu ne m'as pas répondu !

Il sembla réfléchir, chercher du souffle ou de l'inspiration.

— On ne va pas se mentir, j'ai cette fille dans la peau. J'aimerais te dire que tout est calé au millimètre, que c'est statistiquement impossible qu'elle se refuse à moi, mais bon... les statistiques ont leurs limites et puis de toute façon ni toi ni moi n'avons vraiment été bons en maths !

— Tu devrais te protéger un peu…

— Me protéger ? Surtout pas. Il faut au contraire que j'impose l'idée que je suis là, que j'existe. Que je suis incontournable ! Là, tu vois, ça ne se voit peut-être pas, mais je suis tellement focus sur elle que je lui envoie un max d'énergie.

Il s'emballa.

— Ça me fait penser à l'écologie tiens ! Y'a cinquante ans, tout le monde ou presque se foutait de la nature. Ce que les gens voulaient, c'était de continuer à polluer avec leurs usines, leurs grosses bagnoles. Et on se fichait bien des oiseaux à partir du moment où on voyait le Concorde voler, pas vrai ?

— J'ai du mal à te suivre.

— J'y arrive justement : ce que je veux te dire, c'est que l'idée de l'écologie s'est imposée petit à petit. On n'en est pas encore à élire un ours polaire président, mais tous les politiciens sont bien obligés aujourd'hui de prendre en compte la protection de la planète, à part quelques cons, bien entendu !

— Je ne vois toujours pas ?

— Tu ne comprends décidément pas grand-chose. Moi aussi je vais devenir une grande cause ! Je vais devenir une évidence pour Louise. Un truc qu'elle ne pourrait plus oser contester. Elle va être tellement remplie de cette énergie mystique qu'elle n'aura bientôt plus le choix ! Et si jamais ça foire, je referai la même avec toutes les ménagères de vingt à cinquante ans de ce bled pourri !

Si Fred était prêt à changer de cavalière, alors peut-être avais-je tort finalement de m'en faire.

— Mais de toute façon j'te dis ça mais je m'en fous puisque Louise va finir par me rappeler !

Je soupirai.

Il se planta devant moi. À la manière dont il se tenait, la poitrine gonflée et le regard lointain, j'imaginai le souffle épique qui l'animait. Fred n'avait jamais su être tiède, n'avait jamais su se cacher. Dans la grande bagarre qu'était la vie, il offrait son corps à la mitraille sans jamais se soucier des conséquences. Et s'il tombait souvent, si ce corps filiforme restait rempli de cicatrices et si enfin son palmarès comptait bien plus de défaites que de victoires, il n'en restait pas moins pour moi un vrai brave. Un héros. Décidément, j'aimais ce type !

— Elle t'a marabouté cette fille ou quoi ? lui demandai-je en oubliant presque le charme dont j'étais moi-même l'objet.

— Je t'assure que le père Dieng n'y est pour rien ! me répondit-t-il, hilare.

Il retrouva pourtant très vite tout son sérieux.

— Tu sais ce qui me fait délirer dans tout ça ? Ce qui me fascine ? C'est l'idée que cela aurait pu sans doute tomber sur une autre femme, une autre femme avec qui je n'aurais sans doute pas été malheureux. Oui mais voilà, comme pour Moïse avec la Mer Rouge, les nuages se sont écartés au passage de Louise. Et le soleil est venu l'éclairer. Il est venu l'éclairer "juste" elle, tu comprends ? Cette fille, c'est mon banco au casino. Je pose toutes mes billes dessus parce que je le sens. Y'a des moments comme ça où tu sens que ta vie va changer. Des tournants ! Y'aurait quelque chose comme un crime contre l'humanité que de ne pas le saisir ce moment, comme un outrage fait à tous ceux qui cherchent l'amour !

Un sourire de plus en plus large s'inscrivit sur son visage.

— C'est bizarre : J'ai l'impression déjà de tout savoir d'elle. L'impression qu'elle n'a plus rien à me cacher !

À cet instant, je repensai à Jeanne et à cette nuit où je l'avais espionnée. Et je me dis que des mystères, il m'en restait encore quelques-uns à percer...

Avant de jouer à mon tour toute ma vie à la roulette !

*

Le lendemain, je parcourais discrètement la bibliothèque de Jeanne alors qu'elle nous préparait un thé. Entre une brochette de classiques, pas mal de feel-good et quelques guides touristiques, j'aperçus alors l'album que je l'avais vu consulter. Je m'en emparai presque négligemment. Comme je le pensais, il ne contenait que des photos, à l'exception de vieux billets d'avion à destination de Mogadiscio et de Khartoum insérés entre deux pages. Après avoir jeté un dernier coup d'œil en direction de la cuisine, je m'y plongeai à mon tour.

À l'intérieur, je découvris tout d'abord une impressionnante galerie de portraits. Des enfants pris de près, avec en arrière-plan la nuance d'ocre rouge si caractéristique des sols africains. Sur ces visages d'ébène, des sourires, des pleurs, mais surtout, qu'ils soient joueurs ou mutins, graves ou implorants, des regards qui transperçaient l'âme de ceux qui les croisaient. Le photographe, Jeanne ou un autre, avait du talent. L'émotion me gagna instantanément. Chacun de ces portraits était un témoignage vibrant de la réalité du Tiers-monde. Ces personnages me happaient avec force mais je n'avais pas le temps de m'y attarder. Le temps pressait. En remontant plus loin, à la première page, je découvris alors avec surprise la photo d'un couple aux couleurs délavées, prise probablement dans les années quatre-vingt. Celle-ci n'avait absolument rien à faire avec le reste. Une incongruité. À en croire leur accoutrement, cet homme et cette femme d'aspect juvénile devaient être des marginaux, du genre de ceux qui n'avaient pas rompu avec les utopies de la décennie précédente ! Pris par mes découvertes, je n'entendis pas revenir Jeanne avec le plateau où reposaient nos boissons.

— Qui t'a dit que tu pouvais prendre ça ? lâcha-t-elle sèchement.
— Je... C'était... Je voulais juste voir ! bredouillai-je.
— Et bien voilà, tu as vu !

Alors que je replaçai déjà l'album à sa place, terriblement déçu d'avoir trahi sa confiance, le visage de Jeanne se radoucit brusquement.

— Excuse-moi. C'est juste que je n'aime pas que l'on touche à ces photos.
— C'est moi qui m'excuse. J'aurais dû d'abord te demander l'autorisation.

Elle déposa le plateau sur la table-basse puis reprit l'album, déposa un baiser sur ma joue et m'invita à la suivre.

— Après tout, tu mérites de savoir...

*

Les thés ne fumaient plus depuis longtemps. Nous n'y avions pas touché. Devant moi s'étalaient des vies que nous observions en silence. Plus encore : une histoire. Celle qui avait façonnée Jeanne, et qu'elle me racontait à présent.

— J'ai souvent besoin de me replonger dans ces images. À vrai dire, je m'en nourris ! Ce que je suis n'est sans doute que la conséquence de tout cela.

Elle me sourit. Si ce n'était la crainte qu'elle arrête de parler, je l'aurais bien prise contre moi pour l'embrasser !

— Ce n'est pas à la portée de tout le monde que de comprendre qui on est, non ?
— Je ne sais même pas si je me comprendrais un jour !

Jeanne s'empara de la première photo. Celle du couple.

— Quand mes parents sont morts, je n'avais même pas dix ans. Si je n'avais pas eu sur moi cette photo, la seule que je possède, je crois bien que je n'aurais même plus le souvenir de ce qu'ils étaient ! De ce que je sais, je suis la fille unique d'un couple de marginaux qui vivaient à l'écart de la société, genre "flower power pur et dur"... C'est peut-être pour ça que les fleurs occupent tant de place dans ma vie !

C'est la première fois que je voyais son sourire si beau être à ce point voilé par la tristesse.

— Quand ça m'est tombé dessus, à la suite d'un accident de voiture, je n'ai d'abord pas compris. Je n'ai plus trop de souvenirs, mais je crois bien que ce qui dominait c'était une forme de sidération. Je n'y croyais pas ! La veille, ils étaient encore là et on venait subitement me dire que je ne les reverrais plus jamais...
— Je sais ce que tu as vécu... J'ai perdu mon petit frère moi aussi.

Jeanne semblait aussi désolée pour elle que pour moi. Nos yeux se mirent à briller en même temps. Des petites lumières qui continuaient à nous unir.

— Je suis désolée. Qu'est-ce qu'il lui est arrivé ?
— Je ne peux pas l'évoquer aussi facilement. Je préfère que tu me parles de toi.

Elle m'observa longuement. Je crois bien qu'elle comprenait. Alors elle retourna à ses photos et à ses souvenirs.

— J'ai été placée à la suite de ce drame. Ma seule famille n'était plus là et j'étais loin d'avoir l'âge de m'assumer comme une grande. J'ai été trimballée de foyers en familles d'accueil jusqu'à ma majorité. Cela ne se voit peut-être pas comme ça, mais je suis devenue une enfant difficile. Suffisamment en tout cas pour que personne ne se bouscule pour une adoption !

Jeanne se mit à rire. Je croyais voir un arc-en-ciel après la pluie.

— Maintenant tu comprends aussi pourquoi j'ai la bougeotte !

Elle retrouva rapidement tout son sérieux.

— L'envie d'Afrique m'est venue assez vite. À mes dix-huit ans, j'ai perçu l'héritage de mes grands-parents paternels. J'avais donc un peu d'argent de côté et plus aucune attache. Et puis j'avais sans doute besoin de renverser les rôles : je ne voulais plus être la petite fille qu'on plaint et qu'on essaie d'aider. Pour prendre soin de moi, j'avais juste besoin de prendre soin des autres. Alors, je me suis inscrite comme bénévole dans une asso humanitaire et j'ai commencé mes premières missions.

Elle regarda à nouveau les photos. L'émotion la dominait encore.

— Au total, il y en a eu six !

Elle but une gorgée de thé froid et esquissa une grimace.

— J'étais un peu partout. Il y a tellement de besoins, dur de faire le tri et d'y répondre. Je portais des caisses de nourriture et de médicaments, j'ai aidé à la construction d'un dispensaire, je me suis même improvisée institutrice ou infirmière ! J'ai du mal à dire pourtant ce que je pense de ces moments passés là-bas. Je n'ai pas vraiment les mots et je n'arrive pas vraiment à identifier les sentiments. J'avais juste la sensation d'être à ma place. "Juste", c'est le mot, j'avais la sensation de faire quelque chose de "juste" !

– Pourquoi alors n'as-tu pas continué ?

– J'ai arrêté parce que j'ai eu besoin de sauver ma peau !

– Je ne comprends pas ?

– Tu ne connais pas ce qui se passe là-bas. Un tiers du continent africain vit en dessous du seuil de pauvreté, quarante-cinq euros par mois ! Un quart de l'Afrique a faim. Si tu ajoutes à ça les conflits qui poussent les populations à s'exiler, les épidémies, le terrorisme, le manque d'eau potable, les conditions climatiques et les autres catastrophes, tu te dis que l'enfer n'est pas sous nos pieds. Il est juste-là, de l'autre côté de la mer !

Elle s'empara de l'une des photos de l'album. Y figurait un petit bonhomme aux billes rondes et au crâne rasé, qui regardait timidement l'objectif.

– Anwar avait six ans quand j'ai fait sa connaissance. Toute sa famille avait été massacrée durant la guerre civile en Somalie. Je m'en suis occupé alors qu'il venait tout juste d'arriver au camp de Dadaab, au Kenya. On l'a longtemps considéré comme le plus grand camp de réfugiés du monde. Imagine presque un demi-million de personnes dans la misère la plus totale [1], et parmi eux, des tas de petits "Anwar" qui crient, qui pleurent et qui meurent. Je ne sais pas pourquoi cet enfant m'a touchée plus que les autres. Je crois simplement que nous nous sommes choisis mutuellement !

Elle essuya négligemment ses yeux.

– Au début, c'était un animal, une petite bête apeurée. Tellement traumatisé par le massacre dont il avait été

1. Hélas véridique !

témoin qu'il refusait qu'on l'approche ! Il vivait à l'écart des autres, enfin à l'écart… si on peut vivre à l'écart lorsque des dizaines de milliers de corps s'entassent autour de toi ! Chaque jour, je faisais en sorte de gagner sa confiance et les choses se sont faites peu à peu. C'était l'histoire du Petit prince. Je suis progressivement devenue pour lui unique au monde, et il l'est devenu pour moi aussi. En fait, c'est comme si Anwar personnifiait ce que j'étais venue chercher là-bas. Je me rappelle encore du premier jour où il m'a souri. Je venais de lui apprendre quelques mots en français, des mots simples qui font la vie des gamins ici tous les jours.

Elle reprit une profonde respiration.

— Trois semaines plus tard environ, Anwar a été pris de vomissements et d'une forte fièvre : les premiers symptômes d'une forme sévère de Shigellose, une méchante bactérie qui sévit là-bas à cause des conditions d'hygiène ! Il a commencé à se vider sans que l'on puisse intervenir et tu sais pourquoi ? Parce que nous n'avions pas assez d'antibiotiques, le traitement qui auraient pu le soigner. On n'a même pas pu filer suffisamment d'antibiotiques à un gamin de six ans qui en avait besoin ! Il a été balayé par une septicémie le troisième jour…

Elle se releva, remit la photo bien à sa place et referma l'album avant de le ranger au centre de l'étagère. L'ordre avait bien quelques vertus, mais pas celui d'effacer les plaies encore ouvertes ! Elle reprit. C'est la colère qui vint supplanter sa peine.

— Ce que j'ai vécu là-bas, c'est un exemple de la folie et de la cruauté du monde ! Le malheur est partout, tellement présent qu'on se laisse déborder, engloutir par la mort, la maladie et la violence. Mais personne ici ne le sait ou personne ici ne veut le voir. Après je ne juge même plus, chacun a ses problèmes, chacun fait comme il peut. Moi-même, tu vois j'aurais pu donner ma vie à cette cause, essayer de sauver d'autres Anwar. Je repartirai peut-être un jour, sur un terrain "plus facile", mais pour l'instant je suis là, à me nourrir seulement de ces visages et à essayer de rayonner autour de moi...

Elle me regarda, l'air grave.

– C'est égoïste, mais j'ai fait le choix de la vie !

Voilà où nous en étions. Nous ne nous étions pas rencontrés par hasard. Deux histoires, deux malheurs s'étaient télescopés. Ses paroles tournaient dans ma tête.

"Le choix de la vie", ces mots me parlaient.

Je pris Jeanne contre moi et l'embrassai avec douceur, comme si ma tendresse était à même de panser sa douleur. Ses cheveux sentaient bon. J'aurais pu rester un siècle comme ça, à la sentir blottie contre mon épaule. Mais je n'avais qu'un peu plus de quatre-vingts jours devant moi ! Pris par l'émotion que nous partagions, je distinguai à peine le souffle étranglé de sa voix.

– Tu es le premier avec qui je partage cela, c'est maintenant notre secret.... Mais je ne veux plus qu'on en parle...

— Matou, tu connais les tortues géantes ?

Théo m'interpelle alors que je suis en pleine lecture du Black et Mortimer que j'ai emprunté à la bibliothèque. Je n'aime pas ça et je lui fais comprendre.

— Ben, bien sûr que je les connais, tu me prends pour un débile ?
— Tu savais qu'elles pouvaient vivre jusqu'à cent cinquante ans et même plus ? Tu savais ça ?

Ma lecture est terminée, je le sais. Lorsque Théo a un truc en tête, il lui est impossible de ne pas le partager. Je referme mon album et me retourne vers lui. Lui, qui a toujours été très câlin, vient alors se serrer contre moi.

— Ben ouais, je le sais. Tout le monde sait ça…
— Ben moi, si je devais mourir un jour, j'aimerais bien être transformé en tortue. Comme ça, je pourrais quand même rester tout le temps avec toi.

Il dépose un bisou sur ma joue et pose sa tête sur mon épaule.

— Le mieux, c'est encore qu'on reste ensemble en version « humain », tu crois pas Théo ?
— Oui, mais si on était des tortues, on pourrait être ensemble plus longtemps !

Il se blottit encore davantage. Comme si cela pouvait être possible !

— De toute façon, je serai toujours collé à toi mon Matou, comme un vrai Doudou tortue !

17

Je t'aime pesant, je t'aime bancale
Évidemment ça me dévore
Je sais tellement que je t'aime, mal

Mais je t'aime – Camille Lellouche et Grand Corps Malade

"Faire le choix de la vie". Évidemment, cela paraissait si simple dit comme ça !

Là où le parcours de Jeanne avait été empreint de dignité et de sagesse, voire de courage, ma survie était contrainte de défier la morale ! Je devais devenir une ordure, une petite frappe, et balayer à mon seul profit le sanctuaire qu'était une vie humaine. Oublié déjà mon stoïcisme de la veille. Au fond de moi, une rumeur grondait que je n'arrivais pas à endiguer. Je ruminais tout seul dans mon appartement, au risque de passer pour un fou. Et pourtant, j'avais envie de vivre. Avec Jeanne, j'avais même trouvé la seule raison qui me manquait. La première aussi sans doute !

Le lendemain et fort de cette entrée en matière, c'est le ventre noué et douloureux que je repris ma semaine. Les signes d'une violente indigestion me gagnaient et cette fois-ci, les pâtes de ma mère n'y étaient pas pour grand-chose ! C'est bien simple, je semblais baigner dans le remugle d'une cave dont j'allais jusqu'à sentir physiquement l'odeur. Le simple fait de respirer me répugnait. J'étais devenu sale, infréquentable. La seule chose de bien que j'avais entreprise ne l'avait été que par réflexe ou par devoir : développer quelques-unes des plus belles photos de mon petit voisin – je n'avais pas trop perdu la main - et les ranger dans une enveloppe à son nom que je glissai sous sa porte. Le reste n'avait été que du remplissage et du dégoût !

Chargé d'une telle énergie négative et capable de si peu la canaliser, la petite boule de colère ne pouvait pas manquer de grossir jusqu'à exploser. C'est toujours comme ça la colère. Ça grossit en sourdine comme une tumeur sournoise, et puis ça pète à la gueule pour un prétexte futile, un détail, une goutte d'eau arrivée pile au mauvais endroit, pile au mauvais moment. Enfin, en l'occurrence, l'eau n'y était pas pour grand-chose et cela pour une excellente raison : il n'y en avait pas !

J'étais nu dans la douche, prêt à laver ne serait-ce qu'un peu de mes tensions. Mais là où j'attendais le flot d'une eau rédemptrice, je ne trouvai qu'un pommeau aussi sec qu'un puit dans le désert ! La plomberie de l'immeuble était de nature à intégrer le patrimoine mondial de l'humanité par son aspect préhistorique. La situation s'était déjà produite plus d'une fois. Je voyais pourtant dans cet énième coup du sort l'acharnement injuste d'un ange de malheur qui avait fait de moi sa victime. La tempête longtemps contenue se mit alors subitement à gronder et j'envoyai valser le contenu de la tablette. Gel douche, dentifrice, mousse à raser, brosse à dents accompagnèrent le verre qui éclata en mille morceaux.

— Ça t'amuse de me laisser la tête sous l'eau, c'est ça ? me mis-je à crier dans la salle de bain avant de considérer que le problème immédiat était que justement ma tête était sèche.

L'envoyé de l'au-delà ferait-il preuve de second degré ?

Les débris au sol n'entravèrent pas ma fureur. Après la tablette, je m'attaquai au placard dont je balançai une à une les serviettes en hurlant comme un enragé ! La première fois que je m'étais mis dans une telle colère, c'était six mois après la mort de Théo. Pour un motif imprécis, j'avais piqué une crise, arraché tous mes posters de footballeurs – même celui de Zidane descendu de son piédestal - et envoyé tous mes habits par la fenêtre. Le médecin avait conclu à un syndrome post-traumatique, s'était félicité que les émotions puissent enfin sortir et m'avait prescrit des comprimés à base de camomille, de tilleul et de passiflore. Les jours qui avaient suivi, ma mère, qui n'était pas encore tombée dans les abîmes, m'avait surveillé comme une casserole de lait.

Mais cela faisait longtemps que ces comprimés ne me faisaient plus d'effets. Je déambulai toujours nu dans mon appartement, sans cesser de fulminer à l'adresse du Paradis et de son émissaire.

— J'ai fait des recherches, repris-je : il meurt près de soixante millions d'individus chaque année dans le monde et les débuts de l'humanité remontent à deux millions d'années. Cela nous fait à la louche cent-vingt mille milliards de morts depuis que l'homme existe. Mais bon, moi aussi j'aime les nombres ronds. Disons cent-mille milliards !

Je pointai du doigt mon plafond moisi à défaut de pouvoir m'adresser directement à mon interlocuteur.

— Cent-mille milliards pour une seule erreur ! Une seule "putain" d'erreur ! Et il a fallu que cela tombe sur moi ! Il a fallu que cette fichue branche, tu la fasses tomber sur ma tête !

Je montai encore de plusieurs tons. Je me fichais bien que le monde autour puisse m'entendre à partir du moment où l'on entendait aussi le message là-haut.

— C'est quoi le problème ? C'est quoi le "putain" de problème ? Pourquoi moi ?

Les coussins de mon canapé encaissèrent mes coups-de-poing avant de traverser la pièce. L'un d'eux, de bonne tenue, atterrit sur l'une de mes étagères. Tous les livres se répandirent au sol. Le canapé débarrassé de sa garniture, je me mis alors à le battre comme autrefois on battait les blés. À défaut de fléau, c'est mon balai qui fit l'affaire. Des dizaines de coups brutaux accompagnés de mes jurons. Un vocabulaire qui aurait pu faire rougir le capitaine Haddock ! Et puis le souffle me manqua. Et puis un vertige me prit. Et puis je m'écroulai sur l'infortuné clic-clac, les jambes coupées et bien plus exténué que calme, toujours aussi nu qu'un ver !

Le ciel n'apporta aucune réponse à mes questions !

*

Lorsque Jeanne s'invita quelques heures plus tard, le temps que je répare les dégâts, je l'accueillis tièdement. Son charme et sa vitalité redevenue incandescente glissaient sur moi. J'étais illégitime au bonheur, une âme sombre capable de repeindre un soleil d'été en gris !

Elle ne mit d'ailleurs pas longtemps pour mesurer mon malaise.

— Ça va, qu'est-ce que tu as ? Tu as l'air tout chose !

— Chose, c'est le mot ! Plus « objet » qu'être humain. Et ce n'est pas très agréable ! répondis-je en laissant glisser mes mains sur son corps alors qu'elle attendait sans doute une étreinte plus longue.

— Qu'est-ce qu'il t'arrive ? Tu as un problème ? C'est à cause de ce que je t'ai raconté l'autre jour ?

— Pas du tout. Ce qu'on a partagé ne fait que renforcer ce que je ressens pour toi.

— Alors qu'est-ce qui se passe ?
— Quelque chose que manifestement personne ne peut comprendre à part moi…
— Tu m'inquiètes !
— Il n'y a pas de quoi s'inquiéter. Enfin, « tu » n'as pas de quoi t'inquiéter. Cela ne te concerne pas de toutes façons…

Jeanne marqua quelques secondes d'hésitation, à essayer de lire dans mes pensées. Puis elle renonça et s'installa sur le canapé, comme si rien ne s'était dit.

— On n'est que mercredi mais je suis déjà exténuée. Les gens sont d'une agressivité en ce moment ! J'ai failli mordre plusieurs clients aujourd'hui. C'est comme ça l'agressivité : plus t'en prends, plus t'as envie d'en donner ! Ils font comme ça aussi avec les garagistes ?
— La plupart du temps, les voitures dont je m'occupe sont anonymes. Elles arrivent en panne et disparaissent réparées comme si elles s'amenaient toutes seules au garage…

Elle soupira.

— Même si les fleurs représentent quelque chose de spécial pour moi, il m'arrive parfois de me demander à quoi ça sert tout ça ! J'ai l'impression d'être au milieu d'une centrifugeuse où je me fais secouer avec tous les copains en attendant la retraite…
— Les copains ?
— Toi, tes collègues, le cafetier du coin et tous les autres… Ça ne t'arrive pas à toi d'avoir parfois du mal à mettre du sens à ce que tu fais au travail ?
— Moi, c'est plutôt quand j'y parviens que ça touche à l'exception !

L'idée m'arracha presque un sourire.

— Je veux me mettre en pause ! implora-t-elle presque.
— Tu veux boire un verre ? demandai-je en me dirigeant déjà vers mon bar.
— Je ne suis pas contre, mais j'ai déjà mieux que ça !
— Je me retournai vers elle. Jeanne fouillait déjà dans son sac.
— Tadaam ! clama-t-elle, fière de son coup.

Sur la table-basse trônaient deux billets d'avion.

— C'est quoi ça ? m'étonnai-je.
— Un saucisson à l'ail, ça crève les yeux. Je suis allée le chercher dans la meilleure charcuterie de la ville !

Elle retrouva très vite tout son sérieux.

— Ce sont des billets d'avion. Pour Lisbonne, l'une des plus belles capitales d'Europe ! L'endroit idéal pour se faire un petit break romantique dans quelques semaines. J'ai déjà prévenu ma clientèle la plus fidèle que je fermerai exceptionnellement !

J'observai les billets avec circonspection mais surtout sans plaisir évident. Jeanne s'en aperçut.

— Tu n'es pas content ?
— Je… Non, si… Enfin je sais pas ! Il y a plusieurs jours, je ne savais même pas que tu existais et là…
— Tu trouves que cela va trop vite ? Cela serait allé trop vite si je t'avais proposé cash un pèlerinage à Venise, un mariage à Las Vegas ou une suite façon « noces de diamant » au Carlton. Mais là, je te propose juste un moment de répit. Je ne sais pas à quoi c'est dû mais je suis cuite et quand je vois ton visage, je me dis que c'est la même chose pour toi aussi !

Elle reprit sur un ton plus calme.

— Là je te parle de Lisbonne, de la saudade, la douceur de vivre, les poissons grillés à Cacilhas, les balades dans le Bairro Alto, le vieux tramway et les maisons colorées... J'y suis allée une fois avec une famille d'accueil, adolescente. Peut-être le seul moment de cette époque où j'ai rencontré de la quiétude. Et là, c'est vraiment de ça dont j'ai besoin, tu comprends ?

— Mais je...

— Je t'aurais bien organisé un week-end tranquille chez toi ou chez moi. Mais chez toi ou chez moi, c'est pas Lisbonne...

— Jeanne... Je ne peux pas partir !

— Tu ne peux pas ou tu ne veux pas ?

— Les deux, enfin, je sais pas. Tout est compliqué, et ce n'est pas qu'une question de fatigue !

— Je n'arrive pas à comprendre Mathias. Tu ne dis presque rien, je ne saisis pas !

— Parce qu'il n'y a rien à saisir ! Parce que moi-même je ne saisis pas forcément !

Une minuscule fissure, presque imperceptible, apparut au fond de ses yeux. La faille qui précédait peut-être la coulée d'une larme.

— Tu veux que...

— Je ne veux rien du tout. Ou alors, juste te dire que je ne suis pas encore prêt pour ça. Pas encore...

Je la regardai gravement.

— Il vaut peut-être mieux que tu partes. Je t'appellerai dans la semaine...

Elle se leva, sonnée, et rangea les billets en silence dans son sac. Avant de partir, elle embrassa ma joue du bout de ses lèvres. Les mêmes précautions que l'on prend lorsque l'on touche un objet qu'on redoute de casser. Au-delà de moi, toute notre histoire avait finalement l'apparence de la porcelaine. Matière douce, lumineuse... mais fragile !

Résigné, je la raccompagnai vers la porte. Jeanne souhaitait juste nous offrir un espace de quiétude. Un moment de plaisir simple que j'avais balayé d'un vent de tristesse.

Grand-père est mort. Je suis dans la peine.

Si lui a bien vécu, malgré les épreuves et la guerre, je ne garde en moi que l'impression d'en avoir trop peu profité. On devrait prévenir avant que tout s'arrête. Histoire pour ceux qui restent de faire encore quelques provisions pour le long hiver à venir !

C'est la première fois que nous nous confrontons à la mort, la vraie, pas celle des films à la télé qui en est presque jolie. Cela me fait bizarre de le voir comme ça. On dirait un autre. Ce n'est pas tant le fait qu'il ne bouge pas. Pas seulement. Mais j'ai l'impression que ce qui en faisait cet homme singulier, qui m'apaisait, a disparu. Qu'il en est réduit à quelque chose de commun, propre à tous les autres, que ses blagues, son histoire, ses petits défauts, que tout ça s'est envolé avec lui. Enfin, je ne sais pas trop l'expliquer. Expliquer cela est sans doute la chose la plus compliquée du monde !

Théo, lui, ne traverse pas ces états d'âmes. Il tourne autour de son corps, le touche, l'embrasse, lui parle encore comme s'il pouvait toujours lui répondre. Grand-père a beau rester silencieux qu'il continue à faire comme avant. Comme si la vie ne s'était pas vraiment enfuie.

J'envie cette insouciance, cette énergie due à son jeune âge.

C'est comme si à six ans, la mort n'existait toujours pas !

18

J'espère que tu te sens heureux désormais

Hedonism – Skunk Anansie

Le compte à rebours s'égrenait encore. La colère s'était momentanément éteinte. Plus de trois semaines s'étaient écoulées sans que je ne bouge d'un pouce, comme si je me résignais presque déjà à une issue fatale. Depuis quelques jours, la résignation était devenue ma marque de fabrique. C'est bien simple, je me résignais à tout. À mon travail insipide, à ma mère dépressive, aux doutes existentiels de Fred qui résistaient chaque jour un peu moins au maquillage de ses supposées certitudes...

Du plus loin que je me souvienne, je crois avoir toujours été comme cela. Je n'avais connu que des eaux contraires et contrastées, même au cours de mon enfance. Un jour, je me réveillai avec la conviction d'un destin de maître de l'univers. Le lendemain, c'est aspiré par les égouts que je redécouvrais un monde bien trop grand pour mes rêves. Et l'histoire reprenait, en fonction des obstacles ou des chances rencontrées sur mon chemin. Ma vie était le rail d'un grand huit de fête foraine. Une fête foraine qui avait fini de me faire rire !

Inéluctablement piégé par l'abandon, je cédai donc au bout de quelques jours aux avances lisboètes de Jeanne. D'aucuns, partisans de la domination pugnace du sexe fort sur le sexe faible, m'auraient jugé un piètre représentant de la caste masculine. Mais à l'instant même où j'acceptai mollement ce voyage, je n'étais pas plus un homme qu'une femme, un adulte ou un enfant. Je n'étais plus qu'une plume, portée par des vents que d'autres décidaient. Je savais les vents de Jeanne bienveillants.

J'avais jeté quelques vagues affaires dans un sac en attendant ma belle qui devait passer me chercher. Je trompai mon ennui d'une cigarette lorsqu'elle sonna à la porte. À voir Jeanne enjouée et apprêtée comme pour le plus beau moment de sa vie, je fus pris d'un violent malaise. Je me sentis soudainement « accompagnant ». Trop sans doute. Et j'étais nourri de la certitude qu'une peluche vide aurait aussi bien fait l'affaire que mes soixante-dix kilos remplis de doutes ! Elle se chargea de me rassurer après m'avoir délivré un baiser.

— Tu vas voir, ça va le faire. Ce sera bien !

Voyant que mes réticences ne s'étaient pas éteintes, elle prit le soin de compléter au moment où je refermai la porte derrière nous.

— Le soir, sur les rives du Tage, la jeunesse lisboète se retrouve. La plupart se contentent d'être là et de savourer, d'autres discutent ou jouent de la musique. Tous ont le regard tourné vers le soleil qui décline au loin dans des couleurs de feu. C'est un moment paisible, fort, éphémère, même si tout le monde sait qu'il se rejouera le lendemain. Cet instant, c'est un conte qui vient dire combien la vie est belle et combien elle est courte. C'est un moment précieux. Et c'est ça que je veux aller chercher avec toi !

— On ne pouvait pas le trouver ici ?

— On peut le trouver partout, mais c'est sans doute là-bas qu'il est le plus beau !

Très vite, nous traversâmes mon quartier dans sa petite *Twingo* vert pomme pour gagner le court périphérique ceignant la ville. Je regardai les gens et les rues passer avec le même entrain que celui d'une vache devant des trains. Pire encore, j'éprouvai le sentiment de traverser ce territoire connu et confortable pour la dernière fois.

À chaque tour de roues, la sensation se renforçait, au point d'en devenir progressivement une certitude. La rumeur de la panique, d'abord docile, emplit lentement mon ventre jusqu'à le tordre puis gagner ma cage thoracique. Le diaphragme douloureux, je rencontrai alors des difficultés pour respirer. Mon souffle devint saccadé. Taisant mon malaise, j'observai Jeanne qui regardait la route de la lumière plein les yeux. Mais cette vision apaisante n'avait que peu d'impact sur moi. Une vague de chaleur s'invita au contraire au voyage. Cette dernière s'amplifia très vite, appuyée par une sueur de plus en plus dense sous laquelle bouillirent très vite des réminiscences insupportables. Des flashes chaque seconde un peu plus précis accompagnaient mon trouble. Profitant du dernier feu rouge avant de quitter la ville, je posai ma main bouillante sur celle de Jeanne qui se retourna vers moi.

— Qu'est-ce que tu as Mathias ? s'inquiéta-t-elle devant ma soudaine pâleur.

— Je ne peux pas Jeanne. Je t'assure, j'ai essayé de prendre sur moi mais je ne peux pas...

— Mais qu'est-ce qu'il t'arrive ? Il est où le problème ?

Les yeux fiévreux dans lesquels la sueur se confondait avec les larmes, je tentai de trouver le courage de lui répondre. La vérité s'était imposée à moi, dans son insupportable cruauté.

— Mais tu ne comprends pas ?... La dernière fois que j'ai quitté la ville, c'était il y a quinze ans, à vélo, avec mon frère...

Les sanglots m'envahirent alors, brisant les digues impuissantes.

— … le jour où il est mort !

*

Notre soirée de substitution fut d'une rare douceur.

Jeanne surmonta sa déception dans un abandon d'elle-même touchant. Et elle ne fut très vite plus habitée que d'une seule préoccupation : remettre un peu de joie dans mon grand corps impropre à l'allégresse. J'avais proposé de rembourser les billets d'avion, et devant son refus, l'avais invitée au restaurant. Dans une ambiance feutrée, nous nous nourrîmes alors de peu de choses. La tendresse moelleuse de Jeanne distribuée au cours du repas par petites touches d'attentions silencieuses revêtait les contours d'un édredon sur un malade. Par bien des choses, Jeanne était unique, et face au spectacle de sa quasi-perfection, je craignais de plus en plus de ne pas la mériter.

Après cette parenthèse, Jeanne proposa que nous allions voir un film. L'unique cinéma de la ville, dans un souci de plaire au public le plus large, naviguait entre blockbusters et films d'auteurs. Ce soir-là, il proposait une programmation dédiée au cinéma brésilien. Nous vîmes dans ce cadre *La vie comme elle vient*, de Gustavo Pizzi. L'histoire d'une famille bancale mais pleine d'amour, dans le Brésil des « modestes », et le portrait d'une mère courage tentant de porter son petit monde à bout de bras contre vents et marées. Une mère qui aurait pu être la mienne au prix de quelques « si ». Je pris ma part de ce que je n'avais pas eu dans ma vraie vie et cette évocation de l'amour d'un parent surmontant les obstacles d'une réalité trop morne vint accompagner ma convalescence. Il n'était plus question de gagner comme on peut le concevoir habituellement mais de ne plus perdre. En tout cas, ne plus se perdre et rester fidèle à soi et à l'amour que l'on porte aux siens en préservant l'essentiel. Seulement l'essentiel : le lien, l'instant présent, les émotions… Je me retrouvai dans cette urgence. De cela, j'étais peut-être encore capable, à condition évidemment de vivre encore un peu. En plus me fit remarquer Jeanne, on parlait portugais dans ce film, ce qui quelque part respectait la tonalité attendue du week-end !

Après une longue marche silencieuse, nous regagnâmes en conclusion mon appartement, puis mon lit où nous fîmes l'amour sans heurts et sans cris, avec la délicatesse que l'on porte à de la matière précieuse. Après cette rencontre d'une suavité réconfortante, nos corps découvrirent enfin la paix et le sommeil. Ma panique, les souffrances du passé et la peur de l'avenir s'endormirent avec nous.

*

Le cliquetis de la porte d'entrée me réveilla en sursaut. Ma mère apparut très vite dans son peignoir fleuri, aussi surprise que moi.

— Mais qu'est-ce que tu fous ici maman ? chuchotai-je en recouvrant pudiquement de la couette le dos nu de Jeanne, toujours endormie.

— Mais tu ne devais pas être là. J'étais en panne de cigarettes. Je me suis dit que tu avais peut-être un fond de paquet qui traînait…

— Et bien je suis là. On est resté finalement. Tu peux partir s'il te plaît ? Je partirai t'en acheter tout à l'heure.

Elle restait là, pantoise. Plus focalisée sur Jeanne que sur moi-même. J'insistai.

— Maman, s'il te plaît...
— C'est donc elle ?
— Comme tu vois...
— Elle est jolie !

Jeanne s'éveilla à son tour. Pas plus gênée que ça par la situation, elle adressa un sourire désarmant à l'intruse. Je fis rapidement les présentations.

— Jeanne, ma mère...

Ma mère, émue, sourit elle aussi.

— Excusez-moi. Je ne devrais pas être là mais je ne faisais que passer...

Elle s'avança encore de quelques pas vers elle.

— Vous êtes rayonnante !
— Merci, répondit l'intéressée, aussi reconnaissante qu'amusée par la situation.

Se rappelant sans doute de l'objet initial de sa visite, ma mère aperçut alors un paquet de cigarettes entamé au pied de mon lit. Elle s'en saisit et se servit. Puis en revint à Jeanne.

— En fait, je voulais surtout vous dire merci.
— Merci pour quoi ?
— Merci d'être là. Quand j'ai vu mon fils avec son sourire niais la première fois où il m'a parlé de vous, c'est bête, mais je me suis dit que le bonheur rentrait à nouveau dans la maison. Il mérite d'être heureux !

Elle se ressaisit.

— Mais je vous dérange sans doute. Je vais vous laisser...

Elle s'effaça alors comme elle fût venue, laissant traîner seulement son odeur dans la pièce. Nous échangeâmes avec Jeanne un regard complice.

— Voilà… Tu connais ma mère !

— Elle a l'air sympa…

— Elle est comment te dire ?… Elle est ce que doit être une mère : un boulet, un obstacle, mais aussi une ressource, une force… voilà, quoi !

— En tout cas, je crois que je suis adoubée !

Nous rîmes tous deux.

— Tu veux que je te prépare un café ?

— Je veux bien !

Je me levai. Jeanne m'observa de toute l'intensité de ses yeux de jade. Un rai de lumière chaude l'entourait comme une écharpe aux teintes vénitiennes et le désir qui planait se transforma en harmonie.

Le tableau en était presque idyllique. Je la regardais, elle me regardait, et entre nous, dans ce court espace qui nous liait, on pouvait déjà deviner toutes les étapes d'une vie : la rencontre et l'union, les cris d'enfants, le quotidien dans ses joies et dans ses peines, les paroles et les silences, l'âge mûr et les horizons nouveaux et puis un crépuscule apaisé, baigné d'un amour éprouvé très longtemps… Seulement il y avait cette épée de Damoclès toujours suspendue sur ma tête. Le bonheur que j'observais l'était derrière une vitre épaisse. La même qui séparait les misères quotidiennes de la facilité et de l'opulence. Je ne savourais qu'à distance, avec une retenue qui gâchait mon plaisir.

Je lançai la cafetière pour deux. Ce minuscule geste du quotidien était déjà peut-être de l'amour ?

— Excuse-moi encore pour hier…

— Tu n'as pas à t'excuser, me répondit-elle de sa voix douce… Par contre…

Elle hésita.

— Peut-être que… le prix de la vie perdue de ton frère, ce n'est pas ta propre vie à en souffrir ?

— Le prix d'une vie, c'est une vie. Cela a toujours été comme ça !

Elle sourit, moqueuse.

— « Un pour un » dans ce monde où tout n'est que spéculation et augmentation, ce constat est presque réconfortant !

Jeanne se trompait. Une vie pour une vie, ce n'était pas réconfortant. C'était juste une saleté de deal. Un marché dont je me serai bien passé et qu'elle ne pouvait absolument pas comprendre. Qui le pourrait d'ailleurs ? J'éprouvai le besoin de prendre un peu de recul et de me soustraire momentanément à son regard.

— Je file me prendre une douche le temps que le café coule...

Le syndic avait bien fait son travail et le retour de l'eau sonna comme un miracle. Sous les flots chauds de la douche, je laissai mon esprit dériver.

Combien de temps se sentait-on sale après s'être compromis ? Arrivait-on vraiment à vivre avec une mort sur la conscience ? Plus j'avançai et plus je me forçais à croire que l'état de légitime défense dans lequel j'étais placé ramenait mon combat dans une forme d'empirisme. Depuis la nuit des temps, l'homme, pour défendre sa vie, faisait le choix de la violence. J'en étais rendu à un corps-à-corps, le même qui dominait sur les champs de bataille avant l'heure des drones. En fait, j'étais devenu un soldat : le soldat de ma vie. Et dans l'effroi de la guerre, lorsque deux ennemis se faisaient face, il n'y avait pas de reddition possible. C'était tuer ou mourir, l'expression d'un réflexe de survie animale. L'humanité de l'autre ne compte plus vraiment à l'heure où il devient un corps menaçant.

Ce fichu émissaire du ciel parlait également d'équilibre. Lorsque l'on est sur un fil, on ne doit pas regarder les détails autour au risque de tomber. J'avais assez tergiversé. Je devais prendre ce qui m'arrivait comme un passage. Une porte m'amenant plus haut. Oui, je devais cesser tout atermoiement. Devenir un guerrier, ou tout simplement un homme. Enfin... Je devais m'y résoudre ! Dans cette armée de robots qui, parce qu'elle redoutait le recul, se contentait d'avancer tête baissée, peu de personnes s'interrogeaient sur le devoir de vivre. Mon épreuve avait au moins ce mérite : questionner ma place dans ce chaos. Le corps lavé et les pensées en ordre de marche, je revêtis mon peignoir et partis rejoindre Jeanne, rasséréné. Le café était prêt. Je nous en servis deux tasses, en feuilletant négligemment le programme du cinéma ramassé la veille.

... et c'est dans ce programme que je découvris une nouvelle issue possible !

J'ai mon premier appareil photo dans les mains. Un bel appareil, presque trop gros pour mes douze ans. C'est mon cadeau d'anniversaire. Je n'osais pas y rêver, mais papa a retrouvé un bon travail après plusieurs mois de galères, alors j'y croyais quand même un peu. C'est devenu une réalité depuis quelques jours.

La photo m'a pris par hasard dans la salle d'attente de mon dentiste, lorsque j'ai croisé le regard d'une jeune fille aux yeux verts sur la couverture d'un magazine. Maman m'a expliqué qu'elle était afghane, qu'elle avait été contrainte de quitter son pays en guerre pour se réfugier loin de chez elle. Mais moi, je ne voyais que ses yeux qui me transperçaient comme si nous étions vraiment en face-à -face. Durant toute notre attente, je n'ai pu détacher mon regard du sien, qui me bouleversait. Je me suis dit que le photographe qui avait su capter quelque chose d'aussi fort était un vrai magicien.

C'est venu comme ça.

Moi je n'ai pas d'Afghane aux yeux verts à disposition. Mais j'ai un Théo aux yeux noisette ! Mon frère est devenu presque naturellement mon seul modèle. Il aime autant être photographié que j'aime le photographier. Du haut de ses six ans, il adore se donner en spectacle, jouer de sa bouille d'ange. Et j'arrive parfois à accrocher des moments hors du temps. Des instants de vérité où Théo oublie qu'il pose et qui me mettent presque les larmes aux yeux. Mais ça, j'évite de le dire aux copains. J'ai trop peur qu'ils me traitent de chochotte !

Des photos aussi belles, j'en ai déjà des dizaines. Je ne sais pas ce que j'en ferai. Peut-être qu'un jour, un autre enfant en allant se faire soigner une carie verra l'une d'elle à la une d'un magazine et aura lui aussi envie de devenir photographe.

J'aimerais bien !

19

Je suis à la recherche
D'un homme que je ne connais pas
Qui jamais ne fut autant moi-même
Que depuis que je le cherche...

Chanson de l'étranger - Edmond Jabès

Le collectif parisien *Un œil pour témoigner* s'était fait fort de distribuer des caméras à des inconnus aux quatre coins de la planète afin que ceux-ci puissent parler sans artifice de leurs conditions de vie. Il en était ressorti une collection de portraits authentiques, diffusés pour la plupart en troisième partie de soirée sur les chaînes de la télévision publique. Certains documentaires faisaient enfin l'objet de rencontres dans des cinémas du pays où les « réalisateurs d'un jour » jouaient le jeu des questions/réponses auprès d'un public composé le plus souvent d'humanistes convaincus, de cinéphiles et d'intellectuels de gauche...

Dans le cadre de sa programmation exceptionnelle, le cinéma accueillait ainsi un jeune pêcheur brésilien Erivaldo Santos Da Silva venu présenter son documentaire "Pêcheur d'espoir". *Un témoignage poignant d'un des nombreux oubliés du Brésil de Bolsonaro. Une claque magistrale du cinéma du réel, à même de démontrer la supériorité de l'espoir sur le pouvoir du tout-argent* pour la critique locale. Pour moi, la venue du caboteur auriverde ne signifiait rien d'autre qu'une opportunité lâche mais magistrale de me libérer du carcan !

Aussi conscient de l'opportunité que de mes failles, je m'étais préparé pour le rendez-vous à la manière d'un boxeur décidé à saisir sa chance pour décrocher sa première ceinture mondiale. De mes précédentes tentatives, j'avais tiré quelques enseignements. Je me savais désormais empathique et faible, prompt à bondir sur le moindre détail pour réduire à néant mes initiatives. Or, rien chez cet homme ne pouvait raisonnablement me faire flancher. Nous n'avions aucune histoire commune, pas même de repères partagés. C'était un étranger, un inconnu venu du bout du monde dont je ne croiserai probablement jamais la famille et fatalement moins encore la descendance, qui aurait pu naître Chinois, ou Turc ou Maori sans que je n'en sois plus perturbé. Je n'étais pas raciste. Ma seule religion à cet instant était le *lointisme*, et j'aurais même pu faire disparaître un alien dès lors qu'un nombre suffisant de galaxies ait été placées entre lui et moi. Cet homme n'était qu'un pion, un simple pion sans histoire et sans mémoire. Le prototype du gars tombé du ciel au mauvais endroit au mauvais moment, juste avant d'y retourner. Éternellement cette fois-ci !

Je n'étais pas loin de me sentir gonflé à bloc. Le matin-même, j'avais retrouvé la bonne habitude de la course. Les quelques dix kilomètres du parcours furent avalés avec une détermination peu commune et j'aurai pu encore courir bien davantage. Les dents serrées, j'avalai la piste à la poursuite de mon destin et chaque pas entretenait l'illusion que je m'en rapprochais. Au sortir de l'épreuve, j'enchaînai par une série de pompes et d'abdos que n'aurait pas reniée les spécialistes du genre. J'étais déjà quelqu'un d'autre, une machine. Je crois bien que très loin dans ma tête résonnaient même les trompettes de Rocky ! Affûté et rempli d'acide lactique, je retrouvai enfin le garage après ma douche. Pour la première fois, j'aurais presque pu y passer pour un employé modèle. En mode totalement étanche, je ne me concentrai que sur mes tâches, ne laissant aucun grain de sable, pas même Fred, entraver ma préparation. Si mes mains s'assignaient avec dextérité aux missions qui étaient les miennes - toujours les mêmes - ma tête, presque malgré elle, se nourrissait de consignes voire d'injonctions envahissantes dont l'unique but était d'éliminer le doute. Toute la journée, les *tu es un guerrier* le disputèrent aux *ne fais pas de sentiment*, achevant de me fabriquer une carapace aux allures de blindage infaillible. Je ressortis de l'atelier dopé à la méthode Coué et certain que ce qui allait se passer le soir allait devenir “mon moment”.

Restait au sortir du travail à peaufiner un ultime détail. Si je doutais légitimement de moi au regard de mes précédents échecs, j'avais trouvé un antidote des plus agréables en la forme d'une bouteille de cachaça à cinquante-cinq euros quatre-vingt-dix, toujours de chez Mimouni. Une façon comme une autre de rester dans le ton à l'heure d'envoyer dans l'au-delà ma victime ! Certains trouveraient sans doute bizarre de boire plus que de raison à l'heure de jouer la partition la plus importante de sa vie. L'idée d'une telle beuverie répondait au contraire à une logique implacable : l'expérience m'avait permis de confirmer que l'alcool avait bien la vertu de faire tomber retenues et inhibitions dans les grandes largeurs. Et si je n'avais pas vraiment « l'alcool bagarreur », j'avais déjà su m'appuyer en tant que grand timide sur une alcoolémie bien au-delà du raisonnable pour trouver le courage d'aborder et de séduire quelques filles en boîte de nuit. Mes réserves perdraient assurément de la vigueur, ramollies par les vapeurs sucrées de la gnole carioca. Tant mieux, c'est tout ce que je recherchais. D'autant plus que je n'avais pas la vocation de passer un test de culture générale, mais seulement accomplir un acte digne d'un exécuteur des basses-œuvres sans conscience, ni cervelle !

Juste après la douche, j'avais donc sorti mon plus beau verre à moutarde et posai mes fesses sur mon canapé pour déboucher ma bouteille avec envie. Je me laissai envahir par le goût riche et doux du nectar translucide en m'efforçant de me détendre. Le doux poison envahit ma gorge avant de se répandre dans tout mon corps en y laissant son empreinte. Une trace parfumée renforcée par mon deuxième verre, qui s'effaça davantage au troisième et dont je ne retins que le feu au quatrième. J'aurai pu sans doute boire du White Spirit pour mes cinquièmes et sixièmes verres sans que je n'en sois plus affecté que cela. Mais l'essentiel était fait : c'est incapable de réfléchir et doté de la démarche chaloupée d'un danseur de samba victime d'un problème d'oreille interne que je gagnai le cinéma !

Je n'étais pas forcément très loin de m'y assoupir. Devant une assistance clairsemée, je vis alors débarquer en lieu et place d'un adversaire, un homme plutôt petit et trapu dont le sourire solaire barrait d'ivoire un visage basané. Le pêcheur brésilien n'avait rien d'impressionnant. Il se présentait comme un citoyen lambda, d'aspect juvénile, perdu au beau milieu d'une estrade de velours rouge qui semblait l'avaler bien plus que ne l'aurait fait une forêt, même amazonienne ! Après une introduction chargée de condescendance du maître de cérémonie et une courte présentation de l'invité dans une bouillie de français plus polie que compréhensible, la salle s'éteignit enfin. Je bâillai. L'issue était proche.

M'agitant sur mon siège, je grimaçai devant les premières images – une succession de plans flous et instables laissant croire que les fleuves brésiliens étaient des océans à eux seuls - qui renforçaient mon ivresse.

Négligemment, la voix douce du pêcheur entama son récit. J'étais rentré en résistance. Une résistance indolente, mais sans faiblesse. À la fin de la présentation, je prendrai l'homme à partie et le supprimerai !

L'histoire d'Erivaldo

Je m'appelle Erivaldo Santos da Silva, fils de Nelson Tubarão da Silva et de Cristina Igreja de Santos. Mon père a hérité du surnom de Tubarão, le requin, car sa légende raconte qu'à l'âge de dix-sept ans, il a pêché à lui seul un grand requin taureau perdu dans le Rio Doce. Aucun témoin vivant n'a pu le confirmer, alors mon père est depuis toujours passé pour le plus grand pêcheur de l'état du Minas Gerais au nord-est du pays…

Je m'efforçai de garder un maximum de distance vis-à-vis de ces images et de ces mots. Néanmoins je me laissai surprendre. Ma faible ouverture sur le monde n'était issue que des images que la télé en présentait. Pour moi, les Brésiliens ne vivaient que pour faire la fête sur des plages ensoleillées. Ils étaient juste bons à jouer au foot sur le sable et à danser, le corps débordant de muscles et de tatouages. Je me trompai : le jeune pêcheur n'avait rien d'un clone superficiel de Neymar. Il était presque comme moi. Un "moi" perdu dans un autre univers, où les tours de cités étaient remplacées par des cabanes en bois et où le ciel dominait d'un bleu éclatant. Une vie pour la mienne, l'échange était presque parfait et rendu quasi-indolore par la grâce de quelques grammes d'alcool dans le sang. La tempête menaçait dans mon ventre mais je ne laissai pas le tumulte envahir mon esprit embrumé. Je devais au contraire me laisser happer par l'insignifiance de ce quidam, brin de poussière qui n'avait jamais été aussi près d'y retourner. La musicalité de la voix aigüe du pêcheur accompagna ma digestion d'alcool.

… Mon père était un véritable mythe. Mes sept frères et moi avons toujours voulu lui ressembler. Il était un homme fort, patient et rusé, capable de parler le langage des poissons. Lorsqu'il se mettait à pêcher, les poissons semblaient venir à sa rencontre, comme attirés par sa magie. Aujourd'hui, j'essaie juste de prendre sa relève. Mais malgré tous mes efforts, malgré les efforts de mes frères, aucun de nous ne sera vraiment digne d'être à son tour Tubarão.

Mais ce n'est pas grave. Je ne pêche pas pour la gloire. Je pêche juste parce que c'est pour cela que je suis fait. Le matin, lorsque je me lève à quatre heures, j'aime observer le bruit de la nature qui m'appelle alors que je bois mon café. Au loin, j'entends les chants des oiseaux qui se répondent, j'entends les feuilles des arbres qui dansent. Alors je suis heureux. Je sais que le jour sera un beau jour et je remercie Dieu de me l'offrir à nouveau. Après mon café, je pars me laver avec l'eau fraîche du ruisseau et j'enfile ma chemise blanche. Je sors enfin mon canoë de itaùba, un des bois les plus solides d'Amazonie. Ainsi, je ne crains pas les avaries. Je sais que je pourrai affronter le Rio Doce quelles que soient les saisons. Avec mon bateau, je monte et je descends le fleuve, là où se trouve le poisson. À chaque fois, avant de décider de ma direction, j'essaie d'entendre la vitesse des vents et les secrets de la lune et puis j'observe les marées. J'écoute aussi ce qu'ont à me dire les anciens, ceux qui gardent la forêt et le fleuve. Avant de m'embarquer, je prends soin enfin de mes filets dont je resserre les mailles. Avec ma pirogue, mes filets sont mes seuls outils de travail. Chaque maille que je resserre est la promesse d'une bonne pêche ! Les jours où j'ai de la chance, je peux pêcher près de trois-cents kilos de poissons, des piramutabas, des tambaquis ou des pacus, que ma mère et mes sœurs vont vendre sur les marchés de Belo Horizonte.

Sur les images accompagnées d'un son paisible de saudade, Erivaldo semblait encore plus jeune et même plus mince que dans la réalité. Mais que ce soit à l'écran ou derrière son estrade, le Brésilien gardait une tête avenante. La sympathie naturelle qui émanait de lui commençait à gravir les marches de velours rouge et se rapprochait lentement de moi, avec la sournoiserie d'un anaconda, que je voyais lentement avancer vers moi. Je me sentis en danger et plantai instinctivement mes ongles dans le tissu de mon siège. Je fermai les yeux, plaquant aussi fort que possible mes paupières l'une sur l'autre. Lorsque je desserrai l'étreinte, le serpent, à mon grand soulagement, avait disparu !

Mais cette vie parfaite s'est arrêtée le 5 novembre 2015 lorsqu'un barrage a cédé près de la vieille ville de Mariana, libérant une gigantesque coulée de boue toxique chargée de métaux lourds[1] *. Le propriétaire du barrage, la société Samarco, soucieuse de dégager toujours plus de profits pour ses actionnaires, a négligé la plus élémentaire des sécurités, nous livrant en pâture à cet ogre impitoyable. Le Rio Doce, ce fleuve qui était ma maison, est mort en ce jour triste et ses eaux rouges semblent désormais porter la couleur de son sang. Cette région autrefois calme et verdoyante a été dévastée sur plus de cinq-cents kilomètres. Des hommes ont disparu, des maisons ont été englouties ou arrachées. On aurait pu croire que cela ne durerait qu'un temps, le temps du cauchemar, mais le poison a pris racine dans le fleuve. Nous sommes devenus son esclave et les boues retiennent encore aujourd'hui le destin de tous les hommes qui habitent ici. Des millions de poissons sont morts étouffés et de nombreuses espèces n'existent plus. Quand je cède à la tristesse, je songe à tous ces poissons que je ne retrouverai plus jamais. De toute façon, on ne peut plus pêcher depuis la catastrophe. Les quelques-uns qui s'aventurent encore en s'éloignant des côtes ne capturent que des poissons aux branchies atrophiés,*

1. Catastrophe bien réelle ayant provoqué 19 morts et affecté plus de 500 000 personnes.

que personne n'oserait manger. Mon eldorado est devenu une terre de misère et de larmes. Il y a plusieurs façons de mourir près du Rio Doce. La première, c'est lorsque notre père nous rappelle. La seconde, bien avant, c'est lorsque l'on comprend que ce que nous étions ne reste plus qu'un souvenir.

Ainsi donc la longue première séquence provenait bien d'un tournage plus ancien. Je n'avais jamais entendu parler de la catastrophe. Je me laissai engloutir comme le reste de l'assistance par le changement de ton radical du document. Le décor bucolique du début avait été emporté par le drame. Le bleu de l'eau avait été écrasé par le rouge des boues et les arbres ayant survécu au désastre semblaient à présent pousser dans des coulées de lave. Au milieu, des tonnes de poissons morts, des maisons transformées en ruines et des habitants dévastés... Le spectaculaire drame vint nourrir ma nausée. Une nausée toujours plus dominante.

Parfois, les touristes que je rencontre me demandent pourquoi je ne pars pas ailleurs, pourquoi je ne vais pas pêcher dans l'Amazone, le São Francisco ou le Paraná ? Mais ici, c'est chez moi. C'est la terre de mes ancêtres. À quoi bon partir, traverser les forêts, les ruisseaux et les montagnes si c'est pour vivre une autre vie que celle à laquelle j'étais voué ?

Les scènes de désolations se succédaient offrant à mes yeux le complément idéal au redoutable cocktail qui s'agitait dans mon ventre. La tête me tournait. J'essayai de poser mon souffle, comme si un peu de yoga aurait pu suffire à rattraper mes presque deux grammes d'alcool dans le sang. Mais même au milieu de cet enfer, je ne retins que la vie au centre de l'écran. Dans les sourires francs ou plus pudiques, dans les regards remplis d'humilité, dans les gestes de tendresse et les jeux d'enfants. Ces traces d'humanité me raccrochaient à mon siège là où mon ébriété n'aspirait qu'à m'envoyer aux toilettes. J'étais bizarrement dans le contrôle. Le chaos menaçait ma tête et mes entrailles, mais je me sentais fort de tenir le cap. Je n'avais jamais eu l'impression d'être aussi près du but, même avec Pazzoli à ma merci. La tonalité du film laissait entendre que nous étions proches de son terme. J'attendrai le moment opportun pour accomplir ce que j'avais à accomplir. Demain, il serait temps de décuver. Décuver et commencer ma vie avec Jeanne ! Mais déjà, le Brésilien reprenait, ignorant que ses mots le rapprochaient cette fois-ci inexorablement de sa propre fin.

J'évite de ma plaindre. J'évite de pleurer. Même lorsque mon père et deux de mes frères sont morts du covid l'année dernière ! Je continue de remercier le Seigneur et Notre Dame d'Aparecida chaque fois que se lève le jour et chaque fois que le soleil se couche. Je les remercie chaque fois que je distingue un sourire sur le visage de mes neveux et de mes nièces, chaque fois que je passe du bon temps à jouer aux cartes avec mes amis le soir, quand nous buvons la cachaça. Je le remercie enfin chaque fois que le silence de la nuit s'installe, lorsque je gratte ma vieille guitare en fredonnant les airs que me chantait mon grand-père autrefois. Je crois qu'il y a toujours sur terre de la place pour s'émerveiller. Si le sol sur lequel nous marchons et l'eau sur laquelle nous naviguons gardent la couleur du feu, il reste encore assez de bleu dans le ciel pour continuer à rêver.

Je me réveillais en sursaut dans un ronflement coupable, qui, Dieu merci, n'alerta personne. Les mots du pêcheur avaient traversé la barrière de mon sommeil pour continuer à me parler dans mes songes et le poids de l'alcool commençait à me peser aussi sûrement qu'une main ferme et gantée de plomb posée sur ma tête. Il était vraiment temps que tout cela se termine. L'assoupissement avait développé dans ma bouche une épouvantable haleine de sucre fermenté. Je ne m'étais laissé aller que l'espace de quelques secondes. Et le film ne durerait que quelques minutes supplémentaires encore. Je ne devais plus flancher. Rester suffisamment éveillé jusqu'au générique. Et le meilleur moyen pour le faire restait encore de m'accrocher à la voix paisible et chantante du brésilien qui continuait de dessiner des arabesques dans la salle obscure...

Alors je continue de rêver, je continue de croire. Je ne crois plus par contre depuis longtemps aux choses de la politique. Malgré les aides que l'on nous apporte, malgré les bons mots qu'on nous adresse, aucun président, le meilleur ou le pire, ne sera capable de nous rendre vraiment ce que la boue nous a volé. Nous resterons les mêmes. Nous resterons ici jusqu'au bout. Et je continuerai à apprécier chaque moment de cette existence car je sais au fond que nous faisons tous partie d'une même magie. Une magie qui saura résister jusqu'à la fin des temps aux effets de la noirceur de l'âme humaine. Même lorsque tous les poissons auront disparu des fleuves, des mers et des océans, je resterai jusqu'à ma mort un pêcheur.

Moi Erivaldo Santos Da Silva, je suis un pescador de esperança...

Je suis un pêcheur d'espoir !

La lumière se ralluma. La première partie de mon plan avait été au final traversée sans trop d'encombre et je bâillai encore à m'en décrocher la mâchoire alors que les dernières lignes de crédits défilaient. Après quelques secondes de battement et un problème de micro, je perçus alors d'une oreille distraite les quelques questions de l'assistance. Une demande incongrue s'extirpa du corps filiforme d'un adolescent acnéique, probablement évadé d'une école d'art, voulant savoir si le Brésilien assumait sa filiation à Jean Rouch, l'un des maîtres du cinéma-vérité. Une vieille dame demanda par la suite timidement si l'hôte de la soirée avait déjà goûté à la spécialité locale, un ragoût immonde à base d'abats, de navets et de cidre, et ce fut tout ou presque. Un verre de l'amitié conclut la soirée où la caïpirinha remplaça avantageusement le traditionnel kir, thématique oblige. Histoire de bien verrouiller l'affaire, je bus un verre. Je trouvai la cachaça bien meilleure accompagnée de citron vert et de cassonade et un deuxième verre me confirma tout le mérite d'une recette traditionnelle. Je mesurai avec surprise que l'organisation n'avait vraiment pas lésiné sur le dosage du rhum après avoir dégusté un troisième verre. L'assemblée se dissipa assez vite. J'attendis que le responsable du cinéma ne s'éloigne dans le but de ranger les restes de cacahuètes dans l'arrière-salle pour venir me planter devant le pêcheur brésilien resté seul et qui me sourit, l'air gêné.

Je pointai alors du doigt le jeune homme que j'apercevais flou. À vrai dire, ses contours étaient suffisamment imprécis pour que je retrouve face à des triplés absolument identiques et qui se superposaient, ce qui fit naître en moi un léger malaise. Ce n'était pas grave. J'allai le faire. J'allai les viser tous les trois pour être sûr de me libérer enfin. Le vent d'un enthousiasme un peu nigaud me fit bomber le torse…

… juste avant que je ne sombre dans un trou noir !

*

Je repris mes esprits dans le minuscule box du service des urgences de l'hôpital, torse-nu et perfusé. Ma bouche était pâteuse. Mon crâne dans un étau laissait croire que l'on m'avait enfilé de force un bonnet de bain taillé dans du béton. J'étais sans comprendre, las, vidé. Aussi sec qu'une flaque d'eau exposée sous un soleil de plomb ! Mais ma surprise ne s'arrêta pourtant pas à ces détails.

— Ça va ?

Je sursautai. Ma mère se tenait là, assise sur la chaise réservée d'habitude au personnel soignant. Une scène banale si cela n'avait pas fait des lustres que celle-ci ne s'était pas éloignée de plus de cent mètres de son salon ! Pour la peine, maman avait même troqué son habituelle robe de chambre par une vieille tunique qui la moulait sans doute un peu trop.

— Qu'est-ce que tu fais là ?

— C'est à moi de te poser la question ! Une mère qui soutient son fils aux urgences, cela te choque ?

— Non, non… C'est même gentil de ta part. Disons que… je t'ai rarement vue habillée comme pour la messe.

— C'est plus important que la messe. La messe, je peux la voir à la télévision le dimanche. Mon fils avait besoin de moi et tu vois, je suis là !

La tête me lança. J'attendis que la sensation se dissipe avant de reprendre.

— Pourquoi je suis ici ? Qu'est-ce qui s'est passé ?

— Je ne sais pas moi. C'est Samira, la petite du septième celle qui fait des piges chez les pompiers qui t'as reconnu. Tu as fait un malaise au cinéma, probablement parce que tu avais un peu trop bu. Il va falloir arrêter les bêtises, tu vieillis toi aussi. Et puis, il y avait aussi un ami qui a pris soin de toi jusqu'à ton départ. Un type tout droit sorti d'une publicité *Pépito* mais vraiment bien sous tous rapports, si ce n'est qu'il parlait un français dégueulasse.

— Il est mort ?

— Pourquoi ça, il serait mort ? Non, c'est toi qui n'allais pas bien, lui se portait comme un charme. Tu ne m'en avais jamais parlé et c'est pas pour parler de Fred, mais des types gentils et souriants comme lui ne peuvent te faire que du bien ! Et puis poli et courtois avec ça ! Comment m'a-t-il dit qu'il s'appelait ? Ronaldo, un truc comme ça ?

— Erivaldo ?

— Oui, c'est certainement un prénom aussi improbable que cela. Tu le connais d'où ce garçon ? Ton patron sous-traite dans le tiers-monde maintenant ?

— Il en serait bien capable…

Lentement, les bribes de la soirée me revinrent. De plus en plus précises, débarrassées des brumes de l'alcool. *Erivaldo*, le pêcheur brésilien, celui que j'avais voulu supprimer. La vérité de cet homme venu de l'autre côté de la mer s'afficha sans filtre dans mon esprit et je me sentis irrésistiblement envahi par son humanité. Cette humanité que j'avais artificiellement essayé de faire disparaître. Nous nous ressemblions lui et moi. Deux frères du malheur, malgré les kilomètres et les océans qui nous séparaient, réunis par la richesse des modestes : trouver du sens et de la beauté dans un contexte qui en était dépourvu. J'avais bien fait de ne pas avoir balayé d'un geste son existence. Mon problème restait entier. Mais un homme capable de sourire alors que toute la misère du monde l'accablait ne méritait sans doute pas de mourir !

J'avais failli pourtant œuvrer dans ce sens. Je ne savais pas précisément quel dégoût avait pris le pas sur l'autre : celui de l'alcool ou de mon geste passé si près de l'irréparable, même pour survivre.

*

La réponse resta en suspens tout le temps de mon observation. Nous quittâmes l'hôpital peu après. En montant dans le bus accompagné de ma mère, je manquai de bousculer une jeune femme qui descendait en direction de l'établissement de soins. Nos regards se croisèrent, se reconnurent peut-être. En tout cas, nous firent comprendre que l'autre n'était pas vraiment un inconnu. Chacun reprit pour autant très vite le cours de sa vie, dans un sens opposé.

Les portes du bus se refermèrent sur moi et sur mes doutes, intacts.

Depuis que la France est assurée de disputer la Coupe du Monde 2006 de foot, Théo n'a que le mot « football » à la bouche. Après les super-héros et les pompiers, il se prend maintenant pour Zidane ou Barthez. D'ailleurs, maman lui a dégoté un vieux maillot de Zizou dans un vide-greniers, qu'il porte du soir au matin lorsqu'il n'a pas classe. Bien évidemment, il veut aussi taper la balle tout le temps ; la plupart du temps avec moi. Je n'ai rien contre, mais jouer avec lui est un peu ennuyeux : Théo n'est pas bon. Il joue comme un enfant de sept ans quoi ! Mais je prends sur moi.

En bas, des jeunes de la cité ont peint une cage presque aux dimensions officielles en dessous des fenêtres de monsieur Martinez et de madame Ferhaoui. Il faut être précis pour jouer là-bas. Dès que le ballon tape un peu trop près de la vitre de monsieur Martinez, celui-ci menace de sortir son fusil !

Avec Théo, y'a pas de soucis à se faire. C'est qu'il est vraiment mauvais ! Quand on enchaîne les séances de tirs au but, j'arrête ses tirs à tous les coups. Alors je gagne aussi à tous les coups. Normal après tout : je suis inscrit depuis deux ans dans le club du quartier ! Mais malgré tous ces handicaps, Théo veut toujours recommencer. Dans sa tête, il est persuadé qu'il peut un jour me battre.

Après trois échecs consécutifs, une nouvelle désillusion s'annonce pour lui. Sur le parking, tout près, une petite fille de son âge le regarde. Peut-être qu'il la connaît ? Peut-être même que c'est son amoureuse ? Théo ne m'a jamais avoué ce genre de choses. En tout cas, il a l'air d'être bien plus affecté que d'habitude. Ses yeux brillent comme s'il s'apprêtait à pleurer.

— Applique-toi sur celui-là, P'tite brioche !

Alors Théo renifle un coup. Il regarde une dernière fois la spectatrice, pose avec le plus grand sérieux le ballon au sol après l'avoir embrassé avec gravité, prend quelques pas d'élan avec lenteur, comme si toute sa vie dépendait de ce qui allait suivre… et il tire une frappe d'une force et d'une précision que je ne lui avais jamais vues et qui me bat imparablement. Un coup de chance incroyable ou le miracle de l'amour ?

Théo ne se pose pas la question. Il pousse un cri de victoire qui perce le ciel comme s'il venait à lui seul de gagner la Coupe. Et il célèbre son but, maillot de Zidane remonté sur sa tête et index pointés au ciel, devant la petite fille admirative… et monsieur Martinez alerté par le bruit, sorti sans son fusil heureusement !

Ce but, je risque d'en entendre parler pendant longtemps. J'espère seulement que les bleus connaîtront la même réussite en Allemagne dans quelques mois !

20

Bien sûr les femmes infidèles
Et les oiseaux assassinés
Bien sûr nos cœurs perdent leurs ailes
Mais voir un ami pleurer...

Voir un ami pleurer – Jacques Brel

J'étais prostré sur mon canapé. Homme minuscule, le cul vissé sur une assise déjà creusée, dans un appartement qui jamais ne m'était apparu aussi grand. À l'heure où la plupart de mes semblables dormaient du sommeil du juste, je restais là, sans autre bruit que le tic-tac de l'horloge qui avait retrouvé ses piles, à ressasser les images de la veille.

Dans le silence de la nuit, dans ce monde qui déroulait sa course déjà sans moi, dans tous ces trains passés devant ma porte, dans les eaux qui filaient dans chaque fleuve du Brésil et toutes les vagues de l'Atlantique, dans les espoirs déçus et tous les rêves éteints, j'avais définitivement perdu la partie. J'avais essayé pourtant, bousculant des certitudes, égratignant des principes, taisant pour beaucoup ce que j'étais. J'y avais cru aussi. Jamais bien longtemps, refusant d'admettre que je n'avais ni l'étoffe ni la chance d'échapper au chemin qui m'avait été tracé. Les hommes avaient raison : à quoi bon se débattre lorsque depuis la naissance et quoi qu'ait pu dire l'ange, l'histoire est déjà écrite jusqu'à la moindre virgule. L'existence n'était qu'une illusion !

Deux coups discrets frappés contre la porte mirent fin à ma catatonie. J'aurais bien fait le mort déjà, mais des mots

discrets m'incitèrent à l'action.
— Mathias, c'est moi. C'est moi, Fred. Ouvre-moi s'il te plaît !

Lorsque j'ouvris la porte, c'est le visage dévasté de mon ami qui s'imposa à moi. Celui-ci avait les yeux creux d'avoir trop pleuré et le teint livide, que masquaient partiellement une tignasse hirsute et de timides poils de barbe. Je m'effaçai pour le laisser entrer.

— Je savais que tu ne dormirais pas...
— Qu'est-ce qui t'arrive ? Santorez nous a virés, c'est ça ?
— Même pas. Ton absence l'a mis dans un état pas possible, mais de toute façon, je m'en fous...
— Alors quoi ?

Fred ne répondit pas. J'insistai.

— Tu veux boire quelque chose ? Je dois avoir deux bières chaudes dans mon placard...
— Oui, c'est ça, deux bières, répondit Fred en allant directement les chercher.

Il aperçut les deux mugs du matin dans l'évier. Son corps se figea.

— Alors il y a une fille, c'est ça ?
— ...
— C'est pour ça que tu es bizarre ces derniers temps ? Comment elle s'appelle ?

Le prénom s'échappa malgré moi.

— Jeanne...
— Pourquoi tu ne m'as pas dit ?
— Parce que c'est plus compliqué que ça, et puis aussi parce que...
— Parce que Louise, c'est ça ?
— C'est à cause d'elle que tu es dans cet état ?

— Je ne sais pas, sourit-il sans trop y croire, sans doute que oui...

Ses yeux s'embrumèrent à nouveau.

— Elle t'a enfin rappelé ?
— Non, elle ne m'a pas rappelé. Elle ne m'appellera jamais, hein ? Je veux bien rêver mais je ne suis pas bête, c'est foutu. Foutu comme pour toutes les autres !

Il décapsula les deux bouteilles.

— Putain, pourtant je la kiffais Louise ! Tu aurais vu comme elle était belle, et puis douce, et puis pas superficielle ! Je n'ai jamais ressenti quelque chose d'aussi fort pour une nana. Dans une vie idéale, Louise et moi ça aurait été...

Un silence bien plus éloquent qu'une longue liste de mots et d'adjectifs s'installa.

— Ça fait mal si tu savais, ça fait si mal ! Mal de toujours croire à l'impossible, mal de ne jamais pouvoir y arriver, mal de se dire que ce sera certainement comme ça jusqu'à la fin...
— Tu sais bien que ça ne se passe pas « toujours comme ça »...
— T'as beau jeu de le dire maintenant, toi. T'as toujours eu plus la cote que moi avec les filles, toujours été plus brillant à l'école, certainement parce que tu as toujours été plus intelligent d'ailleurs...
— On a eu le même CAP, tu sais !

Le regard de Fred s'arrêta sur l'appareil photo que je n'avais pas rangé et qui trônait sur la table basse.

— Tu t'es remis à la photo ? Alors t'es vraiment pincé ?

Je ne répondis pas. Face à mon silence, il sortit une blague à tabac de sa poche.

— Ça te dérange si je roule ?
— C'est pas comme si d'habitude tu me demandais l'autorisation !

Fred confectionna son joint. Méthodiquement, en délaissant juste un peu de sa peine au passage.

— De quoi on parlait déjà ? demanda-t-il en allumant le cône.
— J'étais en train de te dire que nous avions eu le même parcours, que je n'ai jamais été plus brillant que toi !

Il tira une première et longue bouffée.

— Arrête Mathias. Tu sais bien que c'est la vie qui t'a amené là. En d'autres circonstances, tu aurais pu faire des tas de choses. Des choses bien plus belles que des vidanges ou des plaquettes ! Moi, je suis simplement à ma place chez Santorez. Et à ma place dans cette vie de merde !

Il me transmit le joint sur lequel je tirai à mon tour. En le regardant, je fus traversé par la pensée fugace de le prendre pour cible. Il avait mon âge, n'avait plus d'attache à part moi-même, et je mesurai combien l'impasse qui était la sienne le faisait souffrir. Y aurait-il une libération pour lui à disparaître ? Je me sentis alors subitement sale. Le dégoût et la honte me reprirent. J'étais à vomir, un monstre sans doute que de penser cela ! Je balayai l'idée aussi loin que possible, en me disant que l'urgence et la peur révélait rarement le meilleur de l'homme !

— Ils sont passés où nos rêves de gosses, tu te souviens ? reprenait-il déjà.

Les flots de larmes envahirent une nouvelle fois ses yeux. Et le barrage céda subitement, laissant se déverser toute l'eau qui séparait le « tout est possible » de la réalité.

— Ça fait trop mal, répéta-t-il, on a vingt-huit ans et j'ai l'impression que notre vie est déjà finie.

— Ne dis pas ça Fred…

— Pourquoi ? C'est pas la réalité ? Tu crois vraiment que ce n'est pas le cas ? Regarde, hier ou presque, on apprenait à marcher et il ne m'a pas fallu longtemps pour comprendre que ces pas que j'ai appris à faire ne me mèneraient nulle part ! Tout ça, ce n'est que de la gesticulation !

— Tu es en vie mon Fred. Tôt ou tard, tu trouveras l'occasion de construire quelque chose. Tu rencontreras la chance de donner du sens à ce que tu as déjà vécu, et puis peut-être bien que tu rencontreras aussi la chance de transmettre… T'auras peut-être pas le destin d'un prince, mais tu auras les billes pour devenir au moins maître de TON monde, un petit nid, un petit clan qui sera celui que tu auras choisi.

— J'ai l'impression que tu parles de toi, rétorqua Fred en étouffant un sanglot et en se mouchant grossièrement avec sa manche, j'ai même l'impression que tu es au début du chantier, que t'as obtenu les plans et le permis de construire. T'as plus qu'à monter les briques…

— J'ai rien obtenu Fred. J'ai pas les clés, ni les briques, ni le temps…

— Arrête Mathias, arrête de raconter n'importe quoi juste pour pas me laisser tout seul dans ma tristesse. Tu as maintenant tout ce qu'il faut avec cette nana. Toi, t'es juste au début du truc. Moi, j'en suis à la fin. J'en suis à la fin depuis longtemps déjà…

Nous ne pouvions pas nous comprendre.

— Je ne dis pas que je suis le seul hein ? Regarde, rien que dans notre bande putain, Xavier et Thomas en taule, Rachid qui n'est déjà plus là, en attendant Vincent… D'ailleurs, j'ai eu sa sœur au téléphone. Tu as appris ?

— Non…

– C'est fini Mathias. Une question de jours, de semaines tout au plus...

Les pleurs le reprirent. Ses mains s'agrippèrent à sa tignasse comme si elles voulaient arracher directement par la tête cette peine qui l'envahissait. Mais la peine ne disparait pas comme ça ! L'évocation de ce prénom avait remis les choses en place. La presque inconnue de l'arrêt de bus ne pouvait être que Céline, la compagne de Vincent. Près de dix ans sans se voir, une coupe qui change, un visage qui mûrit et se tend, l'épreuve, la fatigue, largement de quoi ternir une flamme dans les yeux d'une fille qui faisait tourner toutes les têtes autrefois...

– Putain, Vincent est en train de crever et nous, on est là, à faire semblant. Tu sais quoi, j'ai l'impression d'être dans un déguisement, comme pour le Carnaval ! Un déguisement de citoyen modèle, de pion heureux. On se lève le matin, on bosse, on mange, on déconne un peu avec les potes, on mange encore et puis on se couche. Et on prend un jour de plus, un jour de plus dans ce même manège ! Mais quand on enlève le costume, on réalise en fait que l'on n'est rien... On est juste bon à faire semblant jusqu'à ce que la terre et l'oubli nous engloutissent !

Fred, comme un môme, blottit sa tête contre mon épaule en sanglotant. Je l'accueillis dans une même détresse et alors que les cahots de son corps venaient secouer le mien, je laissai mes souvenirs remonter. Notre petit groupe n'avait été au fond qu'un tas de graines stériles. Une portion congrue, négligeable, qui ne comptait pour rien et n'attirerait jamais la lumière.

Vincent, l'un des piliers de notre groupe, ne donnerait pas non plus de fleur. Il était resté planté au sol, dans le béton des illusions perdues, un mélange que l'on retrouve souvent dans les terre-pleins des cités. La chape de plomb s'abattit sur nos épaules. Vincent était pourtant de nous tous celui qui portait le plus d'atouts. Une beauté insolente, à tomber toutes les filles de la planète, en premier lieu Céline, un esprit vif, le luxe d'une situation matérielle presque confortable… Et pourtant, plus qu'un autre, il s'était perdu dans le feu inextinguible des paradis artificiels comme pour un long suicide dont l'issue était connue de tous, à commencer de lui-même.

Vincent, mon vieux pote…

… assurément ma toute dernière chance !

Il fait chaud. Cela fait longtemps que je n'avais pas connu cette sensation, même en plein été. Se rafraîchir relève de l'impossible dans ces appartements mal isolés ou ces fontaines occupées par les pigeons. Comble du malheur, la piscine municipale a été vidée suite à un problème technique. Tout le monde est condamné à rester chez soi, volets clos, à reprendre des forces dans l'attente du France-Italie de ce soir, la finale de la Coupe du Monde pour un second sacre des bleus.

Nous, avec Théo, on préfère rester dehors. Assis sur les marches devant l'entrée de l'immeuble où plane le seul filet d'air de la région, on regarde les rues vides en économisant même nos paroles. Jusqu'à ce que Théo ne brise le silence.

— J'en peux plus, il faut qu'on aille se tremper quelque part !

— Mais tu as bien vu, c'est impossible ! Tu veux te tremper, va prendre une douche !

— Il fait tellement lourd dans la salle de bain, que je ne saurais même pas si je me douche ou si je transpire !

— On a qu'à aller au lac ? L'eau y est bien fraîche. On se trempe cinq minutes et on rentre sans se sécher. Effet climatiseur garanti !

— Tu plaisantes, papa et maman ne voudront pas !

— On met moins d'une demi-heure pour y aller et on roulera encore plus vite au retour, en ayant moins chaud ! Si on se trempe un quart d'heure, ça nous prendra à peine plus d'une heure. Ils ne s'en apercevront même pas !

— C'est un peu loin quand même !

— Tu plaisantes ? À la vitesse à laquelle tu pédales, ça prendra autant de temps d'y aller que de traverser la ville pour aller au supermarché.

— T'es sûr ?

— J'en suis certain même. Tu vas voir, dans moins d'une heure, tu n'auras plus chaud. Va vite prendre ton vélo

21

Une fois la nuit tombée que le ciel se casse
Il y a des histoires vraies, elles parlent toutes de liberté

Histoire vraie – Chien noir

Je toquai timidement à la porte. La voix de Céline m'autorisa à rentrer et je m'exécutai sans aucune assurance. La pièce baignait dans une lumière jaunâtre où même la très faible lueur du jour pénétrait à peine. L'atmosphère fade et mortifère était pourtant contrebalancée par une sensation d'impénétrable quiétude. Je la distinguai tout d'abord, qui était là, à veiller son compagnon et qui semblait concentrer toute la clarté du lieu. Au fond, sa beauté était intacte, bizarrement renforcée par le drame. Certaines épreuves donnaient de l'épaisseur aux êtres. Bien plus qu'une dose de bonheurs quotidiens ! À côté d'elle, une petite fille de quatre ans tout au plus jouait à faire marcher sa poupée sur la géographie sinueuse du corps décharné allongé sous les draps. Vincent m'accueillit à son tour d'une voix lasse, mais investie.

— Mathias, quelle surprise. Ça me fait plaisir que tu sois là...

Alors que Céline me sourit avec une douceur infinie, la fillette me dévisagea d'un air presque méfiant.

— Tu connais mon papa ?
— Mathias est un vieil ami Lucie. Un très vieil ami...

Je m'attardai alors sur le visage de Vincent que je n'avais pas osé affronter jusque-là. De sa beauté d'antan ne subsistait plus que le regard métallique. Le même que celui devant lequel je m'inclinais lorsque nous étions en désaccord. Vincent avait le charisme de celui qui pouvait s'imposer sans même délivrer un mot. Un leader, LE leader, autrefois. Que restait-il de sa prestance aujourd'hui ? Le cancer avait façonné son corps bien plus efficacement qu'un bistouri, gommant les plis, asséchant les muscles, creusant les joues et le diaphragme. Où était passé ce jeune homme au corps parfait, qui sous ses allures de voyou cachait un tendre ? Même la couleur pisseuse des murs se confondait avec son teint cireux. Pour autant, le mourant dégageait un calme déroutant. Celui d'un homme qui s'apprêtait à affronter la mort, apaisé.

— Je voulais te voir…

Je ne trouvai plus vraiment mes mots. Supprimer un mourant, voilà le but, la dernière chose à tenter. N'y avait-il pas là comme une fin idéale, presque éthique, acceptable ? Raccourcir de quelques jours l'existence d'un homme qui avait fait de sa vie d'excès une vie de papillon ?

— C'est dingue, beaucoup de personnes souhaitent me voir en ce moment. Je vais finir par me prendre pour un membre des *Stones* qui s'apprête à donner son dernier concert. Quoique dans mon cas, il s'agirait plutôt de mon dernier cancer, et je ne dis pas ça pour Charlie Watts [1] !

Vincent trouvait encore la force de s'amuser de la situation. Ou de provoquer la « faucheuse », comme autrefois les bandes rivales !

— Je… Je voulais te dire pardon.

1. Célébrissime batteur des Rolling Stones, décédé d'un cancer en 2021

– Ne t'embête pas Mathias. C'est pas ta faute. C'est ta vie qui a changé, la mienne qui ne l'a pas fait, et ce fichu temps qui a fait le reste. On ne peut rien contre ça…

Il grimaça. Surmontant la douleur, il détourna alors lentement la tête vers Céline.

– Tu veux bien amener la puce boire un coup à la cafétéria ?

La jeune femme sourit et s'effaça en invitant la fillette à la suivre, ce qu'elle fit sans sourciller.

Vincent les regarda partir. Lorsque la porte fut refermée, il se retourna vers moi et me fixa. Intensément, comme à son habitude. Tout ce qu'il possédait de flamme restait contenu dans ce regard contraint par la faiblesse d'un corps et les dix mètres carrés d'une chambre. Une cage dans un tombeau : un comble pour celui qui s'était toujours voulu libre !

– Voilà, Mathias… Il semblerait que ce soit la fin du voyage !

Que répondre à cela ? Rien, absolument rien. Je me contentai alors d'un sourire. Crispé.

– Tu sais quoi ? continua Vincent, Même si je souffre le martyre et que la morphine ne peut presque plus grand-chose pour moi, je ne regrette rien, absolument rien de ce que j'ai vécu !

– Tout ça, c'est pourtant à cause de toutes les saloperies que tu as prises, non ?

– Sans doute, il insista, bien sûr même que c'est ça… Mais tu vois, je n'ai jamais cessé de choisir. Aussi bizarre que cela puisse paraître, j'ai même toujours gardé le contrôle. Dans chaque trip, dans chaque prise que je faisais. J'ai toujours assumé les risques et puis j'ai toujours su surtout ce que je cherchais. Sérieux, tu me voyais crever à quatre-vingt-dix piges dans mes chaussons et mon pyjama en pilou ?

Son charisme, même finissant, opérait finalement toujours.

– Là, tu vois, si je devais résumer ma vie en une phrase, je ne dirais qu'une chose : putain, qu'est-ce que c'était bon !

Il grimaça une nouvelle fois.

– Tiens, regarde... sous le drap, en principe pas très loin de ma main, il y a la pompe à morphine. Appuie un coup dessus s'il te plaît !

Je me rapprochai de lui et fouillai sous le drap. Je trouvai très vite la pompe, que j'actionnai. Bravant sa condition, Vincent se risqua à un autre trait d'humour.

– Appuie même un autre coup tant que tu y es. Fais gaffe quand même, il parait que trop de morphine peut tuer !

Nous restâmes figés quelques minutes. Moi, à le regarder, lui à gérer sa souffrance et à attendre l'effet de l'antalgique.

– Dans la hiérarchie des « good trips », il y a bien mieux, mais un peu d'opium, c'est quand même pas dégueulasse !

Vincent se détendit progressivement et son rictus se lissa, laissant apparaître un visage plus paisible. Au bout de quelques minutes, il ferma même les yeux, semblant s'abandonner au sommeil.

Il était donc là, offert face à moi comme je l'espérais, victime de sa vie, beaucoup, et de la mienne, un peu. Prêt à mourir de ses nombreux abus en laissant ma lâcheté porter le coup de grâce. Face à ses yeux fermés et son corps inerte, je tentai de me convaincre que ce que je m'apprêtai à faire n'était pas grave. Qu'il s'en dégageait quelque chose de logique, de naturel. Le sens de ce qui nous liait. Je ne tuerai pas Vincent. J'écourterai sa vie seulement de quelques jours. La morale en serait presque sauve. Qu'était devenue de toute façon la morale dans le monde d'aujourd'hui ? Une épice saupoudrée avec parcimonie pour flatter le goût des palais les plus délicats ? Je regardai le cathéter à son poignet, les perfusions auxquelles son corps était relié. J'observai les électrodes sur son torse creusé, le dispositif de ventilation assistée prêt à pallier la moindre insuffisance. Je m'attardai enfin sur sa pâleur, sur ces cernes bleuâtres et ses lèvres craquelées de sécheresse. Progressivement, en quelques secondes, je sentis la force m'envahir. La paix allait s'offrir pour nous deux d'un seul et même mouvement. Vincent, par sa mort si proche, m'offrait un cadeau inespéré. Je respirai profondément et tendis mon index droit devant moi, dans sa direction. Mon bras tremblait à peine…

… lorsque Vincent rouvrit les yeux.

– Qu'est-ce que tu fais Mathias ? Pourquoi tu me pointes du doigt comme cela ?

Pour toute réponse, une larme orpheline se mit à couler sur ma joue. Face au regard incrédule de Vincent, j'abandonnai alors ma réserve et l'ensemble des mécanismes qui me tenaient debout jusque-là. Mon masque était définitivement prêt à tomber !

*

Qui d'autre qu'un mourant prêt à passer dans l'autre monde pouvait entendre mon histoire ? Qui mieux que lui, aux portes du grand mystère de l'Après, celui qui agitait sournoisement l'ensemble des vies humaines, pouvait accueillir l'indicible ? Alors je lui racontai tout, sans honte et sans pudeur, sans en oublier surtout la moindre virgule. Je lui narrai l'ensemble de mon cheminement, précisant chaque épisode, soulignant les nombreux doutes et les espoirs déçus. Et dans le regard de Vincent qui semblait mobiliser ses ultimes énergies, je perçus très vite que tout cela faisait sens. Il considéra chaque mot sans m'interrompre et sans les remettre en cause. Il ne doutait pas de moi. Partager aussi pleinement ce fardeau allégeait tout mon être d'un poids qui ne se mesurait pas en kilos ou en tonnes, mais qui pourtant échappait à tout ce que l'on pouvait concevoir en termes de pesanteur. J'éprouvai une libération intense. Intense, mais partielle pourtant...

Lorsque mon récit fut terminé, je fixai Vincent dans l'attente de son verdict. Resté silencieux et les yeux devenus fiévreux, celui-ci semblait réclamer encore quelques secondes pour assimiler mon improbable situation. Il tenta de résumer la donne.

— Si je comprends bien, tu comptais me voler les quelques jours qu'il me reste pour sauver ta peau, c'est ça ?

— Tu dois me prendre pour un fou ou un salaud...

— Je te prends surtout pour quelqu'un avec un canon sur la tempe. Dans cette situation, j'imagine très bien que les choix qui s'offrent ne sont jamais ni très propres, ni jamais totalement bons...

— J'ai tout essayé Vincent, si tu savais.

— Ne te justifie pas. Je sais que je suis sans doute la dernière issue possible...

Le silence s'installa. Un silence si profond que j'y pris la mesure du tic-tac de la montre de Vincent posée sur le chevet. Le son m'arracha un sourire. La métronomie parfaite de la tocante portait sa part de cynisme. La moindre seconde comptait pour nous deux.

Vincent soupira.

— Mathias, je dois t'avouer que je ne pourrais rien faire si tu décidais de me choisir pour te sauver la mise. À vrai dire, je ne t'en voudrais même pas. Je te comprends et j'imagine le cauchemar que tu traverses.

Il essaya de bouger ses bras privés de force pour les faire passer sur les draps.

— Je n'ai plus la force de m'opposer à quoi que ce soit, tu le vois...

Le *tic-tac* prit une ampleur oppressante. Et la trotteuse épousa mon rythme cardiaque qui sembla soudainement audible à l'extérieur des limites de mon corps. Vincent reprit et mit fin à mon attente.

— Je te demande pourtant de renoncer...

J'accueillis cette réponse que j'attendais presque. Mais Vincent reprenait déjà.

— Tout se compte peut-être pour moi en jours, en heures ou même en minutes. Mais même si je me suis consumé comme un bâton de soufre, ces dernières minutes, j'ai envie d'en profiter à fond. C'est quand on se retrouve à ma place que l'on découvre la véritable valeur du sourire d'un enfant ou de la lumière dans le regard d'une femme qui t'aime... Tu me comprends ?

— Je te comprends tellement aujourd'hui. Je crois qu'on en est au même point !

— Quel que soit le chemin que l'on emprunte, on en finit toujours au même point !

Vincent essaya de sourire. Des larmes se mirent à couler malgré lui sur son visage. Je l'imitai. Nous n'étions plus que deux peines.

Il me tendit faiblement sa main, que je saisis. La sécheresse froide de sa paume me cueillit. J'y mêlai tout ce qu'il me restait de chaleur. Dans cette dernière poignée de mains qui portait la marque d'un rendez-vous, nous ne sûmes plus vraiment lequel des deux nous pleurions.

J'ai toujours aimé la sensation du vent sur mon visage lorsque je fais du vélo. Théo me devance un peu. Comme d'habitude, je mets du temps à le convaincre, mais lorsqu' il est parti, il n'hésite plus un seul instant. Il fonce !

Nous faisons la course sur cette route de campagne, nous rions et nous crions, défiant la chaleur qui n'existe même plus !

Les arbres défilent à toute allure, de l'autre côté de la route, les prés gorgés de soleil exhalent les dizaines d'odeurs de l'été...

Je crois que je n'ai jamais ressenti une telle sensation de liberté !

22

Fuir le bonheur de peur qu'il ne se sauve
Avoir parfois envie de crier sauve
Qui peut savoir jusqu'au fond des choses
Est malheureux

Fuir le bonheur de peur qu'il ne se sauve – Jane Birkin

Un haut-le-cœur me saisit en quittant l'enceinte de l'hôpital. Je le réprimai d'une déglutition maladroite avant de m'appuyer sur l'un des pylônes soutenant le préau de l'entrée. Je me laissai glisser sur sa surface lisse. Mes jambes étaient vides. Mon sang pulsait en bulles épaisses et mon corps tout entier menaçait d'exploser ! J'extirpai de ma poche un paquet de cigarettes et allumai l'une d'elles. Je dus m'y reprendre à deux fois pour actionner le briquet. Mes mains moites tremblaient trop pour maintenir le moindre objet, fût-il minuscule.

J'allai mourir. C'était certain désormais.

Jamais ce sentiment n'avait été aussi ancré en moi. Jusque-là, même dans les moments de doute, une petite lumière continuait à briller. Cette lumière allait s'éteindre avec Vincent. Des gens rentraient et sortaient de l'hôpital sans même jeter un regard sur moi. J'étais seul, transparent et j'avais froid. J'allumai une seconde cigarette. La fumée s'imprégnait sur ma peau et dans mon corps. Un vertige me gagna. Et avec lui, de nouveau l'envie de vomir. Au fond de moi, je ressentis alors encore une fois la rumeur.

Soudain, le torrent de ma rage balaya ce terreau trouble. Une force que je n'ignorai plus et sur laquelle je n'avais plus aucun contrôle. Je me relevai et portai un coup violent sur le pylône. Mes phalanges craquèrent. Sans m'en soucier, je délivrai dans un cri un second coup-de-poing sur le bloc de granit. La colonne, imperturbable ne cilla pas, au contraire de mes os qui semblèrent une nouvelle fois se désolidariser sous l'impact. Je continuai pourtant à marteler de toutes mes forces le pilier qui payait pour tout le reste : la mort de Théo, la dépression de ma mère, la fuite de mon père, mon enfance éteinte dans une ville sans horizon, les brimades de mon patron, ce bonheur qui me fuyait. Et puis cette injustice. L'injustice d'un monde aveugle. L'injustice de ma vie, de ce coup du sort venu tuer l'espérance que tout puisse un jour changer. La peau de mon poing éclatait en plaies sanguinolentes contre la pierre froide qui prit une couleur rougeâtre. Je repensai alors à Jeanne. À ce que je ressentais pour elle, à son arrivée trop tardive. Trop tôt, trop tard, le temps était une anarchie. Un privilège offert à d'autres, que je punis d'un autre coup. Je n'étais plus qu'un amas de colère, de pleurs et de sang.

Le manque de souffle m'arrêta encore une fois. Privé d'oxygène, mon corps se vida subitement de toute son énergie. Je me découvris alors pantin haletant, offert au regard de passants interloqués. C'est seulement à cet instant que je pris conscience de ma douleur physique. Ma main recroquevillée aux contours violacés était agitée de spasmes. Je la soutins devant moi. La laisser pendre m'arrachait une souffrance lancinante. Tout autour, j'observai le malaise des gens qui me fixaient comme on regarde un fou.

Je ne faisais déjà plus partie du même monde qu'eux !

*

La compresse imprégnée d'alcool était posée sur mes blessures. Ma main était totalement anesthésiée. Sans la sensation de ce froid bienveillant, j'aurai pu voir dans cette extrémité un élément extérieur à ma personne. Le calme était revenu. Je n'étais plus une tête pensante, juste un homme à bout de forces qui ne pouvait répondre que de façon laconique aux questions de la soignante. Celle-ci tamponnait mes plaies par petites touches délicates.

— On va la laisser agir et après seulement on pourra poser la résine, d'accord ?

La façon dont elle se préoccupait de mon avis était touchante. L'infirmière était loin d'être une toute fraîche diplômée. Pour autant, elle ne semblait pas encore avoir mis en place la distance attendue des vieux briscards du CHU. Le soin et l'attention qu'elle me portait la rendait vulnérable. Je n'étais visiblement pas pour elle qu'un numéro, un bout de viande. On aurait facilement pu profiter de cette empathie aux allures de faiblesse pour une corporation qui devait apprendre à se protéger des drames qu'elle rencontrait chaque jour. Ses cheveux auburn tirés en queue-de-cheval, ses yeux verts, son teint de porcelaine et ses petites taches de rousseur renforçaient cette impression de fragilité. Je la sentais gênée, soucieuse de nouer un dialogue que je n'autorisais guère par ma posture.

— Vous ne vous êtes pas loupé…

J'esquissai un sourire poli et fugace.

— Cela vous arrive souvent ces accès de colère ?

— C'est la deuxième ou troisième fois… je crois !

— Il faudrait peut-être vous faire accompagner pour que cela ne se produise plus, vous ne pensez pas ?

— C'est déjà le cas. Je suis suivi par un psy depuis plusieurs mois…

Elle me sourit à son tour.

– Ne le prenez pas mal, mais je voulais vous dire que…

Elle semblait attendre un signe de ma part.

– Allez-y…

– Quand on prépare une valise, la valise de sa vie, on est tenté d'y mettre beaucoup de choses. Des bonnes, mais aussi et surtout des mauvaises, qui prennent beaucoup de place. Du coup, il arrive parfois qu'on croie à tort qu'il ne reste plus aucun espace pour le bonheur…

Je réalisai que je m'étais trompé à son sujet. Qu'elle n'était peut-être pas si fragile.

– Mais quand on y pense, reprit-elle, on s'aperçoit en fait que le bonheur n'est qu'un parfum. Quelque chose qui enveloppe chacune des choses que l'on range dans nos bagages, même les fardeaux un peu trop lourds. Le bonheur est partout, mais il ne pèse rien. Au contraire, c'est grâce à lui qu'on trouve la force de les porter ces valises. Il existe, même si parfois il se cache un peu. Cherchez bien, il se trouve peut-être coincé entre deux paires de chaussettes !

Elle releva ses yeux remplis de bienveillance vers moi. Je tentai de me nourrir de ses mots.

– Ne cédez pas. Cela en vaut la peine !

*

C'est à pied que je regagnai le garage le lendemain, main dans le plâtre et arrêt de travail dans la poche. Un nouveau contrôle était prévu dans deux mois à l'hôpital, autant dire que c'était la dernière fois que j'allais devoir me confronter à Santorez. La seule bonne nouvelle dans l'histoire ! Fidèle à ses habitudes, il guettait dans la rue au moment de l'ouverture, à la recherche d'un retard ou d'un pigeon auquel fourguer sa camelote. Lorsqu'il me vit arriver d'un pas lent, il rentra dans le hangar un sourire satisfait aux lèvres.

Il m'attendait tapi dans l'ombre. Prêt à me sauter dessus. Derrière lui, quelques collègues, dont Fred, levèrent la tête, pressentant sans doute l'opposition à venir.

— Vous ne semblez pas très pressé de venir travailler.

— D'autant plus que je ne suis pas venu travailler, répondis-je aussi sec, brandissant d'un même mouvement mon arrêt de travail et ma main plâtrée.

— Qu'est-ce que c'est que ça ?

— On appelle ce truc communément « un plâtre », même si c'est en fait une résine bien plus légère et agréable à porter...

Santorez se crispa.

— Vous vous foutez de moi ?

Fred quitta son poste de travail pour se rapprocher de la scène et me prêter main forte au cas où...

— Pas le moins du monde. J'ai la main fracturée et minimum deux mois pour qu'elle se répare. Je viens vous apporter mon arrêt de travail.

— Et votre inconséquence chronique ne vous a pas permis de me prévenir hier pour que je puisse m'organiser, c'est bien ça ?

Je le fixai droit dans les yeux. Plus rien en lui ne m'impressionnait vraiment.

— C'est à dire qu'hier, c'était dimanche et que je n'ai pas la joie de posséder votre numéro de téléphone personnel monsieur.

J'explosai soudain.

— Et puis merde, qu'est-ce qui vous oblige à être aussi dur avec moi ? Vous avez de l'argent, votre garage est reconnu et quoique vous puissiez en dire, il tourne bien. Et puis vous avez beau avoir votre âge, vous avez encore toute la vie devant vous !

Santorez ruminait, la mâchoire crispée. L'atmosphère devint soudain plus lourde et Fred se rapprocha de quelques pas supplémentaires. Contre toute attente, le patron ne répliqua pas et arracha l'arrêt de travail de ma main valide. Au point où j'en étais, je m'en satisfis. J'adressai un regard à Fred avant de tourner les talons... jusqu'à ce qu'une sentence tonitruante vienne déchirer le silence du local.

— Vous n'êtes qu'un perdant Morlande !

Je fis volte-face. Santorez ne pouvait pas en rester là. Son image de petit caporal aurait trop eu à souffrir de ma victoire pourtant modeste. Il lui fallait emporter le morceau. Avoir le dernier mot devant ses autres employés. Me briser pour l'exemple comme en d'autres temps, on fusillait des otages pour faire taire le moindre esprit de rébellion. Il reprit, fier de son effet.

— Oui, c'est bien ça : un perdant. C'est ça que je n'aime pas chez vous et qui vous met à l'opposé de ce que je suis. Vous manquez singulièrement de courage, vous n'avez pas de trempe, vous glissez, vous fuyez... Un grain de sable marqué du sceau de l'insignifiance qui traverse la vie comme une comète et qui le jour de sa mort sombrera dans l'oubli sans même que son ami le plus fidèle ne se souvienne de son existence plus de quelques jours !

Je me rapprochai dangereusement de lui, le corps tendu et mon unique poing valide déjà refermé. Fred tenta de s'interposer entre-nous, mais le patron l'éconduit d'un geste de la main. Prêt au coup de grâce.

— Je me suis un peu renseigné sur vous. Cette ville n'est pas si grande, les choses, fatalement, finissent par se savoir...

Il ménageait son effet, jouissait intérieurement du mal qu'il s'apprêtait à me faire.

— ... Peut-être que votre frère aurait fait un meilleur homme et aurait vécu une vie plus belle que la vôtre, mais ça hélas, on ne pourra jamais le savoir !

Il n'eut pas le temps de rajouter quoi que ce soit. Le coup de boule partit avec une violence décuplée. Celle qui vient des tripes. J'eus juste le temps de voir Santorez s'écrouler comme une poupée de chiffon, le nez en sang, avant de m'enfuir.

L'air frais dans la rue caressa ma course folle, déstructurée. Je ne savais plus où mes pas me portaient. Je ne savais plus qui j'étais. J'étais perdu dans une fuite qui n'avait même plus de sens.

Une seconde. Une seule seconde avant que tout ne bascule en cauchemar.

Il s'est vite dirigé vers le ponton. Très vite, certainement trop. Agissant à son habitude avec gourmandise et enthousiasme, comme un dernier sursaut d'insouciance qu'on mesure trop tard. Je suis en train de mettre nos affaires à l'abri lorsque j'entends soudain un bruit étrange dans l'eau. Le temps de me retourner, il n'y a plus personne, pas même une onde à la surface. La nature semble s'être figée. Le temps aussi s'est arrêté. Tout a cessé d'exister.

Je crie son nom mais ma voix résonne sur l'étendue d'eau déserte et ne rencontre que son écho.

Ma respiration s'accélère. Je me mets à trembler. J'ai froid ou peut-être chaud, je ne sais pas. Je crie une nouvelle fois, mais au fond de moi, j'ai compris. J'ai compris déjà que plus personne ne répondra.

Je fonce vers le lac, je hurle, l'appelle encore, essaye de plonger dans l'eau sombre. Je n'y distingue rien d'autre qu'une abîme noire de deuil. Je hurle alors plus fort, à m'arracher la gorge. Je ne m'entends même plus. Je panique, je pleure, tire sur mes cheveux, griffe ma peau jusqu'au sang, tape sur l'eau comme si chaque gifle pouvait contribuer à le faire revenir. Mes gesticulations sont inutiles.

Un poids énorme vient s'abattre sur ma poitrine nue et m'empêche de respirer.

Alors, lentement, je les sens s'emparer de moi comme un poison qui se répand à jamais jusqu'aux moindres recoins de mon corps…

La douleur et la colère…

23

Je suis venu te dire que je m'en vais…

Je suis venu te dire que je m'en vais – Serge Gainsbourg

Je ne comprenais pas vraiment pourquoi mes pas m'avaient amené là, dans ce cabinet sinistre où *Le cri* me toisait toujours. Je n'avais plus rien à gagner, ni même à sauver. Mais j'y étais, tremblotant comme au contact de l'hiver, ridiculement petit, flétri dans ce divan gigantesque. Mon psychiatre, qui avait cordialement accepté de me recevoir, attendait visiblement que je sois en mesure de prendre la parole. Mes mots se faisant attendre, il prit le parti de me relancer.

— La dernière fois, nous nous étions quittés en évoquant la question de la culpabilité. Avez-vous avancé sur ce point ?

— Il n'y a plus de place pour rien. Pour la culpabilité et pour tout le reste. Je suis perdu… Santorez avait raison !

— Qui est ce Santorez ?

— Mon patron, enfin… mon ex-patron. Il dit que je ne mérite pas de vivre et je crois bien qu'il a raison !

— Le mérite de vivre revient aussi souvent dans vos propos. Mettons un peu les choses en perspectives si vous le voulez bien ? La culpabilité et ce droit de vivre sont deux aspects qui vous animent très fort à chacun de nos rendez-vous, deux points qui semblent vous faire particulièrement souffrir. Comment ces deux points s'articulent-ils dans votre histoire ?

Fallait-il ce moment, cette question ? Le puzzle prit alors subitement forme devant moi. Quelque chose que je savais au fond depuis toujours, mais que j'avais laissé croupir dans l'oubli. Au plus lointain de mon inconscient, enfoui sous un monticule de gravats parce que le laisser à l'air libre aurait été d'une souffrance insupportable.

— Monsieur Morlande, avez-vous déjà subi une situation où quelqu'un d'autre que vous méritait lui aussi de vivre ?
— Vous le savez déjà...
— Je souhaite vous l'entendre dire.
— Théo !

Le nom surgit presque malgré moi, dans une plainte étouffée.

— Pouvez-vous développer s'il vous plaît ?

Plus rien ne me tenait. Pas même la force du silence. Je m'étais bâti en tant qu'homme sur les sables d'un drame dans lesquels je n'avais fait que m'enfoncer. Je laissai alors les souvenirs affluer. Quitte à ce qu'ils me submergent.

— Ma mère ne voulait pas que l'on s'éloigne, mais on en avait un peu marre de tourner en rond dans ce quartier qu'on connaissait déjà par cœur alors que l'on avait à peine une dizaine d'années tous les deux ! Le lac de Myre n'était pas si loin et nous pédalions fort. C'est moi qui ai insisté pour y aller. Théo n'a fait qu'écouter son grand-frère.

Je nous revoyais tous les deux sur nos vélos presque neufs, un VTT bleu pour moi, un rouge avec un sticker Pokémon pour Théo. Nous filions vers cette étendue d'eau dont le seul charme était d'incarner l'interdit.

— Au bout du compte, nous sommes arrivés au lac presque sans nous en rendre compte. Nous avions passé les six kilomètres à nous prendre pour des coureurs du Tour de France qui avait débuté une semaine plus tôt... continuai-je.

Je revoyais les images avec la netteté d'un film.

— Continuez...

Mes yeux balayèrent le décor sinistre à la recherche du moindre réconfort. Mais tout me ramenait au tableau de Munch, tableau hypnotique qui me renvoyait à mes propres démons.

— Monsieur Morlande ?

Je déglutis avant de reprendre.

— Il faisait très chaud. Tout le monde parlait de cette canicule. Nos peaux étaient brûlantes et la solution était là, sous nos yeux, dans les eaux si fraîches du lac. Théo le premier voulut se baigner. Il ne savait pas encore parfaitement nager mais le lac permettait de rentrer sans sombrer à pic. J'étais sûr que tout ça était sans risque, qu'au pire je pouvais facilement intervenir...

Ma voix s'étrangla et les premières larmes montèrent.

— Tout s'est passé si vite...

La douleur m'envahit comme quinze ans plus tôt, avec la même cruauté. Rien n'avait bougé. Je mordis ma main valide pour étouffer mes pleurs. Mais quel artifice aurait-il pu vraiment endiguer un torrent si ancien ?

— Quand Théo a disparu, je suis resté tétanisé. Il venait de couler dans une zone que je croyais connaître et la seule chose que j'ai pensée, c'est « est-ce que je peux couler aussi si j'y vais ? », Mon frère était en train de se noyer et ma première crainte était pour moi, vous comprenez ?

— Vous n'étiez qu'un enfant. Vous ne pouviez pas exiger de vous la même réactivité que celle d'un adulte.

— J'ai essayé d'appeler à l'aide, mais il n'y avait personne. Tout le monde était occupé à préparer la finale des bleus. J'étais seul. Seul avec mes treize ans et la certitude imbécile que j'étais déjà un homme, un vrai, capable de répondre à toutes les situations. En fait, je n'étais qu'un gosse. Un gosse pétri de peurs. Toutes mes certitudes ont coulé avec mon frère ce jour-là ! Ce frère que j'ai laissé mourir. Que j'ai tué avec ma lâcheté.

— Ne pas être un sauveur ne fait pas de vous un assassin !

— Vous n'y êtes pas. Vous n'avez pas encore compris ? Théo était le petit dernier, le préféré de ma mère qui ne s'en est jamais vraiment cachée. Quelque part en moi, il y a cette peur d'avoir laissé faire pour récupérer sa place. Je suis peut-être ce monstre. Qui peut me dire avec certitude que ce n'est pas le cas ?

Je ne contrôlai plus rien, je ne calmai plus rien. Mes pleurs devenaient hémorragiques. Le thérapeute laissa un peu de cette souffrance sortir avant de me tendre un mouchoir en papier bien trop fin pour absorber la peine de toute une vie.

— Il peut arriver parfois que face à des drames abominables, l'homme ait le besoin de se raccrocher à une forme de responsabilité parce que s'attribuer la faute, c'est reprendre du contrôle sur les choses. S'en remettre à la fatalité, c'est accepter une impuissance absolue, au fond bien plus difficile à vivre. La mort tragique de votre frère vous a néanmoins confronté à une réalité nouvelle. Qu'avez-vous vécu depuis, que ce drame n'aurait pas permis d'éviter ?

— Je ne sais pas. À vrai dire, je devais sans doute vivre une vie aussi pourrie que la mienne, avec une mère dépressive, une adolescence passée aux limites de la délinquance, un boulot de merde, que j'ai perdu d'ailleurs, pas d'avenir, jusqu'à cette fichue branche tombée sur ma tête…

Le médecin haussa les sourcils à cette évocation mais pris soin de ne pas m'interrompre.

— Ce que j'ai fait de cette chance d'être en vie témoigne du peu de talent que je porte. Mon patron a sans doute raison. Je ne mérite pas d'être à sa place...

— Et si durant tout ce temps, vous vous étiez puni ?

— Je me suis beaucoup posé de questions ces dernières semaines. J'ai longtemps lutté contre un sentiment d'injustice par rapport à ce qui m'arrivait. Mais aujourd'hui, ici dans votre cabinet, je réalise au fond que tout cela était cohérent et logique. J'aurais beau disparaître, rien ne fera revenir Théo. J'aurais dû mourir à sa place, mais ça, rien ni personne ne me l'a proposé à l'époque...

Mes yeux étaient enfin secs. Cette gangue de malheur venait d'exploser et me confrontait à l'écho abyssal d'un « rien » gigantesque. J'étais cette blessure, uniquement cette blessure. Ce drame qui me définissait. Le reste n'était que du remplissage, un déguisement de vie comme le disait Fred. J'accueillis cette vérité dans une étrange sérénité. Je n'avais plus peur. Je savais à présent ce qu'il me restait à faire avant de m'abandonner au sort que l'on m'avait réservé.

*

Lorsqu'elle leva ses yeux sur moi alors que je rentrai dans sa boutique, je lus sur le visage de Jeanne une forme d'appréhension. Le commerce était désert. Elle délaissa le bouquet qu'elle était en train de confectionner pour venir à ma rencontre. Si mon cœur se contracta un peu plus fort au moment de prendre la parole, j'étais convaincu de faire le bon choix.

— Qu'est-ce qu'il se passe ? Tu as l'air tout bizarre !

— Je suis venu te dire... Je crois qu'il vaut mieux que l'on arrête.

— Mais...

Je ne devais pas lui laisser la place de se défendre. Pas la place de contester ma décision. Je devais agir vite et espérer qu'elle se remette ! Je n'étais pas irremplaçable. Cette élégance était la dernière chose que je pouvais lui offrir !

— Je ne suis pas un homme pour toi, je ne suis pas celui que tu crois...

— Tu pourrais me laisser la possibilité de faire mon propre choix, non ?

— Je me connais bien plus que tu ne me connaîtras jamais. Tout ce que je pourrai t'apporter, c'est de la souffrance !

— Écoute Mathias, tout va peut-être vite pour toi. Prends le temps de...

— Je n'ai pas le temps !

La phrase résonna comme un cri et laissa Jeanne interdite. Même le feuillage des plantes s'arrêta de bruisser.

— Je... Je n'ai pas de temps Jeanne. Et toi non plus. Tu mérites autre chose.

— Je suis la mieux placée pour savoir ce que je mérite, non ?

Sa voix s'étrangla et je mesurai combien une rupture douce était utopique. Un oxymore !

— Jeanne... Tu te trompes de vie. On ne peut pas sauver le monde. Tu ne peux ni aider, ni aimer la planète entière. Et même si cela était possible, cela ne pourrait pas faire de l'humanité ta famille. Cela ne fera jamais revenir Anwar !

Jeanne tenait encore debout mais cachait mal son ébranlement. L'argument l'avait touchée, lui avait fait mal. L'élégance attendrait ! Elle me regarda sans comprendre.

— Tu sais quoi ? Tu me fais à penser à la chanson de Jane Birkin ? Tu veux fuir le bonheur avant qu'il ne se barre. C'est toi qui me parlais de fuite mais tu n'as même pas le courage de te confronter au risque de vivre. Vivre, c'est ça : se confronter à des drames abominables mais aussi à des bonheurs immenses. Ce n'est pas fromage OU dessert. Tu es tellement ancré dans ton malheur qu'il ne te reste plus de place pour être heureux. En fait, tu n'es qu'un lâche. Tu préfères encore casser que construire...

Elle me regarda dans un mélange étrange d'amour et de colère. Avant de lâcher prise.

— Va-t'en s'il te plaît...

J'étais tenté égoïstement de caresser sa joue pour atténuer sa peine, mais c'était sans doute la dernière des choses à faire. J'avais coupé le fil. Mon seul devoir était désormais de m'effacer. Pour toujours !

Après un dernier regard, je la laissai perdue, presque avalée par ses roses multicolores, ses œillets d'Inde et ses philodendrons, et je quittai l'échoppe le cœur lourd et de l'âme remplie d'amertume.

Ça aussi c'était fini !

Je suis perdu devant la foule. Seul, absolument seul, malgré mon père et ma mère derrière moi qui ont placé leurs mains sur mes épaules. Je ne vois plus rien que le trou dans le sol. Ce trou effrayant, trompant la terre retournée et parsemée de dérisoires brins d'herbe. Ce trou qui m'aspire, qui me hante, dans lequel repose le petit coffret en bois blanc.

Je ne peux pas m'y résoudre. Théo ne peut pas rester là. Il va forcément sortir, m'appeler comme autrefois à cache-cache lorsque je tardais trop à le retrouver. Théo n'est pas mort. Il vit encore en moi et dans ma tête, son cœur bat dans le mien, il vibre, me chahute, me cherche, me provoque. J'entends encore ses rires, je vois encore ses sourires, je repense à tous ces moments de jeu, aux cabanes que nous construisions. Celle dans laquelle il est caché est bien trop petite pour que je m'y glisse et continue de jouer avec lui !

Chaque seconde qui passe vient taire un peu plus mon espoir ridicule. Je reste là, figé, les yeux ouverts devant l'inacceptable image de ce trou aussi laid que la destinée humaine. J'entends le silence des pleurs derrière moi. Le vacarme assourdissant du malheur qui vient taper sur mes tempes.

Théo, mon frangin, ma brioche, va bientôt disparaître sous des pelletées de terre. Et je vais rester seul au monde. Robinson de ma vie. Perdu dans une maison, une chambre minuscule, devenue subitement mille fois trop grande pour moi !

24

Le temps de m'y faire
Je prends mes affaires
Et puis j'arrive…

J'arrive - Zazie

J'étais resté prostré sur mon canapé toute la nuit, à enchaîner les cigarettes. « *Fumer tue* » était inscrit sur chacun de mes paquets. Je n'avais plus rien à faire de cette ironie. D'ailleurs, plus rien ne comptait vraiment à l'instant où j'étais seul face à mon destin. Au petit matin, c'est la pluie qui vint m'accueillir par la fenêtre. Le ciel avait revêtu son costume de tristesse. L'univers tout entier semblait s'être accordé avec moi.

Le robinet de la cuisine fuyait dans un goutte-à-goutte lancinant. Jamais l'appartement ne m'était apparu aussi froid, aussi vide. Je pris la mesure du peu de moi que j'y avais laissé. En regardant la pièce, je repensai à la valise de l'infirmière des urgences, la « valise de la vie » et je fis le décompte de ce que j'y avais déposé. Elle semblait si lourde à l'heure de partir. Pourtant, je n'avais pas de souvenirs. Combien en habiterais-je chez d'autres ? Fred ? Jeanne ? Ma mère ? On ne mettrait sans doute pas longtemps avant de m'oublier. Et lorsque les derniers témoins de mon passage disparaîtront à leur tour ? La sentence de Santorez et sa violence raisonnaient d'autant plus à l'aune de ma propre perception. À quoi bon attendre ? À quoi bon m'accrocher un peu plus, à gratter les jours ? Ce geste que j'avais à accomplir n'était au fond pas un suicide. Il restait juste la conclusion d'une phrase mal écrite, remplie de fautes.

Un point final.

J'écrasai un énième mégot avant de me lever et de parcourir une dernière fois mon refuge. Dans une lenteur nostalgique, je caressai le mur du bout des doigts pour y abandonner ma trace. Je ne récoltai que de la poussière. Je repensai alors aux mots adressés par Dieu à Adam et Eve au moment de les chasser du jardin d'Eden, *Tu es poussière, et tu redeviendras poussière.* J'avais encore quelques adieux à faire avant d'être balayé.

Je commençai par regrouper mes disques pour Fred. Méthodiquement, en rassemblant séparément les albums de jazz et de rock. Je n'apposai même pas son prénom sur les deux piles. Fred se reconnaîtrait le moment venu. La musique avait souvent mis un goût sucré sur nos vies fades. Elle était notre bande originale, transformant notre *pas-grand-chose* en scènes de cinéma dans lesquelles nous étions presque des héros. Ces petits moments de grâce, rien ni personne ne pourrait nous les voler. Combien de dépits avait été pansés par des morceaux de Billie Holliday, Ella Fitzgerald ou de Jimmy Hendrix ? Cette petite part de nous, je la lui offrais en héritage, sachant que ces airs conjugués au presque parfait sauraient l'accompagner dans toutes les autres épreuves de sa vie. Au fond de moi, j'avais la certitude qu'un beau jour, quelqu'un, quelque part, saurait voir en lui le concentré de gentillesse et de bienveillance qu'il était. Et sa petite part de folie qui le remplissait d'un indéfinissable charme !

Je quittai mon appartement une fois cette première tâche remplie. Au moment de traverser le palier, je manquai de percuter la grosse brute du dessus. Le « père moche » de Théo.

— Excusez-moi… dis-je à l'inconnu en essayant de l'éviter.

Le type me bloqua de la main.

— C'est bien toi le connard ? L'ange gardien et le photographe de mes deux ?
— On s'est déjà vus je crois ?
— Parfaitement ! Alors écoute-moi bien, je vais pas perdre mon temps avec toi. Si tu le prends encore en photo ou même si tu penses ne serait-ce qu'encore une fois à ce gosse, je te démonte la tronche et je la fais bouffer à mon clebs, c'est compris ? Tu crois que je l'ai pas compris ton manège espèce de détraqué. On en voit tous les jours dans la rubrique des faits divers des gueules de *monsieur-tout-le-monde* comme la tienne !

Pour seule réponse et alors qu'il comptait sans doute récolter ma terreur, j'opposai à la brute décérébrée un visage d'une absolue placidité. À deux doigts de lui offrir mon sourire le plus insolent ! Mon absence de peur rendait toutes les réponses possibles.

— Détraqué ? Venant de vous, je dois prendre cela comme un compliment j'imagine ! Vous devez vous sentir profondément seul, petit et triste pour proposer au monde, à votre femme et plus encore à cet enfant qui n'a rien demandé cette image de macho creux qui n'a d'autres réponses à proposer que des coups ou des insultes. À mon tour de vous proposer un marché : si j'entends ne serait qu'un simple juron ou un verre qui tombe par erreur de votre table, je vous prie de croire que je me donnerais les moyens de vous écraser comme une des vulgaires crottes de votre fameux clebs. Et ce ne sera même plus du ressort de la police, que j'ai déjà tenue au courant de vos agissements, mais du ressort des employés municipaux qui nettoient les rues avec leur Kärcher, de vous ramasser…

La réaction incrédule du type m'apporta peut-être la dernière satisfaction terrestre de mon existence. Une petite joie éphémère proportionnellement inverse au degré de sottise du néandertalien debout devant moi.

Je l'abandonnai à sa stupeur, prenant juste le temps de lui donner une tape sur l'épaule.

— Surtout ne me remerciez pas. Je vous offre peut-être l'occasion de changer de vie !

*

Je débarquai chez ma mère à sa manière : à l'improviste. Sans surprise, je la découvris à nouveau dans son peignoir, cigarette en bouche, posée devant une chaîne d'informations en continu. Elle m'accueillit sans un regard, branchée sur le duo de premiers de la classe à l'antenne.

— Ils disent que le gel est de retour, va falloir réviser la chaudière !

Je ne répondis pas. Elle se retourna vers moi, le temps de prendre en compte mon silence.

— Qu'est-ce qu'il se passe ? Tu as l'air plus inquiétant que d'habitude.

— Rien maman, je voulais juste te voir.

— Ne mens pas, je vois bien. Il me reste encore quelques restes d'instinct maternel. C'est ta Jeanne, c'est ça ?

— C'est un peu tout maman…

Elle se leva.

— Et puis c'est quoi ce plâtre ? Tu t'es blessé ? Tu veux manger à la maison ce matin. La voisine m'a refilé une boîte de corned-beef. On pourrait faire des nouilles ?

Pour toute réponse, je m'avançai pour la prendre dans mes bras.

Son corps était chaud, accueillant. Elle n'avait jamais totalement perdu cette qualité, même lorsque son cœur était devenu plus froid. Ses doigts s'enfoncèrent dans mes cheveux et je marquai la surprise avant de m'abandonner totalement dans ce moment de tendresse. J'inspirai profondément, comme pour sentir l'instant. L'emporter avec moi et en faire une force. La dernière à abandonner. Bien blotti contre mon épaule, je l'entendis alors me murmurer.

— Ça aussi, ça va passer... Tout passe, tu sais ?

— Tu dis ça, mais pour toi, tout est resté inchangé...

— Oui mais moi, je suis une mère. Toi, tu es un fils. Il t'appartient de prendre le relais que j'ai lâché. Tu en es capable. Je le sais depuis toujours...

Je me détachai d'elle pour la regarder.

— Et si jamais je n'y arrivais pas ?

— Alors le bâton restera par terre. Ce n'est pas avec ma souplesse que j'arriverai à le ramasser, et là, tout sera vraiment fini.

— C'est foutu maman...

— Pourquoi es-tu si sombre Mathias ? C'est à cause de l'actualité ou du mauvais temps ?

Dehors, la pluie redoublait. Un vrai mur d'eau s'élevait désormais entre la fenêtre et l'extérieur. Elle reprit.

— Si c'est foutu, alors il faudra faire avec ! Je n'ai jamais rien attendu de la vie, même avant Théo. J'ai juste pris ce qui venait. Je l'ai pris comme j'ai pu. Les épreuves font aussi partie de nous, tu sais ? Ce sont même ces épreuves qui nous font et qui nous distinguent les uns des autres, les bonheurs se ressemblent tellement ! C'est comme ça. Faut accepter notre sort en se disant quand même qu'on a su préserver quelques étoiles. Et puis quand la mort viendra nous chercher, il faudra y aller le pas léger. Parce que mourir reste le privilège des vivants !

Je lui souris tristement. Jamais je n'avais su voir qu'elle avait conservé autant de ressources.

— Merci
— Pourquoi merci ?
— Parce que, quoi que tu aies pu croire, tu t'es occupée de moi comme une mère !
— Je n'ai pas toujours fait exprès je te rassure !
— Ce qui compte, c'est de le faire au moment où c'est vraiment important. Je t'aime !

Son regard luisit alors de regrets.

— Mon fils, je t'ai souvent oublié. Mais à chaque fois que je te regarde je me souviens de ce que c'est l'amour !

*

Je quittai ému l'appartement de ma mère lorsque Théo traversa le palier. L'enfant me sourit, ravi de me voir.

— Qu'est-ce que tu fais là ? Tu n'es pas à l'école ? Ta maîtresse est toujours en Grèce ?
— Elle doit aimer le coin !

Le garçonnet haussa ses sourcils. Le vacarme de la pluie faisait vibrer les escaliers et le toit, trois étages au-dessus, résonnait des bruits sourds de l'averse. Nous en étions réduits sans nous en rendre compte à élever le son de nos voix pour nous comprendre.

— Ça se dispute encore là-haut ? demandai-je plus fort.

— C'est quoi « une pute » Mathias ? interrogea Mathias pour toute réponse.

— Pardon ?

— Je ne sais pas ce qu'il s'est passé. Il a l'air tout bizarre, différent de d'habitude. Ce matin, avant d'aller chercher le pain, il a dit à ma mère qu'elle s'habillait comme une pute et cela ne lui a pas fait plaisir. Mais là, en remontant, il a l'air tout chose, comme s'il était malade. Je prends de l'avance au cas où ils se disputeraient encore une fois ! Dis Mathias, tu ne m'as pas répondu. C'est quoi ?

Je bottai en touche.

— C'est... C'est... C'est un peu compliqué à t'expliquer. Tu sais quoi, je vais plutôt t'ouvrir mon appartement. Tu y seras à l'abri.

— Il te reste du chocolat ?

— Je ne sais pas, mais on va chercher, viens !

Je n'avais plus grand-chose dans mes placards, mais encore tout ce qu'il fallait pour réaliser un dernier chocolat chaud. Alors que Théo retirait sa veste, je m'appliquai à préparer la boisson. Je regardai l'enfant qui évoluait librement dans la pièce et ne pouvais m'empêcher de le voir comme une image de moi, beaucoup plus jeune. Un petit bonhomme posé sur cette planète, qui n'avait rien demandé, rien souhaité. Mais qui pourtant jouissait du même droit d'écrire son histoire à l'heure où les obstacles déjà s'accumulaient sur une vie réduite à quelques années seulement. Le chocolat prêt, je lui fis signe de s'installer sur la banquette.

— Fais gaffe, c'est chaud, ne le bois pas trop vite, recommandai-je en lui tendant la tasse.

— Tu vas partir ? demanda Théo.

— Oui, je vais partir… Je lui montrai le plafond. Mais regarde, là-haut ça ne crie pas. Mon petit doigt me dit qu'ils ne se disputeront peut-être pas aujourd'hui ! Quand tu voudras remonter, tu prendras juste soin de fermer la porte derrière toi. Et puis tu pourras revenir ici chaque fois que tu en auras besoin, d'accord ?

Je m'apprêtai à quitter l'appartement lorsque quelque chose me retint, comme une violente envie de transmettre. Transmettre, même un peu !

— Théo, l'interpellai-je en revenant à sa hauteur, je voulais te dire… Ne laisse jamais la vie et les autres décider pour toi. Je suis sûr que tu as tout plein de ressources, de talents. Tu as peut-être aussi une tête remplie de rêves…

— Tu me parles comme si on n'allait plus jamais se revoir ? m'interrompit-il, c'est ça ?

— Oui, c'est ça Théo… Enfin, je crois.

— Mais comment je vais faire alors ? demanda le garçonnet à deux doigts de pleurer.

— Tu vas faire comme tu peux. Parfois, ça sera difficile, parfois tu te sentiras fort. Mais à chaque fois, tu feras avec ce que tu as ici répondis-je en pointant du doigt sa poitrine à la hauteur du cœur. Tu t'es déjà bagarré pour te défendre ?

— Oui, souvent. La dernière fois, j'ai mis mon poing dans la figure de Yannis à la récré parce qu'il se moquait de mon dessin !

— Hé bien écoute, la vie c'est pareil. C'est un peu une grosse bagarre, comme celle que tu as eue avec Yannis. Une bagarre pour défendre ce que tu es ou ce que tu as envie de devenir. Mais tu dois y aller hein, tu ne dois jamais renoncer tu entends ? Moi, j'ai raté trop de choses, mais pour toi, c'est différent. Parce que je ne te connais pas vraiment beaucoup mais je suis persuadé que tu as tout ce qu'il faut en toi pour la gagner cette bagarre !

— Oui, mais des fois, même quand on est très fort, des bagarres, on en perd !

— Ce qui compte, ce n'est pas de gagner tout le temps, mais de ne jamais renoncer !

Le petit bonhomme me cueillit alors d'une réflexion imparable, comme seuls les enfants en étaient capables.

— Renoncer, c'est pourtant que ce que tu fais, non ?

— Je t'assure. Tu ne peux pas comprendre, mais j'ai tout essayé. Je ne peux rien faire de plus. Toi, tu as encore l'avenir devant toi. Les choses peuvent encore changer si tu t'accroches.

Je lui pris délicatement la tête entre mes mains.

— Tu me promets, hein, Théo ?

L'enfant acquiesça tristement.

— Mathias, je peux te faire un câlin ?

J'eus à peine le temps d'ouvrir mes bras qu'il se blottit alors contre mon torse. J'accueillis sa tête comme un cadeau. L'étreinte ne dura que quelques secondes, mais elle suffit à nous remplir tous les deux d'une force essentielle. Le lien. L'heure de nous détacher arriva pourtant très vite. Je m'extrayais avec douceur du petit corps fusionné contre le mien. Si son regard semblait réclamer un peu de rab, je fis mine de ne pas le voir. Céder à la demande n'aurait fait que me compliquer un peu plus la tâche !

Je m'approchai de la porte. Au moment de la refermer derrière moi, c'est la petite voix de Théo qui, une dernière fois, me ralentit.

— Adieu alors Mathias ?

— Adieu bonhomme. Ou peut-être au revoir, qui sait ? Je ne serai jamais loin de toi.

*

Au sortir de l'appartement, je n'éprouvai plus aucune angoisse. Sans le savoir, j'avais passé une à une toutes les étapes du deuil. Un deuil étrange : le mien ! Déni, colère, marchandage, dépression, acceptation s'étaient succédé de manière parfois anarchique, mais chacun de ces stades m'avait rapproché d'un état de paix et de conscience. On mesure souvent l'importance des choses à l'attachement qui nous y lie. Pendant trop longtemps je ne m'étais finalement attaché à rien. Et j'avais vécu les instants et les gens avec la distance de celui qui regarde un tableau, comme autant de moments forts mais éphémères, sans unité.

Si ce n'était le goût amer de la séparation brutale avec Jeanne, j'avais quitté mon monde avec le sentiment d'avoir bouclé toutes les boucles. Un sentiment réconfortant. Des images me parcoururent où j'embrassai une dernière fois le souvenir de tous ceux qui avaient croisés ma route, mes parents - même mon père à l'image lointaine - les deux Théo, mon frère, disparu trop tôt, et mon jeune voisin à la résilience touchante, Fred, Vincent et toute la bande, Erivaldo, le petit pêcheur brésilien, *Darkangel*, l'enfant perdu des *Deux frères*, et Jeanne évidemment, que j'aurais tant voulu aimer comme elle le méritait…

Il existe parfois un gouffre entre l'envie et la réalité. Le mien séparait juste les morts des vivants. Et il était trop grand pour être franchi !

D'un pas assuré, je descendis l'escalier. Je n'avais même plus besoin d'attendre que le dernier des cent jours négociés soit écoulé. À quoi bon ? Je n'étais pas digne de la mission, comme de ce délai inutile. Ma main courut sur la rambarde, profitant de la moindre parcelle de l'instant. Arrivé dans le hall d'entrée de l'immeuble, je me tournai enfin vers le grand miroir qui faisait face aux boîtes aux lettres. Je me trouvai présentable, presque beau. Voilà, tout se terminerait donc ici et j'étais prêt. J'aurais bien pu patienter chez moi jusqu'au départ de mon petit voisin, mais je n'en avais plus la force. Dehors, la pluie martelait le sol. L'impression d'un roulement de tambour.

Je regardai longuement mon reflet en essayant de poser mon souffle et fis le vide dans ma tête. Je pris enfin une longue expiration avant de lever lentement mon bras, jusqu'à pointer calmement le doigt sur mon reflet...

... La Terre s'arrêta alors de tourner...

Juste le temps de fermer les yeux. Lorsque je les rouvris, ma bouche se mit à prononcer sur un ton solennel les quelques mots que l'émissaire du paradis m'avait appris.

— Ce sera lui...

Je ne maîtrisais absolument rien de l'inconnu qui m'attendait et quelques scénarios se disputaient dans ma tête. Qu'allait-il maintenant se passer ? Le surgissement magnifique de Saint-Pierre ou d'un membre de sa clique, sur un halo de lumière et un fond de trompettes célestes ? Ou bien une brusque perte de conscience, pour une fin plus... « brutale ». À ce niveau de méconnaissance, je ne pouvais même pas exclure une douleur terrassante avant de basculer dans le néant. C'était peut-être la seule chose que je craignais vraiment. Je pouvais presque tout concevoir. Tout sauf finalement ce qui suivit.

Car rien, absolument rien ne se passa !

Étonné, je répétai le geste et prononçai la phrase un peu plus fort.

— Ce sera lui !

Toujours rien. Désespérément rien. Juste un imbécile, le doigt tendu vers un miroir ! Je réessayai une fois, deux fois, trois fois encore, avec le même insuccès. J'étais sans doute passé à côté de ma vie. Voilà maintenant que je m'impatientai face au retard de ma mort ! Je ne comprenais plus. J'étais sec, presque choqué du manque de ponctualité de cette fin que je croyais calée sur du papier à musique. Je m'effondrai sur les premières marches d'escaliers, la tête entre les mains.

Au même moment, sur un des paliers supérieurs, j'entendis une porte claquer.

La chambre est strictement la même. Rien n'a bougé. Ni ses peluches sur son lit, ni les posters de ses héros sur son coin de mur, ni ses BD, posées encore sur son chevet et que maman refuse encore de rendre à la bibliothèque. Pourtant ce qui domine, c'est le vide. Un vide entêtant, monstrueux, qui m'absorbe et me retient prisonnier.

Théo n'est plus là, ne le sera plus jamais. Et pourtant, il est partout. C'est une sensation étrange. Il imprègne les murs de son souvenir. Ces moments insignifiants ou joyeux, ces banalités qu'on reconnaît trop tard comme essentielles m'apparaissent aujourd'hui telles des lames qui me blessent et laissent mes plaies béantes, à découvert. J'ai mal. J'ai mal chaque seconde.

Depuis quelques mois, mes notes s'effondrent. Le collège a lâché ma main, à moins que ce ne soit moi qui ai renoncé. Beaucoup de personnes comprennent, m'excusent, me regardent avec des yeux gênés et me parlent en pesant leurs mots. Je me bats beaucoup, dans la rue et dans la cour. Maman a déjà été convoquée trois fois. Mais rien n'y fait. Je ne peux plus. Je n'ai plus la force de faire semblant.

Au-dessus de mon lit, plaqué au mur, Zidane exulte et montre son maillot à la foule après son premier but en finale de la Coupe du Monde 98. Ce bonheur devient subitement insupportable. La joie devient un oppresseur. Je pose mon livre. Je n'arrive pas à lire de toute façon. Au fond de mon ventre, je sens s'animer un torrent de rage.

J'ai envie de hurler !

25

Comment faire taire ce bruit qui rend sourd
Quand c'est le bordel on aboie en silence
On aboie en silence

On aboie en silence – Gringe

Complètement prostré, je n'entendis pas les pas discrets qui s'approchèrent de moi.

— Les temps sont durs on dirait ?

Je sursautai avant de reconnaître la voix de monsieur Vitry. Je me retournai vers lui le regard vide.

— Allez, venez chez moi, je vous offre un thé !...

Je restai apathique. Le vieil homme, malgré son âge, m'aida à me relever avec une vigueur certaine et je le suivis sans discuter. Sa voix posée et bienveillante avait suffi à me convaincre. Les rôles en étaient presque inversés : l'octogénaire ouvrait la marche avec une vitalité étonnante là où mes jambes peinaient à me porter.

Monsieur Vitry m'ouvrit la porte de son appartement dont je ne perçus d'abord que peu de détails. Une vague odeur de vieux vint me cueillir, comme si le temps lui-même avait moisi dans les reliefs de la tapisserie d'époque. Au bout de quelques secondes, je pris peu à peu une mesure floue des meubles de bois sombres, puis de l'amoncellement des bibelots de bronze ou de porcelaine qui remplissaient presque tous les espaces. Encore groggy, je me laissai guider jusqu'à la table du salon sur laquelle je m'affalai en entendant mon hôte chantonner dans sa cuisine.

Quelques minutes après, un *earl grey* fumait devant moi. La chaleur du mug réchauffait mon crâne que mes deux mains pourtant protégeaient. Je ne voulais voir personne, ni n'être regardé de personne. Juste mourir en paix ! La pièce baignait d'un silence paisible. Jusqu'à ce que...

— Buvez, ça fait du bien...

Mon cœur s'accéléra. Soudainement, ce n'était plus monsieur Vitry qui me parlait et je reconnus très vite mon interlocuteur !

*

L'émissaire de Saint-Pierre se tenait devant moi dans le salon de mon voisin, me souriant. Son charisme renforça automatiquement la chaleur de la pièce de plusieurs degrés.

— Je crois que vous êtes arrivé à destination monsieur Morlande...

— Mais ?... Je ne suis pas au paradis ? Qu'est-ce que cela signifie ? Qui êtes-vous ? Qui êtes-vous vraiment ?

— Je ne suis qu'une seule et même personne. Monsieur Vitry, ce voyou dans la rue...

Il se massa négligemment la joue.

— D'ailleurs, je peux vous dire que vous avez une sacrée droite !...

Il me sourit à nouveau et rajouta plus doucement.

— Et puis je suis aussi cet être que tu as face à toi, parce que je pense bien qu'à ce stade, nous pouvons nous tutoyer...

J'entrevis enfin l'issue que j'attendais.

— Vous êtes… tu es… venu me chercher, c'est ça ?
— Pas le moins du monde !
— Je ne vais pas mourir ?
— Si tu veux savoir Mathias, il n'en a même jamais été question, en tout cas dans l'immédiat !
— Mais alors, ce pacte, cet arrangement, ma mission ?
— Tout cela n'était qu'un leurre, une mise en situation. Il arrive parfois que certains anges appelés trop tôt aient la possibilité d'accomplir une dernière mission avant de libérer totalement leur âme. Une façon de tendre la main aux vivants et d'aider quelqu'un à vivre ici, en bas. À vivre vraiment avant d'être rappelé à son tour. Je suis l'un de ces envoyés du ciel. Et je t'ai choisi… toi !

Un brusque élan d'incompréhension et de colère me prit, comme au cours de notre première rencontre. L'ange me contourna et déposa ses mains sur mes épaules, apaisant immédiatement le feu qui me consumait. Je ne comprenais toujours pas. Je scrutai la pièce, cherchant encore un piège ou une caméra. Mais parmi les meubles anciens et les babioles d'un autre âge, je ne trouvai rien pour m'éclairer.

— Pourquoi moi ? Pourquoi ce défi ? Je ne comprends toujours pas !
— Tu n'as toujours pas compris ? Pourtant, la vérité est toute simple.

J'entendis l'ange prendre une profonde respiration dans mon dos, comme pour ménager son effet.

— Nous nous connaissons bien plus que tu ne le crois !

D'un seul coup, la pression des mains de l'inconnu sur mes épaules se réduisit, comme si leur surface avait subitement fondu. Je me retournai brusquement. Et mon cœur s'arrêta de battre !

*

Théo, mon Théo, ma P'tite brioche se tenait face à moi, aussi ému que je l'étais. Des flots de larmes envahirent tout à coup mes yeux. Je ne pouvais rien dire, rien faire, pas même le toucher pour y croire. Simplement me nourrir du bonheur indescriptible que de pouvoir l'avoir en face de moi. Le regarder à nouveau, me laisser envahir par sa beauté, ses yeux si pleins de malice, son sourire, sa tignasse, que je retrouvai comme s'il n'était jamais vraiment parti. Théo, mon Théo était là ! Nous étions redevenus deux. Jamais je crois je n'avais ressenti une émotion aussi intense. J'aurais aimé étirer ce moment jusqu'à la fin des temps. Théo reprit pourtant la parole.

– Arrête, tu vas me faire pleurer Matou !...

Il avait retrouvé sa voix d'enfant, éraillée et lumineuse. Celle que j'entendais encore vibrer dans mes souvenirs. Dans mes rêves.

– Je suis venu te sauver mon frère !...

– Me sauver ? Mais je t'ai laissé mourir il y a quinze ans. Je t'ai laissé comme un lâche !

– Mais tu n'as pas à t'en vouloir ! C'est comme ça, c'est la vie, c'est le destin. Tu n'aurais pas pu me sauver, c'était écrit.

Je pleurai encore. À m'en faire mal, malgré le bonheur qui m'étreignait. La culpabilité, les remords, cette boule de colère surgie à cette époque et sur lesquels je m'étais construit. Une explosion, une anarchie émotionnelle avait pris possession de tout mon être. Je n'avais plus aucun autre pouvoir que de subir l'instant, le vivre pleinement, appréciant d'un même élan ce qui m'avait tué et ce qui venait me guérir. Théo respecta le moment avant de reprendre.

— Je n'ai jamais été très loin de toi, tu sais. Et j'ai pu mesurer depuis tout ce temps combien le chemin que tu empruntais était celui de la perte mon Matou. Tout cela à cause de ma mort. À cause de cette fichue escapade au lac… Tu te laissais inexorablement aspirer vers le malheur. Tu avais déjà cessé de vivre alors que pour toi, tout encore restait possible. Tu sais Matou, on peut vivre jusqu'à la dernière seconde de son existence. C'est quelque part ce que j'ai fait sans le savoir. Toi, au contraire, tu es mort bien avant ton heure. Tu es mort en même temps que moi. Et c'était d'une violence inacceptable. Je ne pouvais pas te laisser te détruire, gâcher ce cadeau qui était le nôtre. Tu devais vivre. Vivre vraiment. Vivre pour nous deux !

Je m'efforçai de reprendre mon souffle. Et mes esprits avec !

— Mais pourquoi ce défi débile ? Ce simulacre ?
— Tu devais te réveiller, recevoir un électrochoc. Et la perspective de la mort est la meilleure pour cela. Te placer devant ce choix impossible était le seul moyen de t'amener ici, pour cette grande conclusion.
— Mais tu as failli ! Tout cela a échoué puisque j'ai voulu en finir…
— Tu crois vraiment cela ? Tu crois que tout cela a été inutile ? Regarde tout ce qui s'est passé depuis notre rencontre là-haut. Tu veux que je te fasse la liste ?

En me répondant, Théo tournait autour de moi. Il y avait quelque chose d'un anachronisme profond que de voir déambuler ce petit bonhomme habité par une réflexion bien plus mature que celle des enfants de son âge. Mais je prenais. Je prenais tout. Je me nourrissais de lui, de sa présence et puis des souvenirs que cette présence me rapportait. De plus en plus conscient de la chance qui s'offrait à moi.

— En quelques jours, tu as quitté ton boulot mortifère, tu as pris conscience de la valeur d'une vie, tu as redécouvert plus d'une fois l'empathie, tu as appris à transmettre, à donner, même modestement tu as repris la photo, tu as même rallumé la flamme chez maman !...

Théo tournait toujours autour de moi, et je le regardai, médusé, me laissant pénétrer par ses dires et sa petite voix.

— Tu as a pris conscience au travers des exemples du pêcheur brésilien ou de ton malheureux ami Vincent que le bonheur n'était pas forcément lié au manque d'obstacle ou que l'on pouvait vivre l'instant présent jusqu'aux derniers moments. Et puis tu as surtout appris l'amour en la jolie personne de Jeanne ! Cela en fait des choses pour quelqu'un qui a subi un échec !

Théo me sourit. La vision de sa dentition encore imparfaite m'arracha de nouvelles larmes. J'avais face à moi bien plus qu'une petite brioche. J'avais face à moi mon ange. Mon ange gardien !

— Je peux te serrer contre moi ?
— Ce n'est pas possible ! Le privilège que nous vivons n'est pas sans limites. Celle de s'étreindre en est une, et elle marquera notre ultime séparation. Je le regrette, nos câlins me manquent. Mais nous allons devoir nous quitter pour de vrai dans quelques secondes, autant nous y préparer...

Je déglutis. Déjà dans la peine. Probablement trop gourmand alors que jamais un aussi beau cadeau n'avait été offert à quelqu'un.

— Mais comment je dois faire à présent ?
— Tu dois apprendre à te détacher définitivement des épreuves du passé pour t'ouvrir à tout ce que tu as à construire. La vie terrestre est courte, une vie de papillon à

l'échelle de l'éternité. Tu n'as plus de temps à perdre ! C'est à toi maintenant d'habiter vraiment la tienne !

Il regarda ma tasse. Je ne l'avais pas encore touchée.

— Bois, ce serait dommage de laisser ça refroidir. Peu de mortels peuvent se targuer d'avoir dégusté une boisson préparée par un ange !

Je lui souris et bus une lampée. Un goût léger de sucre et des effluves de bergamote m'envahirent. C'était bon, presque divin pour le coup ! J'observai une nouvelle fois la pièce et j'eus l'impression de découvrir subitement le monde d'un œil nouveau. Pourtant, autour de moi, rien n'avait véritablement changé ! Rien à part Théo qui n'aurait pas dû se trouver là. Mon sauveur.

— Et monsieur Vitry ?
— Monsieur Vitry nous a rejoints il y a déjà longtemps. Je n'ai fait que prendre sa place. Pour t'observer d'abord. Pour pouvoir intervenir lorsqu'il le faudrait…
— J'imagine que l'enveloppe, c'était toi ? Et puis tu t'es improvisé tatoueur aussi, bravo…

Les souvenirs remontaient clairement. Je me retrouvais comme face à un film. Le film de notre vie commune. Le temps de l'insouciance, du grand bonheur.

— Quand je pense à tes pattes de mouches illisibles en CE1, tu te rappelles ?

Il me sourit avec le même petit air coquin de l'époque.

— Disons que d'où je viens, on sait y faire en miracles !

Je buvais lentement le reste du thé, sans quitter mon frère des yeux.

— Tu as été un super grand frère Mathias. Il t'appartient désormais de devenir un gars bien…
— Un gars bien qui s'est montré odieux avec la femme qu'il aimait…
— Tu l'as fait pour lui épargner une souffrance que tu croyais inéluctable. Jeanne aussi est une belle âme. Vous êtes voués à vous retrouver autour de quelque chose de grand. Elle comprendra.

Je reposai ma tasse vide sur la table.

— Qu'est-ce qu'il va se passer maintenant ?
— L'heure approche, nous ne disposons que de peu de temps…

Mes yeux se mouillèrent à nouveau. J'en voulais encore. J'avais encore des milliers de choses à lui dire, et autant de questions à lui poser.

— Ce qui te concernera après mon départ ne m'appartient pas et n'appartient pas même à Dieu. Mais tu possèdes maintenant toutes les armes pour te construire un destin terrestre dont tu te croyais étranger à tort. Vis, aime, éprouve, crée, construis, sème… Moi, je vais bientôt disparaître, mais nous nous retrouverons un jour…

Il me sourit encore une fois. Ses yeux enjôleurs brillaient comme à l'époque des bêtises.

— Dans très longtemps cette fois-ci. Et sans arrangement possible !

Il retrouva très vite tout son sérieux.

— La seule chose, que je te demande, c'est d'exister pour deux là où tu te trouves. Attraper toutes les belles énergies et toute la lumière dont je n'ai pas eu le temps de vraiment me nourrir sur terre. Parce que ces énergies et cette lumière, je les sens encore là-haut ! Et ça me fait du bien, beaucoup de bien. Tu promets, hein ?

J'acquiesçai silencieusement.

— Prends soin aussi de maman !

— Je te promets p'tit frère !

— Et pour le reste, fais attention aux signes que je t'adresserai. Je suis là, avec toi, tout le temps, quelle que soit l'heure, quel que soit l'endroit où tu te trouves ou bien l'apparence que je prends. Je suis partout où tu es, tout près puisque finalement je suis un bout de toi. Nous sommes liés par quelque chose de plus grand que la vie !

Chacun de ses mots m'apaisait profondément. Une énergie nouvelle m'avait envahi. Je la laissai faire, en essayant de profiter de la moindre poussière de temps qui nous unissait encore concrètement. Mais Théo retrouva un air grave. Je compris.

— C'est maintenant ?

Les mots s'étranglèrent dans ma bouche. Tout était « trop » : trop fort, trop dur, trop émouvant ! Théo me regarda fixement et le petit ange se mit à pleurer à son tour. Il y avait déjà les frères de sang. Nous étions devenus des frères de larmes. Mais aucun de nous ne regrettait cette séparation qui venait dire avant tout que nous nous étions retrouvés :

P'tite brioche et Matou pour l'éternité !

Théo s'avança lentement et me prit contre lui, comme avant. Sa petite tête vint se loger contre mon ventre. Je sentis résonner en moi une chaleur incroyable, une force bien plus grande que celle que pouvait produire les hommes.

Cette osmose parfaite dura quelques trop courtes secondes et soudain, il disparut !

Les yeux mouillés et triste, mais le sourire aux lèvres, je levai les yeux au ciel. Un ciel qui ne s'arrêtait pas au plafond du regretté monsieur Vitry.

Et du plus profond de moi-même, je prononçai le seul mot que ma bouche pouvait encore adresser à l'univers :

– *Merci !*

Cela fait près d'un an que Théo est parti. Près d'un an que je sombre. Maman a pris sur elle pour vider la chambre de ses affaires, mais le vide de lui est encore plus violent que les traces de sa présence.

Alors, avec papa, elle a décidé de m'amener à la mer, comme si la mer avait le pouvoir d'embarquer les douleurs dans les vagues. Comme si l'iode était de nature à provoquer l'oubli !

À la station balnéaire, rien ne change et rien ne s'efface. Théo est présent dans tous les enfants que je croise, ceux qui jouent avec le sable, ceux qui jouent avec l'eau ou même avec un cerf-volant. Je ne suis pas le seul à aller mal. Papa et Maman ne se parlent plus. Ils souffrent en silence, forcent chacun de leurs sourires et de leurs gestes tendres. Ils jouent le jeu de rôle d'un couple qui n'existe peut-être déjà plus.

Chaque balade est une longue prière silencieuse qui nous ramène à celui que nous avons perdu. Chaque glace ou chaque crêpe sur le port n'est qu'un dérivatif sans goût. Un vaste mensonge que l'on avale plongé dans une foule en fête. Une fête dont nous sommes exclus tous les trois.

Ce soir, j'ai l'autorisation de trainer seul sur la plage presque déserte. Au loin, un groupe d'adolescents de mon âge se retrouvent autour d'un feu de bois. En regardant le jour s'éteindre à l'infini, je prends la mesure de ce que seront ces semaines devant moi : un long, un immense moment de solitude !

26

Le prix que nous payons
Le chagrin que nous créons...

Frozen love – David Salkin

Impossible de ressortir indemne d'un moment comme celui que je venais de vivre. Quelques minutes qui dépassaient le champ de l'imaginable et qui avaient explosé la moindre cellule de ce que j'étais jusque-là. Une joie profonde, couplée à une intense gratitude s'était répandue dans mon corps. Au fond de moi, un Charles Trenet chantait et faisait *boum*, dans une forme de chimie inédite. Sous l'effet d'un improbable dopage, mes poumons étaient gonflés à l'hélium et du *Coca* bien frais pétillait dans mes veines ! Vivant, j'étais vivant ! Jamais je n'avais ressenti cela aussi fort. Plus de peur, plus de colère, je ressortais de mes retrouvailles inespérées avec Théo comme libéré de prison, une prison dont je constituais jusque-là mes propres murs !

Mon premier réflexe en quittant l'immeuble fut de gagner à la course la boutique de Jeanne. Mais arrivé devant l'enseigne, je ne rencontrai qu'une grille baissée. Je regardai à l'intérieur et ne distinguai que du vide. Les vases fleuris et les plantes gracieuses avaient disparu. Le local débarrassé de sa végétation ne ressemblait plus à rien. Jeanne et sa fantaisie semblaient s'être évaporées avec ses roses et ses dahlias !

Pris d'appréhension, je rejoignis alors l'impasse dans laquelle elle habitait. Mais arrivé sur place je ne trouvai encore qu'une porte close. Alors que je m'apprêtai à partir, j'entendis pester derrière mon dos, de l'autre côté de la ruelle.

— Ah, c'est bien beau de m'offrir tout ça, mais où je vais bien pouvoir caser ce bazar dans mon petit salon ?

La voisine de Jeanne achevait de déménager les dernières compositions florales entreposées sur le seuil de sa maison. Je me rapprochai.

— Qui vous a offert tout ça ?

Je connaissais déjà la réponse.

— Ben, c'est la p'tite fleuriste du 2 bis, celle que vous êtes venue voir !

Ébranlé par l'annonce, je m'emparai des pots restants pour les mener à l'intérieur. La voisine me laissa faire, contente de trouver quelqu'un pour la soulager. Dissimulant presque la totalité d'un mobilier qui semblait avoir été acheté chez le même ébéniste que celui de monsieur Vitry, la végétalisation imprévue laissait penser à l'intrusion massive d'une forêt tropicale dans les vingt mètres carrés d'un réduit !

— Ohlala, mais comment je vais faire ? Ma fille m'a toujours dit qu'il manquait du vert ici, mais là, ça en fait tout de même un peu trop !

— Mais elle vous a dit quelque chose ? m'inquiétai-je.

— Qui ça ? Ma fille ?

— Non, non : votre voisine ?

— Ben ça s'est passé assez vite. Elle m'a dit qu'elle fermait sa boutique et qu'elle allait retourner en Afrique. Elle a rajouté que c'était sans doute là-bas qu'elle serait la plus utile. En même pas cinq heures, elle a tout déménagé, elle a préparé ses valises, elle a réservé ses billets et *pfou*... Envolée la jolie demoiselle !

Plume, le chat de Jeanne, apparut alors et vint se frotter contre mes jambes.

— Comme vous voyez, elle m'a même confié son chat, c'est pour dire combien elle avait besoin de partir ! En même temps, je la comprends : que pouvait bien venir faire une jeune femme aussi pétillante dans ce trou à rats ?

— Et elle vous a dit où elle allait exactement ?

— Je sais plus exactement, « Malabar » ou un truc comme ça !

— Madagascar ?

— Oui, je crois que c'est ça. De toute façon, c'est tout pareil là-bas : il y fait chaud comme dans le cul d'une vache ! Pas un endroit où mettre les pieds quand on est une vieille branche comme moi !

— Et elle ne vous a pas confié un message ? Une lettre au cas où quelqu'un chercherait à la voir ?

La femme gratta sa chevelure clairsemée, complètement dépassée par mes questions.

— Je sais pas moi !

Elle se ressaisit.

— Elle a juste rajouté que ceux qui voudraient vraiment la retrouver se débrouilleraient pour le faire !

Elle m'abandonna alors, portée par d'autres priorités.

— Bon, ben moi, il faut que je retrouve mon arrosoir maintenant, parce que ce n'est pas l'Afrique ici : les plantes, faut les faire boire !

Je restai seul, perdu entre deux hoyas imposants, avec trois certitudes :

Charles Trenet avait cessé de chanter, le *Coca* dans mon sang s'était éventé… Quant au dernier message de Jeanne, il m'était assurément adressé !

Et la vie continue, magique, douloureuse, perdue, irréfléchie, mécanique, exaltée, triste, alcoolisée, violente, drôle, pathétique, commune...

Sans lui...

27

Pour les divas dévorées
Pour les odeurs adorées
Pour la mer car elle est gratuite
Et pour certains soirs de cuite
Pour les vieux murs sous les affiches
Et l'herbe en friche
Merci...

Merci - Jeanne Cherhal

Je n'avais pas souvenir d'un parc Belliot aussi lumineux qu'aujourd'hui, à l'heure matinale où je foulais peut-être son sentier pour la dernière fois. J'arpentais les allées verdoyantes avec la grâce et la vélocité d'un fauve, mais dans ma course, je n'oubliais pourtant pas de saluer chaque arbre et chaque buisson du regard. Il y avait dans ce parcours étrangement serein quelque chose de solennel. Un adieu ému à cette scène qui avait vu mon existence basculer.

Juste avant de m'élancer, j'avais eu l'impression bizarre que le bois avait changé sans pouvoir l'expliquer. Et puis plus j'avançais, plus je réalisais que le seul changement me concernait « moi ». J'étais devenu libre. Profondément libre. Avec l'impression de naître à nouveau ! De recommencer l'histoire ou de la commencer vraiment. Je n'avais même pas eu à attendre de passer le premier kilomètre pour me sentir léger, débarrassé enfin des kilos de plombs de cette fichue violence qui m'entravait. Peut-être avais-je au fond les capacités de voler désormais ?

Le seul envol certain restait pourtant celui du lendemain. Je n'avais même pas pris le temps de réfléchir. Tout s'était fait à l'instinct, mené par une pulsion essentielle : celle de la vie ! Juste le temps de me faire fabriquer un passeport, un acte jusque-là aussi improbable pour moi que de commander une fusée chez un concessionnaire, et j'étais prêt à partir. Pour de bon cette fois !

J'avais confié à Fred mes disques comme prévu, mais également mes livres et mes derniers fonds de bouteilles. Plus encore, Fred avait profité de mon départ pour aménager dans mon studio qui malgré sa taille ridicule et ses odeurs aléatoires restait bien plus confortable que la misérable cage à poule qu' était le sien. De son nouveau « chez lui », il aurait tout le loisir de garder un œil sur Théo et de veiller sur ma mère et sa solitude. Je lui faisais confiance. Fred restait au final l'homme le plus fiable sur lequel on pouvait compter !

D'autant plus qu'il venait tout juste de se trouver un nouveau béguin en la personne de la secrétaire d'un huissier ayant entrepris de le contacter pour une série d'impayés. Après l'échange des courriers d'usage, tout sauf amoureux, puis quelques coups de fil venus glisser insidieusement sur d'autres sujets, la jeune femme avait accepté de lui confier son numéro de téléphone. Mais un vrai numéro cette fois-ci ! Un numéro au bout duquel quelqu'un décrocherait.

Ces dix chiffres avaient pris l'allure d'un Graal pour mon ami qui depuis se perdait en conjectures quant au charme de « l'élue » qu'il n'avait jamais vue et dont il devait faire la rencontre après m'avoir accompagné à l'aéroport. Il ne nourrissait pourtant pas de doute. La dénommée Astrid était « à la voix » la nouvelle *nouvelle femme de sa vie.* Il le méritait vraiment. Et si par hasard cette dernière n'était pas encore une bonne pioche, il y aurait bien quelques Gisèle, Daphné, Cyndie ou Sandrine pour répondre à l'appel, jusqu'à celle qui fatalement arriverait un jour dans sa vie et pour de bon !

J'allais devoir prendre aussi congé de ma mère. Une mère qui semblait étonnement plus consistante, comme si mon épreuve avait contribué aussi à la sauver un peu. Blasée par mon humeur changeante des dernières semaines, celle-ci s'était seulement étonnée de mon empressement à rejoindre un continent ravagé par la faim et les épidémies ! Je n'avais plus peur de mourir. Et encore moins peur d'avancer. Je ne craignais plus grand-chose. Et puis surtout, je me sentais plus en forme que jamais ! Le fait sans doute de ce voyage à venir qui me galvanisait, ou bien alors de l'arrêt subit de ma consommation de cigarettes ! Je n'en avais plus touché une seule depuis plusieurs jours. Et cela ne me manquait pas.

Dans mon sac déjà prêt à l'entrée, j'avais déjà rangé quelques affaires, un minimum vital. Ça, plus mon appareil photo que j'étais enfin prêt à réutiliser vraiment. Il était temps !

Je savais que je ne serai certainement pas très fier le lendemain en montant dans le taxi. Mais j'étais sûr par contre d'avoir fait le bon choix, d'avoir pris la bonne direction : celle de l'aéroport où devrait m'attendre le seul avion du jour pour Paris. Là-bas, se trouverait déjà un autre appareil, bien plus gros, pour me mener à l'autre bout de la planète : direction Tananarive !

Bien sûr, tout ne sera pas facile une fois arrivé sur l'Île rouge [1]. Retrouver Jeanne dans près de six-cent mille mètres carré recouverts d'une végétation luxuriante me prendra sans doute beaucoup de temps. Mais après tout,

1. Surnom donné à Madagascar

pour quelqu'un revenu de parmi les morts, rien ne pouvait être réellement impossible !

À l'heure où ces dernières pensées me traversaient, mes pas me menèrent jusqu'à l'allée de chênes au milieu duquel trônait comme un monument l'arbre à la branche cassée, le complice du petit ange qui veillait sur moi ! Je ne pouvais pas faire autrement que de m'y attarder. La branche n'avait évidemment toujours pas repoussé. Le ciel bleu continuait à s'imposer à travers cette lucarne fortuite. Enfin, un ciel pas totalement bleu. Un long nuage courbé traversait la fenêtre, donnant l'impression d'un sourire.

J'en acceptais l'augure. Et je souris aussi !

Épilogue

Assis sur un banc devant l'océan
Devant l'océan égal à lui-même
Un homme pensif se masse les tifs
Interrogatif, à quoi pense-t-il ?

L'Île Hélène – Claude Nougaro

Je n'ai toujours pas touché au terme de ma quête, mais j'ai déjà trouvé autre chose. Autre chose qui porte déjà l'apparence d'un trésor !

Madagascar reste profondément une terre de contrastes. Un espace qui mêle des paysages naturels, d'une beauté à couper le souffle, et des bidonvilles baignés d'une odeur nauséabonde, accueillant une population toujours plus pauvre et qui vit en triant des déchets de plastique ou en vendant des fruits trop mûrs, déjà cuits par le soleil. Ici, la misère a des milliers de visages. Des regards qui oscillent entre la résignation et la lumière. Les gens ici ont la richesse des pauvres : une humanité vraie, portée par l'essentiel.

Je m'y sens bien. À ma place. Je suis prêt à accueillir tout cela et à capter cette énergie et cette lumière, comme je m'y étais engagé avec Théo. Il me manque à nouveau bien sûr, mais je le porte en moi tout le temps. Comme une médaille accrochée à la place du cœur. À l'intérieur !

J'aide comme je le peux, je rencontre, je partage, je répare, je donne. Avec mes toutes petites économies de garagiste, j'ai l'impression d'être un sauveur. Je peux faire beaucoup avec peu. Aider des familles à manger à leur faim est un sentiment incroyable. Je me sens enfin utile pour quelqu'un. Cela renforce aussi un profond sentiment d'injustice. Je ne peux être qu'un colibri. Je fais seulement ma part !

J'en profite aussi pour prendre des photos. Beaucoup de photos. Des portraits qui me rapprochent d'elle. De cet autre ange, perdu sur cette terre et qui quelque part, sur cette île de l'océan Indien, m'attendait sans le savoir. Enfin, ça, c'est que j'espérais !

Le soir, sur la minuscule terrasse de la maison que je partage et qui domine une éternité qui se déchire dans des traces bleutées, grises ou orangées dans le ciel, je repense à une autre éternité. Celle qui nous unirait tous les trois, Théo, Jeanne et moi, quels que soient les espaces dans lesquels nous nous trouvons. Mon monde !

En glanant les infos jour après jour et en descendant plus au sud, bien au-dessous de la capitale, dans la province de Fort-Dauphin, j'ai retrouvé la trace d'une petite française aux yeux clairs, aussi brillants que le *masoandro*, ce soleil lourd comme le plomb qui règne dans une pointe sud de l'île presque dépourvue de pluies. La belle étrangère parcourait le pays depuis son arrivée, il y a trois mois, prêtant main forte aux ONG qui avaient investi les dispensaires et soignaient les patients, la plupart du temps des enfants en bas âge ou des femmes enceintes. L'accès aux soins, là-bas, est très difficile. La surmortalité infantile ou en couche est presque devenue la règle ! La moindre aide demeure la bienvenue.

En arrivant à Tôlanaro, j'ai senti que je touchais au but. Un sentiment indéfinissable, comme un parfum plus fort que la puanteur des bidonvilles, une énergie échappant aux autres, que j'étais le seul à ressentir. Jeanne avait épousé mes pas quelques semaines plus tôt, parcouru ces mêmes rues sales, respiré le même air lourd. La symétrie de nos parcours, que je ressentais avec la force de la passion, ces vies qui se rapprochaient inexorablement comme deux évidences faisaient battre mon cœur un peu plus fort. Le moment le plus important de mon existence approchait. Il était là, presque sous mes yeux.

En parcourant les divers centres de soins de la ville, je découvris un premier endroit dans lequel Jeanne était intervenue. Entre deux consultations et malgré sa fatigue, un médecin probablement d'origines indiennes vint me parler d'elle. C'est dingue de mesurer combien entendre parler de quelqu'un dont on est proche peut nous faire du bien. L'évocation de sa générosité, de son dévouement, de son petit talent pour peindre des sourires sur le visage des enfants me remplit d'une émotion incroyable. Un petit courant d'air qui s'engouffrait sous ma chemise et rentrait dans mon corps tout entier en me rendant léger. Aussi léger qu'un ballon qui s'envolait haut, très haut dans le ciel.

C'était peut-être ça aimer ?

La frustration reprit pourtant très vite le dessus. On devient facilement gourmand lorsqu'on rencontre l'amour ! Jeanne était déjà repartie pour quelques jours, profitant d'une pause pour traverser l'île et rejoindre, au large d'Ambanja, Nosy Be, un petit bout de terre à la nature luxuriante, dans le canal du Mozambique. Je ne pouvais plus attendre et prendre le risque de perdre à nouveau sa trace. J'embarquai dans un taxi-brousse sans réfléchir.

Au terme d'un long et magnifique voyage – magnifique pour les yeux, mais terriblement inconfortable pour mes fesses mises à mal par les vétustes suspensions du véhicule – je gagnai à l'aube Ambariobe en bateau, puis enfin Nosy Iranja. Un nouveau visage de Madagascar s'offrit alors à moi. Celui dont on rêve dans un lit froid lorsque l'on s'imagine millionnaire. Des plages de sable fin bordaient un océan d'un bleu turquoise à la perfection aveuglante, veillées par une forêt primitive digne de la naissance du monde.

Un attroupement s'était déjà constitué à quelques mètres de l'eau. Un petit groupe de touristes, entourés par des grappes d'enfants autochtones excités, assistaient à une scène magique et émouvante. Mon chauffeur, un spécialiste de la question, m'avait raconté que le site était surnommé « l'Île aux tortues », un territoire exceptionnel où des spécimens de *Chelonia Mydas* pouvaient pondre toute l'année. Après une incubation de deux mois, le grand spectacle de la vie allait se rejouer, imperturbable et magnifique. Surpris par l'entêtant mélange des essences rafraîchies par la nuit et teintés d'iode océane, je me rapprochai, fasciné. Alors que les petits Malgaches, tout sourire, agitaient leurs bras en criant pour éloigner les oiseaux de mer qui tournaient au-dessus de leur potentiel repas, une nuée de petites tortues malhabiles fendaient le sable pour rejoindre l'eau dans une course pour leur survie. Le souffle coupé, j'assistai à la scène. Des dizaines de minuscules carapaces sombres se ruaient dans une course désordonnée vers leur destin. Toutes, sauf une, qui avançait timidement à contre-sens, comme pour venir à ma rencontre.

Je m'avançai vers le bébé tortue, que je repoussai avec mon doigt délicatement en direction de l'océan. Entêté, le petit animal se retourna à nouveau pour revenir vers moi. Je m'exécutai encore. Poussé par un instinct contraire à celui de son espèce, le reptile, au prix d'un effort considérable de ses petites pattes, fit une nouvelle fois demi-tour.

Je me laissai alors pénétrer par l'évidence et un flot de larmes m'envahit. Des larmes de bonheur ! Un bonheur irrationnel. *Doudou tortue*, ce souhait naïf fait par Théo bien avant sa mort ! Je riais et pleurais avec la force d'une croyance folle.

Théo !

Se pouvait-il qu'il se tînt devant moi, contenu sous cette petite carapace ? Je ne savais plus. J'étais pourtant rempli de certitudes, au centre d'un paradoxe, d'une espérance, d'une joie qui résistait à l'évidence, à la raison. L'existence, c'est écrire, s'écrire une belle histoire, presque une légende. L'histoire que je m'étais choisie était belle et forte. Et c'était bon et doux de me le dire. Qu'importe que l'âme de Théo ait choisi d'habiter ou pas cette petite tortue, il serait présent partout dans ma vie, sous toutes les formes que je voudrais bien lui voir. Je me penchai pour ramasser *Doudou tortue* et embrassai délicatement sa carapace. C'est là que j'entendis une voix tremblante dans mon dos. Un autre chapitre restait à écrire !

— Il ne faut pas les prendre dans les mains. Il parait que ça peut leur transmettre des maladies et provoquer du stress !

Je me retournai.

Jeanne était là devant moi. Émue, belle et joyeuse, malgré pour elle aussi des yeux remplis de larmes. Elle me souriait. Je lui souriais, *Doudou tortue* encore dans les mains. Mon cœur, comme sans doute le sien, déchirait ma poitrine. Sous le soleil naissant, accompagnés par les cris joyeux des enfants, nous éprouvions sans doute les dernières secondes de nos autres vies. Toutes celles vécues avant. Avant elle, avant moi, avant nous : la sensation la plus puissante du monde !

Et en la regardant se rapprocher lentement, empruntée et lumineuse…

… Je compris enfin que ma course était arrivée à son terme !

Remerciements

En faisant de moi le lauréat du *Prix Nolim de la nouvelle* un soir de décembre 2014, Michel Bussi ne pouvait sans doute pas s'imaginer à quel point sa décision venait de modifier mes objectifs de vie. Moi qui me rêvais jusque-là scénariste et réalisateur, je venais de rencontrer une vocation et une passion. L'écriture romanesque (même si je n'ai pas complètement renoncé au monde du cinéma) est en effet devenue pour moi aujourd'hui une véritable raison d'être. Et vos retours bienveillants n'y sont sans doute pas pour rien mes chers lecteurs !

Ma nouvelle victorieuse, ce soir-là, s'appelait déjà Une vie pour la mienne. Michel Bussi y avait trouvé, je le cite, « *tous les ingrédients d'un excellent roman* ». Il m'a fallu presque huit ans pour faire remonter le message jusqu'à mon cerveau (oui, je sais, il m'arrive parfois de prendre mon temps !) Evidemment, passer d'une dizaine de pages à un roman n'a pas été sans entrainer de nombreuses modifications. J'ai essayé de préserver les ingrédients et la dynamique qui ont fait le succès de la nouvelle, tout en la modifiant en profondeur jusqu'à en faire une histoire absolument inédite au fond. Celle que vous venez de lire. J'espère que le résultat vous a plu !

Si le chemin est encore long, certainement en pente et sinueux, je sais que je dois continuer à le suivre pour atteindre une étoile, MON étoile, soutenu et accompagné par de nombreuses personnes qu'il me revient à présent de remercier :

Merci donc en tout premier lieu à Michel, sans qui cette aventure n'aurait certainement pas existé, pour son humanité, ses valeurs, sa gentillesse et sa fidélité.

Merci pour toutes ces belles âmes qui m'ont aidé dans la création de ce roman, en premier lieu la merveilleuse Carine Pitocchi, dont je vous encourage vivement à découvrir les livres, et qui m'a soutenu plus d'une fois, jusqu'à être à l'origine de la superbe couverture que vous avez sous les yeux. Merci aussi à ces petites mains, professionnelles ou amicales, qui m'ont conseillé, aiguillé, interrogé, bref bonifié et qui se reconnaitront.

Merci à vous lecteur(rices), blogueur(ses), passionné(es) de lecture qui vous êtes procuré(es), avez acheté, offert ou recommandé ce roman. Votre confiance et vos mots sont une force inimaginable dans cette épreuve de trail extrême qu'est une carrière d'écrivain. Pour continuer à me soutenir et à me pousser, il vous appartient désormais de faire connaitre votre plaisir de lecture en postant des retours sur les sites de ventes que vous utilisez ou encore sur le réseau de lecteurs Babelio ou Goodread. Le monde est ainsi fait : un roman disposant de nombreux bons avis sortira toujours du lot par rapport aux offres moins soutenues. Vous avez le pouvoir de construire ma carrière, et vous avez le droit d'en abuser !

Merci aux professionnels, journalistes et responsables de sites qui m'offrent ou m'offriront une place dans leurs colonnes à côtés de grands noms prestigieux. Mesurer cette réalité, c'est vivre la magie de Noël à chaque fois !

Merci à mon père, qui de là-haut, j'en suis sûr, continue de veiller sur moi et les miens.

Merci à la famille qui me reste, celle du cœur et celle du sang, qui m'offre chaque jour l'amour dont tout homme a besoin pour donner le meilleur de lui-même.

Merci enfin à ces quatre personnes qui, sans toujours s'en apercevoir, m'aident à vivre au quotidien : Lisa, Tom et Timéo, mes trois enfants qui me remplissent chaque jour de fierté et de forces. Et toi, Valérie, mon binôme, ma complice, ma base, mon phare, qui m'aime, me soutient et me supporte (et ce n'est pas toujours une mince affaire) depuis toutes ces années !

Vous pouvez, si vous le souhaitez, me rejoindre sur mes réseaux : Laurent Grima – Auteur, pour Facebook, et Laurent Grima sur Instagram. Et si vous désirez enfin prolonger musicalement votre expérience de lecture, découvrez la playlist Une vie pour la mienne sur Deezer, qui reprend tous les extraits qui ont accompagné cette écriture.

Dépôt légal novembre 2022

Librinova

www.librinova.com

Imprimé en France
FRHW010746110324
38369FR00004B/23

9 791040 517252